大洪水の後で

現代文学三十年

井口時男

深夜叢書社

目次 CONTENTS

I 記憶喪失の季節に 1988—1990

II　マイナー文学の方へ　1991―2000

III　散乱する暴力の時代に　2001―2010

IV　大洪水の後で　2011—2018

装丁……髙林昭太

大洪水の後で

現代文学三十年

井口時男

I

記憶喪失の季節に

1988―1990

一九八八年文芸時評「LITERATURE」から

「シンちゃん」の風景

「シンちゃん」——中学生たちはいま、身体障害児を指さしてこう呼ぶ。「片端」という言葉を禁じられた彼らは、「身体障害者」を略して「シンショー」と呼んだが、それも封じられたあげくの苦しまぎれの発明品が「シンちゃん」なのだ。いたいけな者への親しみと愛情の呼びかけと見紛わせて、その実当然、滑稽な相手を高みから見下す嘲弄と悪意は抜かりなくこめられている。彼らは差別をモラルからゲームへと転位させたのである。

「片端」には、差別の歴史を煮こごらせたような共同体の情念の闇が塡っていた。それゆえそれは人を圧し潰すほどの重たい言葉だったのだが、同時に、使う側にも情念の闇の深さを思い知らせずにはおかない言葉でもあった。だから、のしかかってくる闇の重たさを逆手に握って差別者への憤怒の起爆力に転化する、たとえば座頭市の仕込杖のような表現の一閃もありえたのである。

「片端」から「シンショー」へ、「シンショー」から「シンちゃん」へ、言葉はどんどん断片化し、記号化し、軽く明るくなっていく。喪われたのは言葉の歴史であり、歴史の中に閉ざされた内面の重たさである、といえばこれはもうポストモダン現象そのものではないか。「シンちゃん」は透明なガラスのかけらのようだ。キラキラときらめくかけらは子供のおもちゃにもなろうが、無防備な指先を傷つけるぐらいの邪悪さは尖らせている。

文藝賞佳作の久間十義「マネーゲーム」は、豊田商事事件を素材にして現代的な世界モデルを寓話化しようとした作品である。そこには、コンピューター言語（記号化した「シンちゃん」言語の極北の姿と言うべきか）の発する抽象的な悪意に迫ろうとする姿勢がうかがわれた。各文芸誌で大量受賞した「女の子」たちのポストモダン新人賞小説、その無害な抒情的風景の中に置いてみれば、これは際立つ姿勢なのである。作品は結局、私の身勝手な思い込みを実現する手前で、かなりわかりやすい構図の中に収まってしまったのだけれども。

一方、文藝賞受賞作の笹山久三「四万十川」は、高度成長初期の田舎の少年が立ち会う貧困と差別の場面を描いている。それを現代の風景に重ねようとするモチーフも見えるだけに、いっそう、抽象化された悪意、もしくは人を抽象化するゲームの暴力ともいうべき「シンちゃん」の風景からの、遠さばかりが気にかかる。その遠さはやはり、レトロと呼ばれても仕方あるまい。

一見すると金あまり現象に保護されたモラトリアムの中の戯れと見え、二見すると不定形な母性空間への幼児的退行現象とも見えるポストモダンの、底深く（表層浅くかもしれないが）進行しているはずの前代未聞の危機、その危機に届く言葉がほしいのだ。たぶんいま、文学に必要なのは抽象的な認識力である。コンピューターに追いつくほどの、とは言うまい。せめて中学生たちの感性的な直観に追いつくほどの。

さて、八八年、文学は中学生たちの想像力を超えられるか。

「現代詩手帖」一九八八年一月号「LITERATURE」

＊「LITERATURE」は「現代詩手帖」の時評欄。一年間担当した。「シンちゃん」は勤めていた東京の学習塾での見聞に基くが、「かたわ」を「片端」と表記したのは当時の「言葉狩り」への妥協である。

生き延びる「空虚の中心」

「天皇」と口にしたとたん、平板な言葉の風景の中を一瞬の緊張が走り抜ける。あちこちで不意の隆起や陥没が始まり、地勢の方位も国境もくっきりと顕在化するようだ。そのとき私たちは、「言の葉」の国に生まれたことの幸せをしみじみ味わうのに違いない。

「文藝」春季号の江藤淳と中上健次の対談は、「天皇」という記号のそんな挑発性を際立たせる。しかしながら、「三島由紀夫の天皇論を、天皇は超えているでしょう」という江藤淳の発言をもじっていえば、江藤淳や中上健次の天皇論を「天皇」は超えているでしょう、と言いたくなるような感想が浮かぶことも確かなのだ。

言葉が「天皇」という超越する中心によって垂直方向から意味を充塡される（べきだ）というイメー

ジは、人麻呂的古代の像であるとともに、むしろはるかに近代的な欲望の構図なのかもしれないからである。あるいは、「天皇」の危機を言葉の危機に重ね合わせようとするその姿勢が、危機など本当にあるのか、という疑いを隠してしまうからである。そもそも「天皇」が「共時的」(江藤淳)な存在であるならば、「天皇」の危機とは単に新たな変容へと生き延びる過程にすぎないはずではなかろうか。

なるほどいま、言葉は垂直性を呼び込めなくなっているようだ。若い作家たちの言葉は、垂直性の力に触れればたちまち壊れてしまうようなはかなげな風情で、浅く水平な場所に自らを囲い込もうとしている。その陰翳を欠いた稀薄な場所は、たぶん、「日本」というトポスの消失、「天皇」という記号の呪術性の消失に見合っているのだろう。だが、ということはまた、「天皇」という記号の呪縛力から自由であるかに見える彼らの言葉さえ、「天皇」の変容と同調する運命共同体の中にあることの逆説的な証明にほかなるまい。

たとえば、「夜が透明にふけたころ」(吉本ばなな「満月」、「海燕」二月号)というときの「透明に」という修飾語の使い方。これはもう、ハイテク空間の機能美と伝統的美意識とをつなぐ便利な蝶番としてほとんど定型化した用語法だが、それは少女マンガを介して、王朝文学の美意識(満月の夜に昇天するみやびの化身?)にまで水脈を辿れるのではないか、と考えてみること。

あるいは、「チン、とエレベーターが止まり、私の心が瞬間、真空になった」(同)というときの「真空」。物や人との関係に入り込む際に随所で導入されるこの微細な空虚も、時代の気分を表現する定型化した文法の一種なのだが、それを、「天皇」という「空虚の中心」が微細に散乱し始めたのだと強引に考えてみること。実際、息苦しく均質化しがちな水平性の中に差異と運動の自由をもたらす点で、この微細な空虚は、「記号の帝国」（バルト）の「空虚の中心」と類似した働きをしているのだ。言の葉の国の「天皇」は、この水平性の空間で、「透明」や「真空」の中に早くも変容して生き延びている。そう考えて、言の葉の国の終わりのない幸せを嚙み殺すことの方が、私にはよほど魅力的なのだが。

「現代詩手帖」一九八八年三月号「LITERATURE」

コスモロジーの被曝

イデオロギーの終った後はコスモロジーだよ――そんな声が聞こえる。これからはフロイトじゃなくユングだぜ――そう言っているのかもしれない。小説よりも物語だな――とも翻訳できそうだ。なるほど一理ある。生の統一感を欲するとき、人はコスモロジーを求めるのらしい。たとえばニューサイエンスだの新宗教だのファミコンゲームだの――どれもこれも都市の風俗だ。ついでに、コスモロジーに関心を寄せる作家を思い浮かべれば、これまた誰も彼も都市小説の書き手だ。それだけ現代都市では人の生が断片化を強いられているということなのか？　だが、ほんとうにそうか？

だいぶ以前、原発の安全性を問うテレビ番組で、福島県のどこかだったと思うが、付近の住民にインタビューしているのを観たことがある。事故が起こったらどうしますか、ととんでもない訊き方をされて、畑仕事の手を休めた農婦が当惑しながら答える。「しょうがないです。わたしら黒こげになって死ぬだけですから。そのうち、東京から息子がもどって来て、黒こげの山の中からわたしらを捜すんですよ。」

原発が誘致されるような土地だから、たいがいそこも過疎地だったのだろう。近代にとり残された土地に、突然巨大な超近代の施設が出現する。その断層のすさまじさが、この農婦がほそぼそと紡ってきた土着の死生観を粉砕する。事故が実際に起こるかどうかは問題ではない。いわば、農婦のコスモロジーは、原発を受け容れたときから既に被曝してしまっているのだ。

三田誠広が『デイドリーム・ビリーバー』を構想したきっかけは、東京近郊の山の中に移転した某私立大学を訪れたときの印象だったという（「海燕」七月号）。「周囲は市街化調整地域で、店はもとより人家もない。大学の内部だけが閉ざされていて、サイエンス・フィクションの世界にいるような気分だった」と。

そうだ、そんな風景ならどこにもある。山裾の田園風景を切り裂く自動車もまばらな高速自動車道、無人のエスカレーターだけが静かに動いている新幹線駅舎。そこでは、切り裂かれた自然はもう自足した宇宙ではないし、超近代の構築物も機能を失調して宙に浮く。この風景が〝新しい〟のは、これが意味の廃墟だからだ。

「現実感の稀薄な奇妙な風景」（三田）がある。陽にやけたあの農婦も、カメラの前で怒ったようにはにかみながら、現実感の奇妙な稀薄さを訝しんでいたはずだ。誰も、風景の中に生じたこの無意味の断層を所有できないからである。そして、そこに私たちが未知の〝新しさ〟を感じて魅かれるとするなら、それは私たちの感受性の根が既に被曝しているからにほかならない。

被曝とは、文字どおり、何ものかに曝されることである。この被曝の感触に届かないコスモロジーは、たいていはノスタルジーの変種にすぎない。近松の道行文にだって、人間と宇宙の交流ぐらいはあったのだ。

田舎の方がよっぽど〝新しい〟。彼らは、壊れたコスモロジー（ムラ）を建て直すつもりで、原発を誘致したり、異人の血を導入したりしているのだから。


「現代詩手帖」一九八八年八月号「LITERATURE」

一九八八年文芸時評（図書新聞）から

五月号――中村和恵「E」／永山則夫「残雪」

文芸時評という仕事が愉快なものだとはもちろん思っていなかった。「批評家」という肩書きを付けた者の果すべき義務、課された苦行と心得るぐらいの覚悟はあった。だから、月々の文芸誌に発表される小説の一つ一つにきちんと付き合うことに疲労したなどと、いまさら哀れっぽくぼやくつもりではない。しかし、奇妙な言い方になるが、自分が〝文学〟に汚染されていくという感覚の面妖さには、いまだに馴れることができない。

特に今月のように短編の多い月は、その実感もいっそうつのる。つまらぬ小説も読まされた、という苦情なのではない。むしろ今月は、一〇〇〇号記念の「新潮」を中心に作品の質は総じていつもより高かった（ほかに五〇〇号記念の「群像」と「小説新潮」の臨時増刊号という分厚い二冊の戦後短編名作アンソロジーもあったが、これらはいちおう別扱いとしよう）。それなのに、個々の作品の味わいの違いを超えて、自分がある種の感動の型を強制されているような、もどかしくいらだたしい気持ちがふと生じてしまう。そんな気分になるともうおしまいなのだ。なんとか踏みとどまって、この名状しがたい

〝型〟こそが〝文学〟なのだな、と思ってはみる。それが私の忍耐だ。けれどもしまいには雑誌を投げ出してこうつぶやきたくなる――なんだ、「人生」も「生活」もただの言葉じゃないか、と。――つまり私は、初めから言葉にすぎない文学に対して、〝時評家失格〟などといきがってみせるほどのことでもない、まるで無知な中学生みたいなミもフタもない場所に落ちこんでしまったらしいのだ。

仕方がない。この中学生的な場所からものを言う。たかだか言葉にすぎないものによってもっとも深く眩惑され、もっとも深く刺し貫かれるのも、この中学生的な場所だからだ。そして今月は、この中学生的な場所を震度三ぐらいには揺るがす作品に二つも出会えた。これは記録に値する感動的な出来事である。

一つは「新潮」の学生小説コンクールの当選作、中村和恵「E」。高校を卒業したての女の子が春休みにオーストラリアの女子高へ短期留学する。しかもその動機は、「高校生」とか「女の子」とかいう「役割」に押し込められていた生活への反撥であるらしい、と記せば、いかにも円高日本の現在にふさわしい設定だと、軽い揶揄をもって迎えられそうだ。だが、この主人公の魅力は「何もしない。誰にもならない」という意志を、何か非常に切迫した倫理的な決意として追求するところにある。それは、社会的な通念によって外から強制される「役割」を拒否して、自分で自分のアイデンティティを選ぼうとする姿勢である。彼女は、青春期に普遍的な自己探求の課題に堂々と正対しているのであって、単に経済大国の自堕落に許された風俗と馴れ合っているのではない。この主人公はむしろ古典的なほどに生まじめなのだ。そして、その生まじめな姿勢が、オーストラリアという移民大陸の同世代の女の子たちに曝されることで問いつめられていく。移民二世、三世である彼女たちは、国家や民族というアイデンテイティの根を最初から引き裂かれているからである。

若い作者は、自分のつかんだ倫理的な課題が現代の思想的な課題でもあることを直覚している。乾いた風の吹く異国の街を、踵を強く舗石にぶつけながら一心に歩く主人公が収集する散乱した感覚。それを散乱した状態のままに認識の抽象力が統御している。それがこの作者の力量を証明する。「二次関数の曲線」について、「B５判のコクヨ」について、この作品については細部にわたって多くのことを語りたい誘惑に駆られるのだが、今はこらえよう。

「住む、ということは選ぶことだけれど、生まれることは選ぶことではない」――その通りだ。だが、アイデンティティもまた選ぶものではない。自由に「選ぶ」ことは、実は、存在の根を抽象化という暴力に曝すことだ。そのことを作者は知っている。「心臓に砂漠を抱えた大陸」はその象徴である。〝心臓に空虚を抱えた島国〟である日本においては、「何もしない。誰にもならない」ことは優しさにみちた新しいライフスタイルであるかのように流行しているが、それはあらかじめ護られた者たちの童話にすぎない。自分の「ありか」を失った若者たちがどんな抽象的な暴力の発動へと身を吹き寄せられているかについては、三面記事の方がよく教えてくれる。この作品が私を揺るがすのは、砂漠の暴力を承知の上で敢えて身を曝そうとする生まじめな姿勢によってである。小説の最後できらめくガラスの破片を噴き上げる笑いの炸裂は、透明な保護膜の中のポストモダン童話たちを破砕するに足る起爆力を、確かにもっていると思われた。

私を揺るがしたもう一つの作品は、永山則夫「残雪」（「文藝」）である。永山則夫については、私は以前長い文章を書いたことがある（「作家の誕生」、「早稲田文学」本年二月号）ので、ここでは多くを記すつもりはない。主人公は極貧母子家庭の中学三年生。彼はしょっちゅう走っている。生計維持のための新聞配達で毎朝走り、たまには学校へ行って駅伝ランナーとして走り、家出したときは青森県の田舎町から福島市まで自転車をこぎ、仲間たちと盗みに入っては走り、という具合だ。中学生は〝文学〟などというものを知らない。知るひまがないほど忙しいのである。作者の言葉はいよいよ〝事実〟という砂漠をわしづかみするために身を削ぎ始めた。描かれているのは四半世紀（こう書くとほんとうに大昔のようなので自分でもびっくりする）も以前のことである。だが、「心臓に砂漠を抱えた」者が、すべてをまどろませる透明な保護膜を突き破って、その砂漠にどう言葉を届かせるかは、私たちのこの現在の課題なのだ。

「図書新聞」一九八八年五月十四日号（抄出）

六月号――辻章「逆羽」

固有の経験を無名の領域に還してやること。作家が狙う普遍性とはそういうものだろう。辻章「逆羽」（「海燕」）は、セクト間の内ゲバという特殊な暴力の光景を、人間の原情景の場所にまで還元しようとしている。

それにしても「Fの拠点校のS大学、それも教養学部書記長が、いきなりRに寝返った」という設定は、多くの釈明を必要とするはずの、かなり特殊な出来事である。だが、作者は主人公にその理由を釈明させせようとはしない。単にS大学からFがなくなればそれでよかったのだというのでは、そしてそのために敵対セクトRを手引きしてFのグループを襲撃させたというのでは、確かにあまりに「幼い子供の空想」にすぎない。それはほとんど説得力をもたない。それどころか作者は、運動論や組織論による説明をいっさい頑固に排除している。代わりに、主人公の少年時代の経験に刻まれた生存の原情景の記憶によって、強引にも、いわば存在論的な説得を試みようとしている。極論すれば、「暴力革命」というテーゼから、革命の観念を捨象して、観念が鉄パイプやヘルメットに物質化したときの、その物質がふるう暴力の意味だけを描こうとするのである。

ここには、人間はほとんど無媒介に巨大な暴力に曝されているのだ、という動物的な感触がある。主人公は、神経も皮膚も裸に剝いて、空気中に漂う暴力の臭いや予兆に反応しつづける。その不安、そのおびえ、また欲望と誘惑の感触はたいへんなまなましい。だが、それは同時に、「革命」という観念のもたらす不安やおびえ、欲望、誘惑でもあるはずである。やはり、観念の演ずる劇の中に、この感触が溶かしこまれない限りは、十全な説得力はもてないのではなかろうか。主人公がFの待ち伏せを予感しながら深夜のアパートに帰る途中、交通事故車に遭遇する結末の場面。それはカフカ的な、とも形容したくなるような、不意打の戦慄を伴う不気味な死の顕現の情景だが、小説の意味の脈絡の中にうまく収まりきれないまま、不安定に揺らいでいるような気がするのである。

「図書新聞」一九八八年六月四日号（抄出）

八月号――田中小実昌「アメン父」

「群像」の「日本語ノート」欄で、今月は森田良行「『する』の怖さ」が、日本語がいかに昔から「する」という便利な動詞に依存してきたかを指摘している。言われてみると、なるほどあらゆる行為が「する」一語でまかなえるし、翻訳概念やカタカナ外来語も「する」を付ければ動詞化できる。貿易する、思慮する、エキサイトする、フィードバックする……。近代の、また戦後の、巨大な異文化体験の衝撃も、鵺のごとき「する」が吸収してくれたのかもしれない。そんな気もする。当然、森田氏はこの便利な語の野放図な拡大使用を戒めることも忘れてはいない。では、次のような用法はどうか。

「十字架が生命しているものでなければならない」

田中小実昌「アメン父」(「文藝」)の一節である。「生命《いのち》する」は日本語として馴染まない。「生命」は、森田氏の言うように、「動詞的な概念の語」ではないからだ。だが、それでもやはり、この「生命している」を「生きている」には置き換えられないと感じる。なぜだろう。その感じを説明することは難しい。強いていえば、「生きている」は自然状態だが、「生命している」は能動的行為であることを強調しているということか。これは、すべての能動性の根源である「十字架」にぶつかられて、人間の自然状態(自然権としての主体性)などというものがくだけてしまった人の言葉だからである。

この小説は、かつて「ポロポロ」で描いた父親の像を、生いたちや渡米経験など、いっそう詳しい伝記的事実の中で追いかけようとした作品である。プロテスタントの牧師でありながら信仰の中に安住できなかった父は、あるとき「忽然として観照の光明に接し」、以来、徹底した無私と放下（こういう表現が適切かどうか疑問だが）を生きるために、独立教会を開き伝道を始める。

だが、どんなに伝記的事実を積み重ねてもその宗教体験の核心を説明することはできない。それはそもそも言葉を拒絶するような性質の体験なのだ。というよりむしろ、作者はその体験が言葉では到達不可能だということだけを証明したい。従って、小説の言葉は、自分自身に対する不信とともに書き記されなければならないし、作品としての完成も予め放棄されなければならない。奇妙な情熱によって記された奇妙な小説である。発展したり展開したりすることを自分に禁じている。

「意味を拒絶したと言えば、またなにやら意味っぽい（意味ありげ）」

「まるっきり形容詞のない建物といったところだろうか。旧約聖書でも新約聖書でも、偶像を拝するな、ということが、くりかえし書いてある」

「ただ言葉、言葉では、それこそ、まるで言葉信仰ではないか。うちの父はキリスト教の牧師なのに信仰をうたがった」

「世の中のあらゆることが物語になってるから、これでけっこうかもしれないが、イエスやアーメンは物語ではあるまい」

「主は先だてり、いつも主は先だっている。（略）ニンゲンたちが努力して、あるいは信仰により神の国をきずきあげるのではなく、神の国が先だっている」

「ニンゲンの努力」すなわち物語は、いつでもその「先だっている」ものによって壊される。その破局の危機の中でしか言葉は輝かない。その通りだ、と私は思う。だが、人は「アメン父」のように言葉を捨てて、ただその危機の一瞬にだけ向き合うという生き方はできない。作者がそうするしかなかったように、私たちは言葉を介してその「先だっている」ものに触れようとする迂路を辿るしかない。禁欲的な作者は、不可知なものの縁辺で注意深く足踏みして引き返す。その足踏みの仕方が作者の芸である。

「図書新聞」一九八八年七月三十日号（抄出）

九月号――森敦〈谺の出るところ〉／辻章「みやまなるこゆり」／青野聰／村上龍

「谺《こだま》がするんですよ」と森敦は言う。「文學界」での新井満との対談「『無限後退』の文学」である。「認識をしようと思うから谺はしてくるんです。認識ができないのに認識しようと思うと、谺が歩いてるんです。ぼくは雪の山道を歩いとったんですが、『ここは谺の出るところ』という場所があるんです。そこを歩いてみると、ぼくの足音は全然聞こえない。だけど、谺のほうだけ聞こえる」と。印象的な話だ。私の勝手な思いは、これを二人の対談の文脈から切り離す。

谺は言葉ではない。声でもない。それは初めは自分の言葉であり自分の声であったはずなのだが、無限の彼方から打ち返されてくるとき、もはや自分の言葉でも自分の声でもなくなっている。「ぼくの足音は全然聞こえない。だけど、谺の方だけ聞こえる」のである。そのとき、言葉は私の内にある、という信憑が壊れる。言葉は私に内属しない。だが、それは言葉が私とあなたの間に在る、ということでもない。言葉は私のものでもあなたのものでもなく、いわば〈彼〉＝谺のものなのだ。私もあなたも、〈彼〉の言葉によって、あなたではない私、私ではないあなたへとばら撒かれたのである。最初に在るのは〈彼〉の言葉だ。だが、それを言葉と呼んでもよいものかどうか。それはただの無意味な谺、どんな意味も発見できないただの足音の反響にすぎなかったのではないか。それなのに、人はなぜ谺を聞いてしまうのだろう。たぶん、無限の彼方から谺が打ち返されてくるとき、人はそこに、私があなたではない私へと、あなたが私ではないあなたへとばら撒かれることになった始原の暴力の反響を聞いているのである。

小説は私の言葉やあなたの言葉で書かれるしかない。だが、小説が私やあなたの言葉が壊れる「谺の出るところ」へと差し向けられていないなら、それはどんなに奔放そうに見えたり、深刻そうに振舞っていたりしても、やはり閉じた小説である。私とあなたの言葉の中に閉じているのだ。

辻章「みやまなるこゆり」（「三田文學」夏季号）の冒頭で、父親は「言葉を使わないこと、言葉を使わないで生きるとは、どういうことなのだろうか」と自問している。養護中学にいる彼の息子が、「言葉を使わない」世界に生きているからである。父親が「言葉がない」とも「言葉を知らない」とも言わないことには理由がある。一語も発しないからといって、息子に「言葉がない」かどうか、息子が「言葉を知らない」かどうかは疑問なのだ。たとえば、丘の上にある学校から教師に引率されて散歩している途中、彼はたいてい姿を消してしまう。だが、目的地が近づくころには必ずいつのまにか列の中にもどってきているのだという。彼の住む世界が私たちの住む言葉の世界とどこかできちんと接していることは確からしい。けれどもそれで「言葉を知っている」と言えるのかどうか。彼に言葉があるとして、それはこの私やあなたの言葉と同じなのか違うのか。そしてどう同じでありどう違うのか。それは認識しようとするとどんどん遠ざかってしまう不思議な「無限後退」（森敦）の世界だ。

だから、養護学校の教師は、認識できないものを認識しようとしたあげく、深い絶望と悲哀の霧に閉ざされた不機嫌な哲学者のように疲れている。彼もまた「こだま」を聞いてしまったのである。

「しかし、上村さん、あの子は、まちがいなく、どうやら宇宙みたいなものですね。あの子の母親も父親も、それでは、さようならって、あの子に言った。二十歳になって、施設の年限が切れれば、私たちも、それでは、さようならって、あの子に言うでしょう。そして、その瞬間に、あの子がそっくりその言葉をこだまみたいに返して来るのですよ。それでは、さようならってね。言う方も、言われている方も、私自身というわけです。宇宙っていうのは、そのことじゃないか、という気もするのですよ……。」

「あの子」と呼ばれている障害児は、子供のときから自分の手のひらやこぶしで体じゅうをたたきつづけ、とうとう右耳の鼓膜を破り、右顔面を「溶岩みたいなゴツゴツに」変え、右眼をつぶしてやっと自傷をやめた。それ以来壁ぎわに体を丸めてじっと座っているだけになったのだという。いったい、このむき出しの暴力を、私たちはどう認識したらよいのか。そこには、始原の暴力にさらされたまま私にもあなたにもなれない〈彼〉がいる、そういうことか。だが、そんなふうに解釈することにどんな意味があるのか。

父親は丘の道を上りながら、道の傍らの草木の中に、白い小さな札が点々と立っているのを見つける。

そこには、養護学校の子供たちのものらしい稚拙なひらがなで、「やぶらん」とか「べにしだ」「おおばじゃのひげ」「くまわらび」等々と草木の名前が記されている。中の一枚に「みやまなるこゆり」とある。「深山鳴子百合」だろうと推測した父親は、響きの良い名前だと思う。だが、それはほんとうに「深山鳴子百合」だったのか、という疑いに最後に出会う。もしかすると「深山なる小百合」なのかもしれない、と。しかし、「深山鳴子百合」も「深山なる小百合」も私やあなたの言葉ではないか。それはほんとうは「深山鳴子百合」にも「深山なる小百合」にもならない〈彼〉の言葉としての「みやまなるこゆり」なのではないか。そんな疑いがなおも残る。その疑いは疑いのまま読者へと手渡されるのである。

「みやまなるこゆり」が私の言葉でもあなたの言葉でもないとしたら、人はその意味以前の不思議な谺の響きにいつまでも耳傾けるしかないだろう。そのとき父親の姿勢は、ほとんど敬虔なまでの慎しさに近づくだろう。一方、この小説には異なる「宇宙」からの谺によって深く壊れてしまいそうな危機があり、その危機のもたらす異常感覚がなまなましい。そのなまなましさと敬虔さとが美しくつりあうべき微妙な地点を、この父親は（いや、この小説はと言うべきか）求めつづけているようだ。

青野聰「七色の逃げ水」（「群像」）が連載完結した。寓意的なタイトルから容易にうかがわれるとおり、この長編小説も、作者が一貫して書きつづける魂の教養小説である。

主人公は長い海外放浪から帰国した青年。地上の人間たちの魂と肉体とを解き放ってやりつつ、自らは決して地上の絆に繫留されることのない孤独な「天使」だった彼は、どうやらようやく、産む性としての女のもとに「正しい環境を選んで正しく着地」しようと決意したらしい。だが、放浪とは、私とあなたの言葉を失うことでもある。言葉を失うとき、人は深い荒廃にさらされる危険をも引受けなければならない。この小説は、「天使」を内側から蝕む荒廃のいたましさに迫ろうとしていることで、作者が新しい局面を拓いたことを感じさせる。また、子供たちの世界が重要な役割を託されて描かれていることにも注目しておきたい。一方、青野氏独特の語り口は、相変らず潑剌として魅力的に生動しているが、小説の上空を翔るその語り口が、荒廃の淵へ深く下降することを妨げてしまったように感じられたのが残念だ。

「村上龍料理小説集」（「すばる」）も連載完結。生き物の生命維持活動である食事も、「美食」となれば既に文化という過剰に属する。既に過剰であるならば、それは容易に変態となり倒錯となり畸型となりグロテスクとなり滑稽となり悲哀となろう。食事の風景が性愛の風景を呼び込むのも自然のなりゆきというものだ。飲食の場面を中心に一人称の語りで切り取った十数枚の掌編が三十二編。エッセイ仕立てで始まるが、この一人称が「村上龍」だというわけではない。「村上龍」とは、このユニークな形式を三十二通りの味に仕上げてみせた料理人の名前である。作中の一人称も調理済みなのである。

「図書新聞」一九八八年九月十日号

十二月号――中村和恵「内陸へ」

中村和恵「内陸へ」（「新潮」）は、同誌の学生小説コンクールで受賞した「E」の続編である。前作に感じたみずみずしく新鮮な言葉の力と危うい脆さとの同居した魅力は、今回の作品でいっそうくっきりと拡大された。

まず、みずみずしさを言おう。

《とにかく眺めているのはよかった、こま切れの映像の端々が目の前で動いているのは、だから私は、今日は出発しないだろう。人々の生活の傍らで、その様子を眺めているのはよかった。》

毎日曜日、旅行鞄を抱えて広場に佇つヒロインの独白である。ここでは日本語の呼吸がたいへん自然に異化されている。この句読点の使い方、この認識の動き方がそのまま彼女の呼吸なのだな、とそう感じさせるかたちで、私たちは新鮮な日本語に出会っている。

ヒロインが旅行鞄を抱えているのは、彼女が「内陸」に行きたいと願っているからである。「内陸」とは、「心臓に砂漠を抱えた大陸」（「E」）オーストラリアのその「心臓」を指す。彼女がなぜ「内陸」に魅かれるかは小説的には明らかにされない。それは小説化されえない倫理的な意志だからである。アイデンティティへの欲望は一般的には個人を包む物語、すなわち共同体への欲望の姿をとるが、アイデンティティというものを物語としてではなくこの現在の直接な存在感の中につかみたいという衝動が、彼女を「内陸」へ向かわせる。

《でもあたし思い出したのよ、あたしが内陸から来たんだってこと。あの砂漠を知っているのを。／内陸は、歩き始める場所のことよ。目を閉じれば、思い出すことができるところなの。》

その意志はこんなふうにしか語れない。だが、この意志は抽象的だろうか。「内陸」は彼女の「心臓」

なのだ。ならば、これは最も具体的な存在の問題なのである。作者は、具体的な存在感と抽象的な認識とが出会うところに言葉の像を結ぼうとしている。これは日本語で書かれる小説には大変めずらしい、そして把持しつづけることのたいへんむずかしい意志である。彼女が書きたいのは、この意志の切実さだけなのだ。

《頭を垂れてその土地に足を踏み入れるため、彼女はバスを待っていた。》

何かに帰属するのではなく、帰属願望を拒む何かに曝されることによって、私が私となる場所。倫理というものの形成される初源の場所に対して、これほどの敬虔な姿勢が、こんなに若い女性によって記されたことはない。いや、「頭を垂れて」という言葉が、こんなに高い緊張度で記されたことがないというべきか。

次いで危うさを言おう。

危うさは、彼女の言葉の純良な緊張度そのものが小説という形式と擦れ合うところに生じる。小説とは、純良な意志をもこの世の雑多なるものを介してしか語るまいとするものだからだ。いわば、世間という野原に自生した小説は、最初から悪ずれした語りの形式なのである。つまり、作者が詩の言語でもなく、批評の言語でもなく、小説の言語を選び取ったからには、ヒロインの「内陸」へ向かう衝動の根拠は、父親や恋人との関係の中で明かされるしかなく、衝動の現実性は、下宿のイタリア移民老婆やその孫の若者との関係の中で明視されるしかない。それが小説的表現というものである。だが、いまのところ、父親や恋人の像に触れるとき作者の言葉はためらいがちに心弱くなる。また、魅力的な老婆とその孫の傍らをも性急な歩調で歩み過ぎてしまう。単に小説らしさを装うためのアリバイにするぐらいなら、小説らしさへの顧慮とともに父親も恋人も削除してしまって構わないのだし、逆に、ヒロインの独白はいっさい消去して老婆ひとりを描くだけでもその倫理的な意志に迫ることはできる。小説はその程度の可塑性には堪えるのだ。

私は若い作者に小説という形式との妥協を説こうとするのではない。不可避な形で小説と衝突してしまったからには、作者は闘うしかない。小説という形式をもっと抽象化するために、あるいはもっと現実化するために、もしくはもっと虚構化するために。闘い方はいくらでもあるにちがいない。ともあれ、作者自身とうに覚悟しているらしいが、「内陸から」が書かれなければならない。そのときまったく新しい内容の教養小説が生誕するか、ひょっとして小説の無残な破綻が露呈するか、いずれにしても若い作者が畏れる必要はないのである。

「図書新聞」一九八八年十二月十日号（抄出）

'88文学回顧

「谺《こだま》がするんですよ」と言った森敦の言葉が忘れられない。八月の文芸時評でも引用したのだが、年間回顧の文章の冒頭にもう一度引かせてもらう。こういう言葉には文学以外の場所では決して出会えないのだし、私が一年間時評を続けてこられたのも、時にこういう言葉に出会えることの喜びを措いてはあり得なかったからだ。「文學界」九月号での新井満との対談「『無限後退』の文学」である。

《認識をしようと思うから谺はしてくるんです。認識ができないのに認識しようと思うと、谺が歩いてるんです。ぼくは雪の山道を歩いとったんですが、「ここは谺の出るところ」という場所があるんです。そこを歩いてみると、ぼくの足音は全然聞こえない。だけど、谺のほうだけ聞こえる》

「谺」とはいったい何だろう。認識が限界を超えるとき、無限の彼方から反響してくるもの。それが何かをはっきりと名指すことはできないが、確かに自分にもそんな経験があったと感じる。

人は誰でもいつか「谺」に出会ったことがあったのではないか。少なくとも文学の言葉に関わり始めた起源の体験を内省すれば、そこには「谺」が響いているのではないか。そのとき「ぼくの足音は全然聞こえない。だけど、谺のほうだけ聞こえる」――そんな体験をしたのではなかったか。つまり、自分の言葉というものが壊れ、自分というものが思いがけない深さを開く、そんな体験があったのではないか。それでなくてどうして人が、日常生活の中の「わたし」と「あなた」の言葉を棄てて、文学の言葉を必要とすることがあるだろう。

私はことさらに文学を神秘化しようとするのではない。文学の言葉が、日常生活の言葉とは別次元の異領域の言葉だということを確認したいだけなのだ。最初に出会ったのが童話であれ外国文学であれ私小説であれ、ただの気晴らしとしてのみ付き合うことができずに、自分という存在の中心を投入し始めたとき、人は必ず、異領域の言葉によって生きるしかないようなスタイルを選んでしまったのだ。

かつて文学の時代があったとか、今は文学が売れなくなったとか、そういうことは本当はどうでもよいことなのである。売れる売れない以外に、いまだに「純」文学とそうでない文学との境界があるとすれば、そこを「谺の出るところ」にしようとする意志の有無にかかっている。

けれども、現在私たちがそう簡単に「谺」を聞くことができなくなったのも事実だ。この時代は、直接性への意志というものがすべてどこかで挫折するように仕組まれているらしい。何より言葉というものに接近するためにさえ、非常な迂回が必要となった。その趨勢は、この一年を通じて深まりこそすれ決して薄らぎはしなかった。

時評家としての私は、内心で小説をおよそ三種に大別していた。小説への信頼において製作される小説と、小説への懐疑において製作される小説と、小説への衝突において製作される小説の三種である。もちろんこれは製作姿勢による分類だから、それぞれの作品のできばえとは一応切り離されているのだが、そして何事にも別格扱いというものもあるのだが、それでも大概の作品に対しては、技術批評よりもこの分類のほうが重要なのだと思っている。

まず第一の、信頼において製作される小説には、今年発表されたほとんど全ての女性作家の長編(物語)と、今年発表されたほとんど全ての新人賞受賞作品と、今年発表されたほとんど全ての私小説的作品が含まれる。傾向こそ違え、これらに共通するのは、小説というものを、内的な「真実」を盛るための先人によって試験済みの安全な容器と考えている点だ。私は、人の生に完結した形式を与える物語というものが、いつも未完了の現在を生きている人の渇望を救助する力を否定するのではないし、私小説が一人の人間の生の現場に接近するための有力なスタイルであることを否定するのでもない。だが、単に信頼によって再生産される物語は既成のイメージの中に人を閉じ込めるだけだし、私小説の手法も、私生活そのものがもう暴露するに値するほどの固有性を喪っているのではないか。一方、若手作家の一部では、たとえば、生の現実が既に複製化しているという事態への反省がパロティの手法を採らせたりするのだが、残念ながら、彼らにおいてはパロディそのものがもう安全保証済みの形式になっている。つまり、彼らはただ「複製」という新しい物語を信じているのであって、彼らの言葉は生の現実と拮抗しあう緊張感を欠いているのだ。

小説への信頼を生きながら、その信頼を深い充足にまでもたらしてくれた作品として私が思い浮かべるのは、高井有一「塵の都に」（「群像」一月号）、津島佑子「真昼へ」（「新潮」一月号）、清水邦夫「月潟鎌を買いにいく旅」（「文學界」七月号）、村田喜代子の二作（「文學界」四、八月号）等である。

第二の、懐疑において製作される小説は、言語批判、物語批判を内蔵している。たとえば、尾辻克彦「贋金づかい」（「新潮」三月号）、小林恭二「群島記」（「新潮」四月号）等は、極論すれば、言語批判と物語批判だけを主題にした作品である。彼らは、生の稀薄さは言葉のこうむった浮力の結果だと考える。この浮力を逃れる方法はない。つまり、「冴」を聞くことの断念から彼らの仕事は始まる。そこで、尾辻氏は軽さをシュールな跳躍の面白さに転じようとし、小林氏は軽みの彼岸に無を出現させようとして、両者の作品には失語と裏腹の饒舌が栄える。当然、今後の小説の重要な傾向を代表するであろうこのグループには、三島賞を受賞した高橋源一郎『優雅で感傷的な日本野球』や、唐十郎の連作（「文學界」）、後藤明生の仕事等も含めなければなるまい。だが、それはいつも風俗言語とすれすれの境界を漂流することを覚悟しなければならない。

第三に、衝突において製作される小説とは奇異な言い方だが、私はもっと奇妙な語法で、それを吃語する小説と呼んだりもする。それは、自分の言葉が壊れるような直接性への衝迫を生きてしまう小説である。たとえば、中村和恵「E」（「新潮」五月号）「内陸へ」（同十二月号）、永山則夫「残雪」（「文藝」夏季号）、田中小実昌「アメン父」（同秋季号）、辻章の二作（「海燕」六月号、「三田文學」夏季号）等。これらの作家たちは、言葉の軽みを手中にした田中氏を除いて、小説技術上はそれぞれに危うさをはらんでいる。だが、私にはその危うさは、「谺」の響きに直に触れてしまった者が陥る不可避の吃語のように見えるのだ。彼らはいわば、自分の生の動機の最も深いところで、時代の言語観や小説観と衝突してしまったのである。私もまたこの最も危うい言葉に加担したいのである。

今年は「新潮」（明治三十七年創刊）が一〇〇〇号、「群像」（昭和二十一年創刊）が五〇〇号を迎えた。わずか一年時評を担当しただけの実感で言うのだが、文芸誌は文学の世界の中で、日常性の部分を受け持っている。日常性というのには、毎月発行という形態がどうしても一種ルーティンな印象につきまとわれるという意味のほかに、作品にとってはやはり単行本こそハレ着、雑多なエッセイや他の小説と同居する場では互いに印象を相殺しもする、という意味も含めている。しかし、いま「谺の出るところ」はこうした日常性の場を確保することでかろうじて守られている。この二誌の長寿を、私はいささかの皮肉もなしに祝福したい。そしてまた、小説というものの多様な可能性をも祝福して、時評を終わりたいと思うのだ。

「図書新聞」一九八八年十二月二十四日号

ウソつきのパラドックス――ポスト・モダン文学の袋小路

人間はウソをつく動物である、とは誰の言葉だったか。知ったのは中学生になったころだった。動物の行動は現実の刺激に対する直接的な反応にすぎないからウソをつけない。人間の場合は現実との間に言語という中間項を介在させているからウソをつける。つまり、ウソは人間が現実に対して相対的な自由を確保していることの証明である。

なるほどうまいことを言うものだと感心した記憶がある。人間は言葉をしゃべる動物だというありふれた定義に比べて、こちらはひとひねり効いている。なにより、「ウソをついてはいけません」式の抑圧的な道徳意識をひっくり返してくれたのが気に入った。バカ話、ホラ話、オトギ話……子供はウソが大好きなのだ。

ところで、二十年も昔の中学生の素朴な感想は別にしても、しゃべる言葉がだんだんウソウソとしてきたのが、この時代の風景である。「記憶にございません」のロッキード事件以来、グリコ・森永事件だのロス疑惑事件だの、近年この社会を騒がせたのがみんな虚言症的な事件だったことを思い出してみよう。半ばはウソだと思いながら真偽不分明な言葉の戯れを面白がっているうちに、自分の言葉さえ、厖大な情報の洪水の中を漂流し始めている。現代は情報社会だというが、そもそも情報というものが、受け手にとっては真偽不分明な性質をもつものだ。

時代の言葉の運命に関わる文学は、当然この現象と無縁ではありえない。新しい世代の作家たちは、文学とはウソをつく技術の洗練にほかならないとはっきり見定めたようだ。

文学における純と通俗の分類があいまいなままにも命脈を保ってきたのは、純文学の言葉は「真実」（自我、苦悩etc.）に奉仕し、通俗文学の言葉はウソ（虚構、娯楽etc.）に奉仕するという暗黙の了解があったからだが、その了解が崩れ始めた。リオタール風に言えば、ポスト・モダンとは「真実」という「大きな物語」が消滅し、すべての言説が相対的な「真実」、つまりは相対的なウソになってしまった時代である。

若い作家たちは、純文学の観念をまるで「ウソをついてはいけません」式の抑圧と感じ始めている。だから彼らの言葉は自由に晴れやかに振る舞おうとする。そこで彼らは物語、寓話、メルヘン、SF、パロディ、少女マンガ等々の枠組みにとりあえず乗っかろうとする。だが、彼らのお話はいかにもとりあえずのお話なのだ。彼らには、読者を最後までだまして楽しませてあげようという健康なウソつき（通俗作家）の徹底性が欠けている。彼らは自分の語るお話を信じていない。しかも、現代の言語状況に自覚的な書き手ほどこの言語不信に取り憑かれている。

たとえば、高橋源一郎『優雅で感傷的な日本野球』におけるワープロ的な「消去」や「変換」の書法。島田雅彦『未確認尾行物体』における、自我崩壊という現代的な主題と古風なコント形式との奇妙に分裂した印象。壮大な終末のドラマを描くはずの小林恭二『ゼウスガーデン衰亡史』におけるちゃちな紋切型表現の羅列。これらはすべて、作者自身が自分の語るお話を信じていないことの表明である。つまり彼らは、自由にウソを語り始めたかに見えながら、実は同時に「私はいまウソをついている」というメッセージをも作品の中に刻もうとしているのだ。

周知のとおり、「私はウソをついている」という命題は、真と仮定すれば偽、偽と仮定すれば真になってしまう。現代の純文学は、自分自身を真偽決定不能のパラドックスの中に早くも追いつめてしまったらしい。

彼らは不健康なウソつきである。だが、私たちの言葉が強いられている運命に自覚的である限り、この袋小路は避けられない。私たちは暗澹としながらもこの不健康を肯定するしかない。最も鋭敏な批評意識の所有者であるこの三人の書き手は、ポスト・モダンの危うさを代表している。

「東京新聞」一九八八年十月十九日夕刊

「事故」と「悲劇」——ニヒリズムに抗して

「事故によらなければ悲劇が起らない。それが二十世紀である」というのは、大岡昇平が『武蔵野夫人』の結末近くに記した有名な一節だ。

かつて「悲劇」の主人公たちの生涯は、「神」とか「運命」とかいう超越的な観念によって意味づけられて完結した。ところが「事故」は偶然であり偶発である。意図や願望と無関係に生起する出来事を「事故」と呼ぶのである以上、人は「事故」を避けることもできないが、かといって何の意味も見出すこともできない。現代人は統一を欠いた無意味な散乱状況の中に投げ出されてしまったのだ——そう解釈すれば、これは絶望的なニヒリズムのように見える。

大岡昇平にこの認識をもたらしたのは戦争体験である。けれども彼は、戦争による死はただの「事故死」にすぎないと言っているのでもないし、「それは悲しいことだ」と嘆いているのでもない。むしろ大岡昇平にとっては、この認識はニヒリズムを克服するためにどうしても踏まえなければならない出発点だった。そのことをここでは述べてみたい。それは戦争から遠く隔たった時代を生きる私たちにも、決して無縁な問題ではないはずだから。

ギリシャ悲劇にせよ近松の心中劇にせよ、「悲劇」の主人公たちは、深く思いあぐねた末に、まるで何ものかに強いられたように滅びへの道をたどる。だが、この卑小な私たちの生もほんとうは同じなのではなかろうか。あのときああもすればよかった、こうもできただろうにという日々の暮らしにつきまとう悔恨は、実は私たちが、ああもできずこうもできない不可避性を強いられて取り返しのつかない一回性を生きていることを、逆に証明しているのではあるまいか。「悲劇」はいつも、人間が逃れられないその条件を思い出させる。

大岡昇平は「事故」というものを、「悲劇」を発見するための不可欠な契機へと転化したいのだ。つまり、人間の生は意味づけの根拠を欠いているからこそ、不可避で一回的な固有性として回復されなければならないと言うのである。

たとえば人は、戦争の死者たちを「英霊」と呼んだり「犠牲者」と呼んだりする。それは彼らの死を、「進歩」とか「平和」とかいう目的をもった「歴史＝物語」の中で意味づけて救ってやりたいと願う切実な思いに発した言葉だ。だが、そう呼ぶ者が、そのとき無意識のうちに、死者たちの死の取り返しのつかなさから顔を背けたがっていないとは限らない。人は納得しがたい「事故」の酷薄さに耐え切れずに、意味（物語）の中に逃げこみたがる習性をもつものだから。

意味（物語）という一般性の中に回収されるとき、死者たちの死のかけがえのなさはかえって見失われてしまう。それこそニヒリズムだと大岡昇平は考えた。不可避で一回的な人間の生、すなわち「悲劇」としての「事故」は、むしろ既成の意味（物語）の被覆を剝がして改めて見出すしかない。だからこそ彼は、あのとき、あの場所で、あのようにしか生じえなかった「事故」の固有性を発見するために、あの厖大な『レイテ戦記』を書いたのである。

私たちはふだん、あるばくぜんとした意味づけの体系、身の丈に合った生活の信条の中で生きている。そのあいまいな物語の内側に、守られている限り、今日は昨日のようにあり、明日は今日のように繰り返すだろう。そこでは自身が脅かされる危険もない代わり、どんな出来事も固有性を消去されて、反復可能な、つまりは複製になり果てる。

現代は複製文化の時代だと言われるが、それはなにも今日の高度なテクノロジーによって初めて生じた事態ではあるまい。それは人の生きるこの日常の仕組みのことだ。たとえば三島由紀夫は、伊勢神宮の社殿が遷宮の儀式ごとに建てかえられることを例に引いて、日本文化は元来オリジナルとコピーを区別しない文化だったと述べている。それはおそらく、この国の文化が、共同の物語に守られた親密な世界の内側でだけ、長い洗練を経て来たことと無関係ではないはずだ。

複製可能とはまた、言葉の本性なのでもあった。私の悲しみとあなたの悲しみは取り換えがきかないのに、「悲しい」という言葉は同じだ。どんなに独自な表現もそっくりまねられてしまうことを免れない。

人の生活は言葉と日常の内側に守られてしか成り立たないが、その内側では、皮肉なことに、この生のかけがえのなさは見失われている。だからこそ、この平凡ないま・ここで、「事故」と「悲劇」を甦らせたいという衝迫が、人を文学というものに向かわせる。だが、文学は、言葉によって隠されているものを言葉によって表現するという背理とともにしか存在できない。

現在、自分の生が何かの反復にすぎないのではないかと疑う既視感と複製感は、新しい世代の作家に共通するテーマとなっている。いかにも「明るいニヒリズム」とでも呼ぶべき事態の落とし児らしく、彼らの表現には複製であることの軽快さが溢れているが、私には、ただひとつ、日常の中で「悲劇」としての「事故」を見出す視覚だけが欠けているように思われるのである。

「読売新聞」一九八九年八月十八日夕刊

記憶喪失者たち

まず、早治大学英米文学科の唯野仁教授の講義「文芸批評論」第三講「ロシア・フォルマリズム」から引用しよう。

最近では文学作品の中に、いかにも文学用語らしい文学用語、つまり『皮膚の感覚』だの『透明性のある恋愛』だの『ざらついた灰色の質感』だの『無機的な色彩』だのといった、使い古されて小説の中では『自動化』していることばをやたら並べ立てる作家がふえてきました。こういうのはさっきおれのやった美文調と同じでさあ、小説の中で使ったって読者をまたかと思わせるわけだから、もはや異化効果は、日常用語以上に、ありません。やるなら自分で考えたものでなきゃ駄目。サンキュー。今日はこれで終りだぜベイビイ
（筒井康隆『文学部唯野教授』）

ところが困ったことに、唯野教授の軽快かつ明快な論証にもかかわらず、「読者をまたかと思わせる」だけの「自動化」した「美文」はなおも飽きることなく再生産され、しかも、あたかもそれが時代の感受性の尖端部分に関わる〝新しい〟表現であるかのごとく評価されている。

私はあるエッセイ（「『ふす猪の床』と現代の美文」、「新潮」一九八九年十二月号、後に『暴力的な現在』所収）の中で、ここ数年の間に顕著化した「現代の美文」ともいうべきものの実例を、「透明」というキイワードを使用した文例に限定して紹介したことがある。追加例も含めてあらためて列挙してみよう。前のエッセイでは出典を示さなかったが、今回は出典も明示しておく。

《彼女がこんなにすきとおった目をしていたなんて僕はそれまで気づかなかった。ちょっと不思議な気のする独特な透明感だった。まるで空を眺めているみたいだ。》
（村上春樹「螢」）

《キキの体は充分に美しいけれど、人間の体のような感じはしなかった。透明なプラスチックの膜が体全体を覆っているみたいだった。完成度の高い人形に彼女の体は似ていた。》
（川西蘭『こわれもの』）

《夜が透明にふけたころ、私たちはできあがった大量の夕食を食べはじめた。》（吉本ばなな「満月」）

《食堂は空いてはいたが、広いフロアのここかしこにちらほらと客の姿が見え、話し声やかすかなざわめきが伝わってきた。けれどもぼくと評論家の周囲の空間だけは、まるで透明なガラスのキューブで覆われたみたいに、ひんやりとした澄んだ静けさに包まれていた。》（三田誠広『デイドリーム・ビリーバー』）

《指先から、白く透明なカクテルグラスがゆっくり零れ落ちた。闇の中の裂け目を、すっと沈んで行き、見えなくなった。しばらく時が過ぎた。夜の底の方で、何かが壊れる音がした。かすかだが、取り返しのつかない哀しげな音だった。》（新井満「尋ね人の時間」）

《皮膚の細胞が一個一個透明になっていくような白さだった。このままどんどん身体が透明になって、空気の中に溶けていくようなきれいな死に方を、弟はするのだろうかと思うと、不安で悲しかった。》（小川洋子「完璧な病室」）

これらの「美文」が、いわばシミュレーション空間の中で浮遊し始めたエロスの様態に対応していることは確かなようだ。その意味で、それぞれの書き手たちはある〝未知〟な感受性の領域を開拓しようとしているのだと、好意的に読むことも可能だろう。そして、そういう立場に立てば、「透明」という一語の使用だけを証拠に、これらの文例がすべて「自動化」していると言い切ってしまうことも少し酷だということになろう。確かに、唯野教授も言う通り、ある言葉の異化効果は文脈《コンテクスト》の中で決定される。だから、引用部が作品中でどのような役割を担う場面であるか、核になる「透明」という一語に対して周囲の言葉たちはどのように作用しているか、等々を分析することによって、それぞれの書き手たちの批評意識の深浅や個性の差異を抽出することもできないわけではない。

だが、私には、これらの「美文」たちをそうした〝未知〟と〝差異〟において肯定しようとする好意的な批評は、その好意において最初から誤ってしまうように思われる。なぜなら、その好意は、「またか」と思う正常な文章感覚を麻痺させた上でなければ作動しないはずの性質のものだからだ。

「美文」の書き手たちにスタイル上の腐心があるとすれば、それはひとえに、〝未知〟の感触を〝既視〟の懐かしさ《ノスタルジー》と調和させるための腐心であるように見える。また、彼らの言葉に、書くことのもたらす〝差異〟が刻印されているにしても、彼らは〝差異〟を志向しているのではない。むしろ、〝差異〟はここではやむをえざる随伴物として許容されているにすぎない。彼らはほんとうは、ただ一様に〝差異〟の彼方の同質性に参入したがっているだけのように見える。実際、そう考えなければ、この定型的表現の臆面もない氾濫ぶりは理解できまい。

「読者をまたかと思わせる」ところの反復は、一面において退屈を生むが、その反面では安心をもたらす。退屈と安心が同居するのは通俗物語の特徴である。読者は「またか」と思いながらも、物語と文章の定型化した進行にこれも定型化した反応で対応しながら安らぐのだ。読者が出会うのは決して〝未知〟の事態ではない。これらの「美文」たちは読者の感受性を〝未知〟の不安へと連れ出しはしない。逆に、ひょっとしたら〝未知〟であるかもしれないその領域を、馴染み深い節奏によって馴致された〝既知〟の空間に変容させて不安をなだめてくれるのである。つまりそこでは既にあらかじめ共有された風景、すなわち〝マスイメージ〟がなぞられているだけなのだ。

だから、たとえばこれらの「美文」の一つ（「完璧な病室」）が高名な文学賞（むろん芥川賞のことだが）の候補にノミネートされたとき、選考委員の一人（田久保英夫）が、「こうした題材は多く身辺小説になりがちなのを、作者の冷静な意識が避けている。死を背後にした緊張感と、幾つかみずみずしい描写も見える」と持ち上げた上で「作為感が目だった」とけなしてみせる常套的選評を書いたりするのは、そもそも根本的に現象を読みまちがっていると言わざるをえない。あるいは、やはり「美文」作家の一人について、それをちゃんと「風景＝マスイメージ」の問題として分析しながら、「読者はここに一場のよく出来た〝青春小説〟を見た思いがしてこの作品世界に声をかけたくなる。肩に手をかけたくなる。しかしその前面に透きとおったガラスがあって、人が寄ると、白く曇るのである」（加藤典洋『日本風景論』傍点引用者）などと書いてしまう批評は、どんなにその分析が精緻を目指そうとも、それ自体が「風景＝マスイメージ」にもうひとつ批評的「美文」の文例を追加したことになってしまう事態を免れない。

私はこの「美文」現象を、高度化した〝みやび〟の問題だと考えている。〝みやび〟とは王朝都市貴族が発明し、〝遅れてきた王朝人〟ともいうべき中世貴族たちによって権威づけられた美的理念だが、その本質は、おぞましい異物の暴力を〝美しい〟言葉の表象作用によってなだめ鎮めることにある。しかも彼らはその最高の洗練形式として、和歌という定型を所有していた。だから吉田兼好は「和歌こそなほをかしきものなれ。あやしのしづ、山がつのしわざも、言ひ出でつればおもしろく、おそろしき猪のししも、ふす猪《ゐ》の床《とこ》といへばやさしくなりぬ」（「徒然草」）と、和歌の徳を讃えたのだった。同様にして現代の「美文」たちも、身体や抑圧や欲望や関係や他者等々のおぞましきものの数々を無害化しつつ定型（物語）を志向する。そこにある種の懐かしさの幻影が漂うとすれば、それは表象《イメージ》の中に抱き取られることの安息がもたらしたものだ。

高度化した〝みやび〟はまた、「感傷的」な〝みやび〟とも言い換えることができる。しかし、「感傷的」とは、これらの「美文」たちが一様に好むあえかではかない抒情的な風情を指してのみ言うのではない。「『感傷的』形態であり、以前の様式を後になって再生することを指す。こうして、ロマン主義はロマンスの『感傷的』形態であり、お伽噺は、大部分民話の『感傷的』形態である」というノースロップ・フライの文学史的定義（『批評の解剖』）に従っても言うのである。つまりは二番煎じの薄められた〝みやび〟だという意味だ。

感傷的な〝みやび〟の主人公たちは、誰も彼もが単身者、もしくは擬似単身者である。彼らはまず、家族というおぞましき抑圧力の源泉から自由でなければならないのだ。彼らはいわば、地上に降り立った宇宙人のごとく振るまいたい。それが無理なら、せめて記憶喪失者のふりがしたい。たとえば彼が詩人なら、「そして私はいつか／どこかから来て／不意にこの芝生の上に立っていた／なすべきことはすべて／私の細胞が記憶していた／だから私は人間の形をし／幸せについて語りさえしたのだ」（谷川俊太郎「芝生」）と歌えばよい。詩という形式はそれを許す。

「ねえお母さん、どうして私、こういう名前なの？」

と私はたずねた。その頃は、できた友達に名を名乗るたびに、由来を聞かれていたのだ。「うふふ」と笑って母は言った。「愛し合うお父さんとお母さんの想いをありったけこめて、私達の娘が地上の万物に愛されるように、って、鳥も海も人も魚も名前に入れちゃったの。そしてね、お母さんとしては、人魚には人魚姫のように、好きな人のために命さえ投げてしまうような女性になってほしくってね。」
そういう、うそのような本当のようなことをいつも嬉しそうにうっとりと言うのが母だった。私はそんな時の母の輝いた表情があまり美しいので、そういう話がとても好きだった。「そうだったの、すてきね。」と私は言った。

（吉本ばなな「うたかた」）

『日本風景論』の中で、この「真空化」された母子関係を現実の場面に引き当てるための解釈パターンをいくつか提出しながら、「これは、かなり『おかしい』お母さんと、それほどではないにしろ、一定程度『おかしい』娘の、そう、現実世界にそれを想定するなら、開放的な精神疾患の隔離病棟の一室における会話、そういうものに近づくのである」と判定したとき、加藤典洋は正しい。しかし、あくまで好意的な加藤は、ロラン・バルトまで援用した上で、「ここには二つの『抑圧』の無化ともいうべきものが共存している。吉本は一つに、この作品世界で『母親』をマンガ的に提示することで、主人公の親子関係の『抑圧』を真空化し、他方、主人公の『母』への『愛』（というほかないもの）で、またそれを無化しているのである」と、その「文学」的意味の救済を急いでしまう。

だが、母親の言動を無際限に受容する娘の姿勢は、「極度の愛」というよりも、極度の放心というに近いものだ。吉本ばななの世界にあっては、異常（「おかしい」ふるまい）は、まず他の登場人物に生じる。一方、「私」（語り手）はまず、ただ無際限にその異常を受容する者としてふるまう。たとえば「キッチン」において、友人の母親・えり子さんが実は男だったという異常は、その異常を友人がすでに受容しているからという理由で主人公も受容する（あるいは主人公が受容することを読者が許す）。それは登場人物の心理の問題として読む以前に、作品世界のリアリティの水準を形成するために必要な手続きの問題として読むべきである。異常をあたりまえのこととして受容するのに要求される能力は「愛」ではない。判断力を放棄して放心する能力、つまりはボケる、あるいはトボケる能力である。主人公（語り手）をまず受け身の状態におくのは、読者（作品に対して受け身であるしかない存在）をもこのボケに感染させるための、それが最も有効な方法だからだ。

だから、「うたかた」の場面は私には次のように見える。「うそのような本当のようなことをいつも嬉しそうにうっとりと言う」母親は、トボケながら、娘と自分自身の現実の身体、及び身体に蓄積された記憶の負荷を解除して、ボケの世界、すなわち「お伽噺《メルヘン》」（＝人魚姫）の世界へ娘を誘惑しているのだ。そして、その誘惑を受容して娘が「そうだったの、すてきね」と答えるとき、上手に記憶を喪失するための、母と娘が共謀してのトボケの遊戯＝儀式は成就するのである（同時に作者と読者の共謀も架上される）。このとき、母と娘は典型的な（？）記憶喪失者の表情を浮かべているはずだ（そして作者と読者も）。

したがって、「感傷的な美文」たちは「記憶喪失した美文」たちなのでもある。だが、彼らが喪失したのは、主人公の係累や社会的関係に関わる記憶ばかりではない。彼らはなによりも先行する文章に関わる文学史的な記憶を喪失したのだ。そうでなければ、唯野教授の所謂「使い古されて小説の中では『自動化』している」はずの言葉がこんなにも偏愛されるはずがない。そしてまた、それが「またか」と思われることもなく、〝新しい〟表現として受容されているからには、それなら書き手も読者も、さらには批評家も文学賞選考委員も、みんなジャンルの記憶喪失とでもいうべき症状に感染しているのに違いない。もちろん、小説というジャンルの最も完璧な記憶喪失者が、いまのところ吉本ばななであることはいうまでもなかろう。

「美文の時代」の定型化した表象が排除し隠蔽したのは、広くは近代文学の累層した歴史の負荷であるが、とりわけて戦後文学の「悪文」の記憶こそが排除される。椎名麟三にせよ野間宏にせよ、戦後文学的「悪文」は、戦争という破局や、思想や観念という異物との格闘の痕跡を刻んでいる。彼らの文章は、異物排除的でも異物同化的でもなく、いわば異物露出的であった。私はいつも冗談混じりに言うのだが、それは「人類普遍の原理」という消化不能のロゴスを呑み込んで奇怪な惨状を呈した日本国憲法前文に似ている。異物露出的であることは、戦後日本が異物によって貫入された事実を確認しつづけながら、この異物と付き合いつづける覚悟を表明している。それはまた、日本語という美的《エロス》規範の同一性に対して絶えず疑いを突きつけることでもある。「戦後民主主義」の擁護を掲げる大江健三郎が現代における最良の「悪文」(もちろん形容矛盾だが)の書き手であるのは当然というべきだろう。そしてまた、大江及びもう一人の注目すべき「悪文」の書き手である中上健次が、ともに、規範化された日本語(国家共通語)とは別の言葉(地域語)を書くための方法論を深く内蔵した作家であることも忘れてはならない。一元化された〝美しい日本語〟そのものが近代統一国家のイデオロギーを隠蔽しているのだ。(その中上健次の『奇蹟』が「悪文」を理由に谷崎賞を逸したのは昨年だった。)

「昭和」が終り「平成」が始まる。八〇年代が終り九〇年代が始まる。こうした区切りはいずれ人間の歴史遠近法上の便宜にすぎない。だが、この国において「終り」を敢えて言挙げすることの意味は、古来あまりに明らかだ。それはつねに記憶喪失を奨励する。

終末論なき日本の唯一の終末論的儀式ともいうべき大祓の祝詞によれば、六月と十二月の年二回の区切りの日に、大掃除の塵埃のごとく国中から掻き集められた許多の天つ罪国つ罪は、ことごとく風に吹き払われて谷川の早瀬を流れ、早瀬の女神が海に運び、河口にいる女神がぐいと呑み干し、彼女の呑み干した罪を（彼女の喉元にいるらしい）別の女神が根の国・底の国に息吹にして吹き放ち、さらにその息吹を根の国・底の国の女神がどこともしれず持ち去ってくれるのだそうだ。これを罪という観念を中心にした共同体のコスモロジーとして読めば、この国の共同体宇宙には巨大な忘却の穴が開いている。そして、区切り目毎にその穴に投げ込みさえすれば、人は過去の記憶を失ったまっさらな人間として再生できる。その巨大な穴は、たとえば、決して教室にたどり着けないかわいそうな栗頭の頭に開いた健忘症の大穴に似ているかもしれない（高橋源一郎『ペンギン村に陽は落ちて』）。

無自覚な記憶喪失者である「美文」たちが〝永遠の現在〟ともいうべき停滞を享受しているときに、高橋源一郎『ペンギン村に陽は落ちて』は、いっそこの記憶喪失を果てまで追い詰めることによって自壊させせようとしたのだと言えようか。テレビマンガのキャラクターたちは、記憶を解除するための、読者とのひそかな馴れ合いに基づくボケの手続きさえ必要としない。彼らは初めからこの上なく完璧な記憶喪失者だ。そして表題作で、宇宙船が飛び立った後の地上に残された二つのロボット（もとより記憶を持たない）がたたずむのは、「過去からも未来からも切断された場所」である。その場所は〝現在〟と呼ぶしかあるまい。だが、そこは可能なかぎり厚みを欠いている。つまり、〝未知〟と〝既知〟とを擦り替える巧妙な詐術すら、もはや不可能な場所であるはずだ。いや、ほんとうはこの作家についてこのように断言しては誤る虞れがあるのだが、優良な「美文」作者としての自己資質への苛立ちも込めて彼はこんな最後の場所へ自分をせりだしたのに違いないと、いまは敢えて記しておく。

一方、島田雅彦『夢使い』では、無自覚な「記憶喪失の都市」東京を舞台に、方法としての記憶喪失の可能性が試されている。思えば「青二才」とは記憶喪失者の異名だった。「青二才」は今回「みなし子」と呼び変えられた。あるいは「ユダヤ」にも「ゲイ」にも「平家」にも変身する。しかし、残念なことにどこにも葛藤が起こらない。葛藤がないから、これは、不完全な記憶喪失者たる六条舞子（彼女は無自覚ながらその名前に「迷子」となるべき資質を隠している）が葛藤を通じて完璧な記憶喪失者となる教養小説（のパロディ）ですらない。彼女はただ、アミノ夫人やカタギリやクビタケ等、マチューを中心として分身たちが繰り広げるテレパシー的交歓の世界に無自覚なまま感染するにとどまる。

おそらく作者は、自覚的な記憶喪失者たちによるユートピア創世譚を書こうとしたのだろう。だが、同質性社会の異物同士が寄り集まって、互いに似通った異物同士の同質的ユートピアを作ってしまうというアイロニーは、作者の本意ではあるまい。

私には、マチューの方法が試されるために必要な葛藤は、ほかでもない、カタギリとの闘争だったように思われる。なぜならカタギリは記憶喪失者と見せかけた記憶固着者だからだ。つまり、カタギリの記憶喪失の思想は歴史的体験に発している。一方、マチューの同じ思想は、逆に体験の不在と教育に負っている。最も近くにいる者が最後の敵であるとは内ゲバが教える真理である。

記憶喪失者は情報に対して無防備である。記憶喪失者の優等生たる島田雅彦は、自覚的に武装解除することによって自らを異質な情報同士が葛藤する場として開いた。それが彼を「美文」に対する若い世代の稀少な敵対者としたはずだった。情報の葛藤が文体にまで転移した例は、たとえば『天国が降ってくる』に見ることができた。ところが『夢使い』の言葉はどこにも抵抗を見いだせないままなめらかに滑空するばかりなのだ。この小説に対する最も辛辣な批判が、「あとがき」に「昭和天皇の崩御」（傍点引用者）と記した無自覚さに対する桐山襲の批判だったということは何とも皮肉である。

　しかし、それでも日本人のすべてが可及的すみやかなる記憶喪失を奨励された一九八九年（昭和六十四年＝平成元年）に、記憶喪失そのものを自覚的な主題に据えた二つの小説が現れたことを、読者はせめてもの希望としなければならないのだろう。

「早稲田文学」一九九〇年四月号

「事実」という「素材」——渡部直己さんへ（往復書簡）

前略

やはり坂口安吾を「素材」にしながら私見を述べたいと思います。

筒井康隆、中上健次、柄谷行人の三氏が文芸家協会退会の表明をしたのは、新潟で開かれた安吾についての講演会の席後だったといいます。ずいぶん出来すぎた話だ、というのが私の初発の感想でした。というのも、永山則夫の書き物には安吾のいう「ふるさと」がある、ただ「ふるさと」だけがある、と私が考えていたからです。

ご承知のとおり、安吾の「ふるさと」は郷愁《ノスタルジー》が「プッンとちょん切られ」てしまう場所を意味します。そして郷愁とは安定した表象によって慰撫されたいという願いに発する欲望です。「故郷」も「母」も「大衆」も「日本」も「天皇」も「美しい日本語」もすべては表象としての資格においてのみ回帰願望を誘惑しました。しかもそれは今日において遠く過ぎさった欲望の形態というわけではありません。現に「〝電通〟文学」はハイテク感覚（？）と伝統的「みやび」とのほどよい調和を「透明」なる一語の表象に見いだしていますし、一見過激なポストモダン的言語遊戯と見える作品も、実は喪失感＝郷愁という枠組に守られてのみ成立しています。彼らはもはや「故郷」とも「母」とも「大衆」とも「日本」

とも「天皇」とも「美しい日本語」ともいいません。彼らが回帰する場所はたかだか一昔前のメディアが提供してくれた音楽だの映像だのというレトロな表象にすぎないのです。しかし、村上春樹を論じた柄谷行人の語法（「村上春樹の風景」）を借りるなら、そうした「私的で無意味な」表象との「真剣な戯れを可能にし、且つそこにおいてのみ確保されるのは」、純粋な喪失感＝郷愁というものでしょう。

　おそらく、「〝電通〟文学」の書き手たちは「四季」派的抒情詩のエピゴーネンとして自分の表現形式を見つけるべきでした。渡部さん一流の皮肉によれば、〝電通マン〟になりそこねたことが彼らの不幸であったということになるのでしょうが、現代詩において彼らを受け入れるべき「四季」派的抒情の形式が解体されてしまったことも、なかなかもって彼らの不幸だったといわざるをえません。その意味で、小説、詩、批評のジャンル相互の関係から萩原朔太郎の「魂の郷愁《のすたるじあ》」の問題を論じた絓秀実のエッセイ（「すばる」七月号）は刺激するところの多いものです。

　日本の近代小説は実はひそかに歌物語の血脈を引くものだったのではないか、と私は疑っています。歌物語にあっては、つねに、出来事の一切を呑み込んで和歌という美しい表象による内面化の形式が勝利するのです。おそらくここには、和歌を「告白」の至上形式として偏愛してきた伝統的心性（言語表象を介して個と共同性とが変換しうる〝自然象徴的風土〟においては、多少とも「月並」たらざるをえない「辞世の歌」にも生涯の「内面的真実」を託すことができました）の問題、また、いまも「歌会始め」なる儀式＝制度によって天皇がこの国の芸文の「美」（それはしかもあなどりがたい「月並」に立脚しています）を総攬しつづけていることの問題などがひそんでいるはずです。今日の「〝電通〟文学」的歌物語と訣別するためには、小説が「美」でも「告白」でもないことを強調する必要があります。

ところで、坂口安吾が「文学のふるさと」の四番目の例として挙げたのも、歌物語の規範たる「伊勢物語」第六段の小品でした。それはまさしく、出来事の一回性によって「突き放された」昔男が、歌によって内面化を成就するという物語にほかなりません。このとき、歌の呪力の源泉は洗練された言語的フェティシズム（「白玉か何ぞと人の問ひしとき露と答へて消えなましものを」における「白玉」「露」「消え」の縁語の連なり）にあります。しかし、記憶に頼って書き飛ばしている安吾は、この歌を「ぬばたまのなにかと人の問ひしとき」と引用していました。「ぬばたまの」では「露」と縁語関係を結べません。私はこれを、単なる記憶の誤謬にとどまらない興味深いエピソードだと考えています。つまり安吾はフェティシズムを理解しません（というより、理解したがりません）。それは安吾の弱点です。しかし、「日本文化」なるものに対する安吾の批評性はこの弱点と切り離せないと私には見えるのです。

安吾の「ふるさと」において「突き放される」のは、何よりも、言葉による内面化の欲望です。しかも小説はその体験を言葉によって書かなければならない。渡部さんのいう「書法《エクリチュール》」の問題がここに生じます。私はフローベールにはまったくの不案内ですが、渡部さんが「新潮」六月号の谷崎潤一郎論で引いているフローベールの言葉――「一行一行、いや一語一語に、言葉が足りなくなり、語彙が不足してくるので、わたしはしょっちゅう細部を変えねばならなくなるのです」も、この場の消息を伝える言葉だろうと考えます。

安吾は確かに、言葉と「ふるさと」との不可避のズレそのものを動力として組み込むような「書法」を開発できませんでした。安吾の小説には「批評家としての彼の『勁さ』に匹敵する強度は感じられない」という渡部さんの見解に、残念ながら私も異存はありません。『桜の森の満開の下』が「一種なめらかに審美的な表象性と妥協している」との指摘にも同感です。彼は「ふるさと」を超越的な「美」の体験に寄り添わせるしかなかったのです。それゆえ、四年ほど前に書いた安吾と小林秀雄の比較論（「物語が壊れるとき」、「群像」一九八六年十一月号、後に『物語論／破局論』所収）でも、ただ「文学のふるさと」の分析にのみ終始しました。（いまは、安吾が採用したのが説話の「書法」だったことに興味があります。それはいわばフェティシズム抜きの「書法」です。説話はこの世の雑多なるものへの関心によって成立した唯一の古典ジャンルなのですが、それを評価する枠組を近代文学は欠いています。それで私としては、柳田国男から借用したハナシという概念の可能性を試みているところです。）

安吾の弱点は弱点として、そしてまた「書法」にこだわる渡部さんの方法の正当性も十分に承認しつつ、それでも、「書法」というものの「優位性」を言語内的に強調するだけでは言語フェティシズムの精緻な洗練を誇る「みやび」の伝統に籠絡されかねないのではないか、と私は危ぶみます。それほどにもこの伝統は柔軟にして堅固です。もちろんそれを承知だからこそ、渡部さんはノイズを問題にするのでしょう。けれども、ノイズはコミュニケーションにおいて生じます。つまりそれは言語というものが多数の他者によって所有されていること、いいかえれば誰によっても所有されないものであることの徴ではないでしょうか。

また、私のいう「悪文」における「異物」は、渡部さんのいう「アブジェクトなもの」を意味しません。「アブジェクトなもの」は物語の論理に包摂されてしまいます。というより、起源において排除され、それゆえ不可避に還帰するものとして、「アブジェクトなもの」はそれ自体物語を作動させる動力にほかなりません。そうではなく、「異物」は「文」に刻み込まれたコミュニケーションの痕跡です。

言語の政治性、あるいは権力関係といってもよいでしょう。そういう他なるものとの関係に曝され、その関係を組み込むことによって戦後文学の言葉は必然的に「悪文」化しました。多少強引に「日本国憲法前文」や野間宏まで含めて、「もののあはれ」や「みやび」が隠蔽する言語の政治性を露出させる契機として、この「悪文」の意味はもう一度問い直す必要があると考えているのです（もちろんこのことも「文」のレベル、すなわち「書法」のレベルの分析によって確証されなければならないことには違いありません）。

それで私は、坂口安吾や永山則夫の言葉を突き放す「ふるさと」の性質を、「事実」および「貧しさ」と名付けます。この命名は、まさにご指摘のとおり「素材論の優位」とも見えましょう。ただし、「事実」および「貧しさ」は、端的には、一足の兵隊靴の履歴を語った大岡昇平の次の一句によって説明されます。

《欠乏のあるところ常に「事実」がある。》（「靴の話」）

「事実」とは関係の多数性であり、所有不可能です。その非所有の状態を指して「欠乏＝貧しさ」と呼びます。そして、それでもそのつど「事実」を確定しようとするのが大岡昇平の「倫理」であり、それゆえ彼のテクストは「しょっちゅう細部を変えねばならなくなる」のです。

ところが、文芸時評（「文藝」夏季号）で『堺港攘夷始末』を取り挙げた蓮實重彥は、大岡昇平のテクストの「未完」の運動性を称揚しながらも、「事実」という一語だけは決して口にしません。テクストの外部を直示すまいとする蓮實氏の緘黙の徹底ぶりには感服さえしますが、そしてまた、文芸批評に「書法」の領域を解放した氏の功績にも頭を下げますが、すべてをテクスト内の出来事に還元するその方法は、外なるものとの拮抗関係をあいまいなまま宙吊りしてしまいます。それは氏の意図とは逆に、どこかで「〝電通〟文学」をこっそりと生き延びさせることに資するのではないかと思うのです。なぜなら、「〝電通〟文学」こそ、言葉の内部で眠りたいという性懲りもない欲望の所産だからです。

人が言葉の中で眠っているとき、彼は言葉だけによって守られているのではない、言葉以外のさまざまな条件によってても守られているのだ——そう考える私は、決して「書法」の問題に「タカをくくっている」わけではありませんが、敢えて外なるものとの関係を強調する立場を選びます。(手紙という書式の強いる「典礼《らしさ》」が苦手なもので、いっそ型通りの「典礼」用語で首尾括らせてもらうことにしました。あしからず。)

草々

「群像」一九九〇年八月号

＊渡部直己氏との「往復書簡」として。渡部氏の所論は後に『〈電通〉文学にまみれて』にまとめられた。

書評から

山本昌代『善知鳥《うとう》』

山本昌代の小説にはこれまで淡白な説話といった趣があった。「説話」というのは評者の讃辞である。「説話」は坂口安吾の言う「文学のふるさと」でありながら、近代小説の人間観によって不当に排除されつづけてきた世界だからだ。一方、「淡白な」という形容は、作者の特質の表現であるとともに、評者にとっての若干の物足りなさの表明でもある。

山本のデビュー作『応為坦坦録』は、人を魅了する一風変わったその表題通り、「仙人ッていうのはどうしたらなれるもんだろうなあ」という呟きに始まり、「生きているうちに忘れられた人間は、死んだあとでは思い出しようがない」というそっけない結語で閉じるまで、「坦坦」と無執着のまま暮らす女主人公・お栄の姿を、まことに「坦坦」と突き放していた。その突き放す視線が説話の視線である。

たとえば、お栄が画号を応為と名乗ったのは、父親・北斎が彼女をしょっちゅう「オーイ」と呼んでいたからだった。「オーイ」と呼ばれて「オーイ」と応えるのは人ではない。谺《こだま》である。自分の娘の名を呼ばぬ父親の無頓着も相当なものだが、ちゃっかりとその呼び声の谺になりすましてしまう娘の無造作も相当なものである。

谺は無限の彼方から打ち返される。無限の彼方とは自然のことだが、自然とは、この国の王朝以来の都市文学が素朴に信じて安らいでいるような物語ではない。人間を任意の一点景に変えてしまうような無意味無慈悲の地平のことである。谺が聞こえるとき、人はその自然の中の一点景と化す。自ら谺の名乗りを挙げるお栄は、その無限の彼方の住人になりたがっている。それはいかにも彼女の仙人願望にふさわしい名乗りだ。

《あれこれと考えていると決まって頭の中が混乱してきて、雨雲がかぶさったような重ッ苦しいいやな気分になる。だから荷物のガラクタを捨てるみたいに頭を無闇に振る。そうするともとのごとく空ッぽになって涼しい風が吹き抜ける。》（『応為坦坦録』）

なるほどこの「涼しい風」が行雲流水の「坦坦」たる生き方を可能にするのだが、同時にこの「風」は、人をこの世間の外へ、無限の彼方へと連れ出そうとする刃物のような危ない誘惑をもたらす風だ。「源内先生」もこの「風」に当たって兇行に及んだはずだった（『源内先生舟出祝』）。

この「風」が吹き抜けるときの光景を最もよく伝えるのは、次のような文章である。

《河内の国の山中に一村あり。樵者あり、母一人、男子二人、女子一人ともに親につかへて孝養足る。一日村中の古き林の木をきり来たる。翌日兄狂を発して母を斧にて打殺す。弟亦これを快しとして段々にす。女子も又俎板をさゝげ、庖刃をもて細に刻む。血一雫も見ず。大坂の牢獄につながれて、一二年をへて死す。公朝その罪なきをあわれんで刑名なし。》（上田秋成『胆大小心録』）

「風」が吹くとき、「狂」も「兇」も吹くのである。倫理が消え、人間は人間ならざる何ものかに変貌する。ここには、人間をぐいと無造作にわし掴みにする巨大な力が顕現している。山本昌代がこれまで、「坦坦」と生きる江戸の市井風俗を描きながら、一方で人肉食や身体切断の猟奇とも誤解されそうな場面に愛着してきたことの背後には、たぶんこんな光景の誘惑がある。だが、これまでのところ、それは畏怖と戦慄にまで凝縮することよりも、無邪気を装ったユーモアの中に放心することを好んでいたようだった。その印象を指して私は「淡白」と言った。

さて、今回の作品集『善知鳥《うとう》』は七編を収める。そのうち三編は従前通りに江戸を舞台にしているが、他の四編は、謡曲「善知鳥」や、一言主の神話、「逆髪」「蝉丸」伝説、『史記』の「呂后本紀」に、それぞれ取材するというふうに、作者の新生面を拓いている。江戸物三編も、女郎屋の一室に場面を限定した点で新機軸と言える。だが、何よりも、作品が短く刈り込まれたことによって、長篇ではとかく稀釈されがちだった説話としての性格がくっきりと結像したことを指摘すべきだろう。説話としての性格とは、すべてがあの「凪」の誘惑に向かって収斂することをいう。

ここでは倫理は加虐と被虐の関係になる。山本昌代の場合、加虐と被虐は、作家自身がどのように粉飾しようとも、サディズムやマゾヒズムの問題とは少々性質を異にする。人間を加虐するのはいつでも自然の力なのである。だから、自然の「気」に触れた（「気」が触れた）狂気の姉・逆髪は、弟・蝉丸に対して専制的な加虐者として振舞う権利をもつ（「逆髪」）。それに対して蝉丸は、自分の無力さの徹底的な自覚において姉の前に拝跪することで救済を得る。けれども、加虐者である姉自身は、いつまでも苛酷な「木霊《こだま》」の中に吹き曝されて孤独でありつづけるしかない。

この関係は呂后と戚夫人との関係にも転移する（「人彘《じんてい》」）。両腕両脚を切断され両眼を抉られた戚夫人は「悦楽」の表情《いろ》を浮かべる。孤独な権力者である呂后は、しかし逆髪とは違って、自分が戚夫人に対して救済者として振舞ってしまったことに気づかない。

「逆髪」や「人彘」では、加虐者と被虐者との対立の構図が少し露わに過ぎる。それはあくまで自然対人間の関係であっても人間同士の関係ではない。むしろ、加虐と被虐から人間のエロスが気味悪く滲み出すのは、「善知鳥」や「三春屋」の場合である。そこでは姉弟や母子という血縁が幻想の形成に関わっているからだ。

しかし、「颪」の誘惑に最もよく迫ったのは「葛城」だろう。珍妙な五人の道連れが、その気もなかったのに葛城の山中で神の舞を拝むはめになる。神が現れるわけではない。歌がひととき聞こえたように思うにせよ、もの言わぬ女児が気紛れに歌い出しただけだし、舞いが始まったように見えるにせよ、薬屋が寒さに顫えて踊り出しただけである。だが、気配だけは確かに顕《た》った。

「颪」は狂気や猟奇残虐や怪異の場面にばかり吹くのではない。我が身が不本意な場所に幽閉されていると感じる者にとっては、「颪」は外への誘惑でもある。ありもしない仇討物語を語ることで日々を送る「おばけ伊勢屋」の女郎もその一人だが、それより「朝顔」がよく出来た作品だ。若旦那も女郎《おんな》も暑苦しい女郎屋の二階で屈託している。彼らは自分が何に屈託しているのかはっきり自覚してはいない。彼らの投げやりでちぐはぐな会話は、互いが互いに対して谺のような遠い場所にいることを示している。つまり二人は関係できない。そしてここでも、「乾いた颪」の気配だけが顕《た》つのである。

畏怖と戦慄はその気配の中にひっそりと沈んでいる。

「文藝」一九八八年冬季号

秋山駿『人生の検証』——言葉の刺を抜くために

秋山駿が態度変更を試み始めた、と感じたのは一九八〇年の『舗石の思想』を読んだときからだった。そう感じた理由は簡単だ。「内的生活」を考察しつづけてきた秋山駿が、そこで「人生の検証」を開始したからだ。

かつての秋山駿は「人生」という言葉を使わなかった。彼は代わりに「生」という言葉を使うことを好んだ。「人生」は蓄積と持続によって築かれる社会的に公認された権威ある物語だ。一方、「生」はいま・ここにあることの純粋な現存の感覚である。それは外に在る物語や権威によっては保証されない。蓄積と持続を廃棄して絶えず更新しつづけることでしか維持できない。「ゆふがた、空の下で、身一点に感じられれば、万事に於て文句はないのだ」(中原中也「いのちの声」)という願いは秋山駿の願いでもある。その「身一点」の像を「石塊」に託したところがいかにも秋山駿らしい(つまり「石塊」は中也的な持続のモチーフを切断してしまう)。

秋山駿は蓄積と持続を拒む(物語を拒むといっても同じことだ)。たとえば彼は「私」とは何かと問う。だが、彼の「私」はそう問いつづけることにおいてしか存在できない。彼は答えを欲しない。ましてや答えを蓄積することで知的な権威たろうなどとは決して欲しない。というより答えはあらかじめ拒まれている。重要なことは問いを不断に更新しつづけることであって、答えはむしろ更新の障害にすぎないからだ（たとえば秋山駿のエッセイには先人の言葉が多く引用されるが、それらは権威ある解答としてではなく、問いを更新するための発条として引用される。だからそれらはいつも断片化されている）。

だが、人はそんな問いとは何のかかわりもなく持続し蓄積してしまう。つまり人は大空の下の畸型の疑問符のようにして地上に降ったわけではなく、親もあり職業も持ち生活を営みというふうにありふれた自然過程の中でしか生きられないということだ。『舗石の思想』の頃の秋山駿を見舞ったのは、自然過程として不本意にも蓄積してしまった時間（社会的で人間的な時間）というものと、どう折り合いを付けるかという問題だった。

彼はその頃から「石塊」に代えて「病者」について語り始めたが、私はむしろ、秋山駿が選んだのは「愚者」の像だと思っていた。いわば「貧しき者は幸いなるかな」というときの「貧しき者」、すなわち知的にも蓄積を拒む「貧しき者」としての「愚者」の像だけが、単独者としての「私」と自然主義的（私小説的）態度との均衡を可能にする唯一の「私」の像として、この国の表現史に先例を持つのだから（たとえば放哉、山頭火、嘉村礒多、中原中也、椎名麟三など）。

私はここで別にずさんな秋山駿論を開陳したかったわけではない。ただ、本書『人生の検証』に流れる「思へば遠く来たもんだ」（中原中也「頑是ない歌」）とでもいうような低い旋律がこんな思いへと私を促したのである。秋山駿はちょうど還暦を迎えたはずだ。まさに暦は還ったということか。

本書は、「食、恋、友、身、性、金、家、夷、悪、美、心、死」という十二の項目を設定して、「愚者」の視点から「人生」という不可解な現象を考察したエッセイ集である。己れの「人生」を披瀝するために、『舗石の思想』では必要とされていた仮構のスタイルが、ここではきっぱりと放棄されている。

その代わり、と言うべきか、どの項目の冒頭にも、「これは私が黙殺してきたテーマだ」「私のもっとも苦手なテーマだ」「これはもっとも語りにくいテーマだ」「これは嫌悪すべきテーマだ」というふうに、「愚者」の宣言がくっきりと刻まれている。

「石塊」の目から見た戦後社会への批判がある一方で、人は「石塊」たりえないという事実にあまりに遅く気付いたことへの悔恨の情も隠されていない。そしてまた、己れの「人生」を指さして「ホラホラ、これが僕の骨だ」（中原中也「骨」）とお道化て見せるかのような良質な「愚者」のユーモアもある。

けれども、私にもっとも興味深いのは、「私」の来歴として、社会を代表する父親の言葉への反発と、早くに亡くなった優しい母親への追慕の思いが率直に語られていることである。しかもそれは巻首と巻末で、あたかも本書（すなわち秋山駿の「人生」）を枠取る物語であるかのように差し出されている。その率直さには、読者である私のほうがおろおろしてしまう。秋山さん、物語に対してこんなに無防備になって大丈夫なんですか、と言いたくなる。こんなにおろおろしてしまうのは、言うまでもなく、私がかつての秋山駿の言葉の刺によって深く刺されたことのある者だからだが。

最後に、引用はしないが、本書の「あとがき」が胸にこたえたことを記しておく。秋山駿の言葉の刺を引き抜くために遠く遠く迂回しなければならなかった者として、実に実に複雑な仕方で胸にこたえたのである。

「図書新聞」一九九〇年六月九日号

水村美苗『續 明暗』

大正五年十二月九日、夏目漱石は永眠し、「朝日新聞」連載中の『明暗』は、十四日付けの第百八十八回をもって中絶した。津田が術後療養の名目で訪れた温泉場で、かつて理由不明のまま他の男に嫁いだ清子と再会した場面である。

水村美苗作『續 明暗』は第百八十九回から始まる。その冒頭を引用する。

《座敷は何時《いつ》の間にか片附いてゐた。朝、繪端書《ゑはがき》を書く時に小机の前で使つた座蒲團《ざぶとん》が、庭を正面に、座敷の眞中に火鉢と共に整然と据ゑられてゐる。津田は室《へや》に入ると後手に障子を締《し》めるなり、其所《そこ》へ行つて胡坐《あぐら》を搔いた。眞直《まつすぐ》視界に入つて來た硝子戸《ガラスど》の向うの築山《つきやま》は、今は既に午《ひる》の光を受けてゐた。ほんのしばらく空《あ》けてゐた丈《だけ》なのに、何だか見慣れない所へ迷ひ込んだやうな氣がした。

津田は腕を組むと、劇《はげ》しい刺激を受けた後《あと》の人間のやうに凝《じつ》と眼を閉ぢた。》

おわかりのとおり、作者は、漱石流の用字法、漱石流の語彙、漱石流の比喩、漱石流の文体を用いて『明暗』の続編を書いてしまったのである。しかもそれは、冒頭から末尾まで見事な緊張感を保って持続している。これは驚くべき力業だ。

『明暗』は、推理小説にたとえれば、謎解きの一歩手前で中断したかの観がある。人物紹介はすべて終り、伏線の糸は周到に張りめぐらされ、もうひと押しで危機は破裂するに違いないと思われるまでに葛藤は高まっている。もちろん、推理小説とは違って、ここでは、やがて起こるであろう事件、生じるはずのカタストロフそのものが解かるべき謎なのだ。そしてその謎を解く手がかりは、象徴だの予言だのの形をとって、読者の発見を待つ風情で作品のあちこちに潜んでいるように見える。さらにその謎の背後には「即天去私」という漱石晩年の最大の謎も隠れているらしいとなれば、『明暗』という未完のテクストを読む行為が、そのまま、漱石が抱いていたであろう完成体としての『明暗』の構想を推理する興味に接続するのもうなづける。

いわば、『明暗』を読むことは、同時に、ありうべかりし『明暗』を創作することである。そのようにして多くの『明暗』論が書かれた（私が承知しているのはその膨大な論考群のごくごく一端にすぎない）。しかし、この場合の「創作」とはあくまで比喩的な用語であって、『明暗』の構想を論じることと実際に文体模写によって『續 明暗』を創作してしまうこととはまったく別の行為だ。『續 明暗』は『明暗』というテクストへの批評を内蔵した創作である、と言うことは容易だが、ここにはどうやら、ジャンルとしての批評なるものを業とする私などのあずかり知らぬ途方もない情熱が参与しているらしい。

さて、『續 明暗』は、津田と清子のいる温泉場にお延を登場させることによって、一挙にカタストロフを演出している。これはこうあらねばならない、と私も思う。『明暗』の漱石は、人物たちの言動を掌上に載せて解剖することに耽るあまり（それは一方で、本格的な近代小説の可能性として顕揚もされる性格ではあるのだが）、小説の速度を必要以上に抑制してしまっていた。それを償うためにも、破局は凝縮されるべきだからだ。

『明暗』が心理劇であったとすれば、『續 明暗』は運命劇の様相を呈している。津田が吉川夫人という

「運命の操り手」のごとき女に促されて「運命の女」としての清子に会いにいったのであるからには、そしてまた、漱石のテクストが生活世界という「明」の領域から山の中の温泉場という「暗」の領域への転換を意識的に刻み込んでいたからには、これも『明暗』そのものが示唆するところだと言えなくはない。そして、凝縮された運命劇としての『續明暗』は、『明暗』に比して格段に面白いのである。

ただ、その面白さがロマネスクな展開の持つ力に依拠していることに対しては、一種ぜいたくな不満を述べておきたい。

確かに、漱石には、ロマネスクなものへのやみがたい嗜好があったし、その核心にはいつも、水や鏡のシンボリズムを纏った「運命の女」がいた。そのシンボリズムが『明暗』の末尾にいたって顕在化していることは周知のとおりである。そして、漱石の長編小説がどれも前半と後半との決定的な分裂に悩まされていること、おそらくそこに社会的倫理と存在論的内面との分裂につきまとわれた漱石的問題があることも、つとに指摘されていることだ。だから、その意味では『續明暗』はきわめて漱石的なのである。

しかし、『明暗』の三角関係が、「それから」や「門」の場合と違って、男女の一対の関係の中に閉じることができないのは、これが、一人の男をめぐる二人の女という三角関係だからである(「それから」や「門」は一人の女をめぐる二人の男の対立だった。そこでは、主人公が女を所有することは運命を所有することと同義である)。『明暗』において、清子は津田を運命というロマネスクな物語に誘うが、お延は津田に小説的な倫理を突きつける。いわば、この三角関係は、主人公を誘惑する物語と小説との三角関係である。

そのように読んでいた私にとって、『續 明暗』は、『明暗』末尾のロマネスクへの傾斜に忠実であろうとしたために、多声的な葛藤（『明暗』独特の小説的特性）をいささか犠牲にしてしまったと見えるのである。

何より、『續 明暗』のお延は、『明暗』において最も魅力的だった彼女の言葉＝知を失ってしまっている。彼女は吉川夫人の策略に対してすらあまりに無防備なのだ。もちろんそれはお延を悲劇へと追い詰めるために必要なことだったには違いない。しかし、「運命の女」としての清子（謎めいた微笑が象徴する彼女は、言葉＝知の彼方にいる）を脱神秘化するために、お延の言葉＝知が闘う姿を私は見たかったのである（その闘いが水のシンボリズムの支配する空間で展開されるのである以上、お延の敗北は動かぬにしても）。もっとも、そのような闘いを果たして漱石自身が組み込み得たかは疑問なので、あくまで私にとってのありうべかりし『明暗』の構想、すなわち可能性としての『明暗』の夢想にほかならない。

もちろん『續 明暗』が、水村氏によって読み変えられた可能性としての『明暗』の、夢想ならぬ実現であることはいうまでもない。『續 明暗』は、女の力（柳田国男の用語で言えば「妹の力」）という主題を提示しているように思われるのだ。

『明暗』の津田は、お延や清子やお秀や吉川夫人という相互に葛藤する女たちの力の支配圏に捕捉されていた。しかも、捕捉されつつ、捕捉する女たちの力に対して適度に高をくくっている、そしてそれを自由の確保だと考えている、津田はそういう人物だった。『續 明暗』においても、津田のその態度は変わらない。能動的な力によって自分を変え得ない津田は、自分自身の力によって悲劇を招き寄せる力もないのである。それは自分の力によっては「根本的の治療」を行う力がないということだ。だから彼は、病気の再発へと逃げ込むしかない。

悲劇へと果敢に跳躍するのはお延である。お延の悲劇によって、津田は初めて真に絶望する。彼の無残によろめく足取りは、「根本的の治療」へのおぼつかない第一歩として読めるだろう。それなら、このときお延は、自らを犠牲にすることによって男たちを救ってきたこの国の数々の「妹」たちの系譜に連なる。

紹介は控えるが、本書の結末には、フェミニズム的に読み変えられたまことに意想外な「即天去私」の解釈がある。そして、この最終章が第二百八十八回、すなわち『續 明暗』のちょうど百回に当ることを付言しておく。百は漱石の偏愛した神秘数だった。

「週刊読書人」一九九〇年十月二十二日号

II

マイナー文学の方へ

1991—2000

一九九一年文芸時評（共同通信配信）から

三月号——奥泉光「葦と百合」／湾岸戦争／尾辻克彦「短篇」／筒井康隆／村田喜代子

奥泉光の「葦と百合」の連載（「すばる」一、二、三月号）が完結した。今月はこの新鋭の力作に心からの喝采を送りたい。

まずは山奥の温泉場に向かう哲学専攻の大学院生一行が登場する。自ら「思索しない人々」と名乗る彼らの中に、しかし、一人だけ痩身白皙にして「思索的」な男・式根が同席している。

しかも彼がドイツロマン派の熱烈な愛好者であるとなれば、いかにも古典的なロマンの主人公にふさわしい風貌のこの男こそ「葦＝考える葦」であろうこと、そしておそらくは「百合」のごとき佳人との間に悲劇的でロマネスクな物語を繰り広げることになるであろうことを、読者は容易に予測する。いや、読者が予測するのではない。実は、登場人物の一人の口を借りて作者はのっけからそのことを予告していさえするのだ。

「百合」のごときヒロインは式根の高校時代の恋人。彼女は「葦の会」なるコミューン運動に参加して式根のもとを去った（「葦」の意味はここで二重化する）。「葦の会」は汚染された文明を拒否して山奥の森の中に分け行って以来消息が途絶えている。式根は温泉行に同行しつつその消息を訪ねようとしている。

やがて語りが「思索しない人々」の一人である「ぼく」の一人称から式根を主人公とする三人称に転換するとともに、文体も、適度な教養と適度な軽薄さの同居する饒舌体から典雅で古風なロマネスクの文体へと転調し、物語は山村の旧家にまつわる伝説を巻き込みながら徐々に神秘と幻想の気配を胚胎し始める。

こうした物語自体がすでに十分に魅力的なのだが、しかしまた、こうした物語がそれ自体の素朴な力のみで現代に生息しえないことも、そして何より小説は物語ではなく、物語への批判にほかならないことも、作者は十分すぎるほどよく承知している。それゆえ作者は、驚くべき複雑巧緻な仕掛けを施す。それはいわば、ロマン主義の不可能を自覚しつつ、その不可能なロマンの幻影を虚空に一瞬実在させるための仕掛けである。

たとえば、「葦」と「百合」のイメージはコスミックな象徴にまで多重化され、その周囲を巨樹や巨石や川や森をめぐる民俗学的な知見（この国の物語の固有文法）が取り巻いている。それは物語の力を強化する。

しかし、最も重要な仕掛けは語りの方法そのものに施されている。

殺人事件をきっかけに素人探偵たちが登場するが、彼らが解釈に解釈を重ねれば重ねるほど事件は迷宮化していく（それは作中で言及される中井英夫の『虚無への供物』の手法である）。やがて一人の素人探偵は、このまま捜査を続ければ自分が物語の迷路で迷子になってしまう危険に気づいて歩みを返すだろう。それでも読み進めるというのなら、読者は、主人公とともに迷子になる覚悟をしなければならないだろう。

そして最後に、新しい証言者によってむりやり物語の夢から覚醒させられることになった時、その時初めて、一人称部分の語り手だった「ぼく」が一度も三人称部分に登場しなかったという隠されていた決定的な仕掛けにやっと気がつくかもしれない。しかし、気がついた時にはもう遅い。不可能なはずのロマンの幻影を、確かに目撃させられてしまったのだから。

楽曲の構成に倣った整然たる形式の内部にこの複雑な語りの罠を仕掛け、しかも物語の魅力を失わない、その作者の力量には目を見張るものがある。重要ないくつかのテーマが大江健三郎の『万延元年のフットボール』に依存しすぎていることには多少の疑問が残るが、私は時評者としてこの長編の最初の通読者の一人となれたことを喜ぶ。

さて、夢から覚めて現実（二月十九日）に戻れば、湾岸戦争という不快な出来事がある。何が不快か。テレビの画面で見させられることが不快である。現場の目撃者になったように錯覚しながら実は安全な茶の間でお茶を飲んだりしていることに気づかされることが不快である。宗教対立や植民地支配の歴史から遠去けられているにもかかわらず石油消費によってかかわっていることが不快である。九十億ドル出してかかわろうとしていながら（頭割りすれば私も多分アメリカ兵を一人一日ぐらい雇える）、武器弾薬には使わないで下さいなどとかかわりを否定しようとすることが不快である。そうやって遠さと近さが混乱することが不快である。そして不快だ不快だというだけではこの不快が解消しないことがまた不快である。

小説にも湾岸戦争が登場した。尾辻克彦の「短篇」（「群像」）という題の短編。依頼された原稿の締め切りをイラクの撤退期限（一月十五日）とダブらせたものだ。「締切りは緊迫している」のだし、「何ごとも遠離かると美しくなる」。ここでは「核」とか「見切り発車」とか「すっと打ち込まれて」とか「ミスやアクシデント」とかいうただの言葉が、かけ離れた二つの系列（アラブの戦争と平和な日本の小説家の日常）を不意に結び付ける。「すべてはリンクしている」のだ。

戦争という重大な事件をこんなふうに扱うことは不謹慎だろうか。だが、これを不謹慎だと非難する者こそほんとうは何もわかっていない。小説家は不快なのだ。遠さと近さが混乱しすべてがリンクさせられていることが。安全な日常などどこにもない。それでも日常を「とりあえず」信じたふりをして生きるしかない、そういうことが不快なのだ。

筒井康隆の「最後の伝令」（「新潮」）は、肝硬変の末期症状を知らせるために情報細胞が肝臓から延髄まで走る話。人体の内部を世界に見立てていて、これは「世界の終り」の物語である。なるほどすべてはリンクする。神経の高速鉄道を使い、ランゲルハンス島からは小舟に乗り換えてリンパ液の津波に襲われ、いとしい女性に別れを告げ、幾多の危険を乗り越えて彼は走る走る。私の延髄にも伝令はもう二、三度来ているのかもしれない。ちょっと怖い。そしてかなり面白い。

村田喜代子の「竜の首」（「文學界」）は、巨大なクレーン船を竜の首に見立てた面白さ。それは家庭という塔に閉じこめられている平凡な主婦を迎えにきた王子さまの使いなのかもしれない。しかしこの主婦、知らぬ間に山姥《やまんば》に変身したこともあったのだ。それがちょっと怖い、そしてかなり面白い。

四月号――湾岸戦争反対署名／金石範「夢、草深し」／畑山博「ウルップの篝火」／加藤典洋「文明季評」

先月のこの欄で私は、「湾岸戦争」の不快さは遠さと近さが混乱してしまうことだと書いた。距離が混乱し、自分の位置が確定できないことが人を不快にするのだと。

ところで、今は亡き石原吉郎の一九七二年のメモの中にこんな一節がある。

「放浪と失語。放浪とは、いわばみずからの位置を放棄することであり、ある種の失語状態へ足をふみいれることである。」

言葉についての石原吉郎の危機的な認識は、シベリアでの八年間にわたる苛酷なラーゲリ体験に基づいている。私は今回の「湾岸戦争」報道の中で、何度も、敬愛する詩人のこの言葉を思い出していた。位置を失うとき、人は言葉も失う――それなら失語症に陥ったのは、まさに戦後の日本であり、ほかならぬこの私自身ではないか。

今回の戦争に対して日本は外交のための独自の言葉を持たなかったが、それは今に始まったことではない。むしろ戦後日本は自分の位置を他人（アメリカ）に預け、自分の言葉も他人（アメリカ）に預けることで、位置と言葉を持つことから生じる責任を回避しながら、繁栄を獲得してきたのである。だが、どうやらそういうあいまいな態度ではやっていけない事態が生じつつある。

もちろん「湾岸報道」は言葉であふれていた。だが、解説したり物語ったり「日本人も血と汗を流せ」などと叫んだりするそれらの言葉が、はたして自分の言葉だったかどうかは反省してみる必要がある。位置を持たない者の饒舌は裏返しの失語症にすぎないかもしれないではないか。

文学も同じことだ。というより、失語症とは、何より文学の問題であるはずだ。

「私は、日本国家が戦争に加担することに反対します。」

二月九日、「文学者の討論集会」（これについては今月の「文學界」で、「討論集会」の発起人の一人である柄谷行人が『湾岸』戦時下の文学者」という文章を書き、小山鉄郎が経緯を紹介している）の後、私はこの短すぎるほど短い文面に署名した。

この文面にはさまざまな疑問が生じよう。「戦争に加担する」とはどういうことを指して言うのか、「反対する」とは具体的にどうすることか、そもそもなぜ「反対」するのか等々。つまりこの文面はさまざまな重要なニュアンスを切り捨てている。そして、「文学者」こそ豊富なニュアンスを重視する人間だとすれば、こういう痩せこけた文面に「文学者」として署名することは滑稽にすら見えるだろう。だが、私はこの痩せこけた文面を、痩せこけているがゆえに、むしろ積極的に支持した。失語と裏腹の無自覚な饒舌が栄える国で、自分のささやかな位置を確定するために選び取る最初の言葉として、この痩せこけた言葉の姿こそふさわしいと思ったからである。

位置の喪失が失語をもたらす――「在日」の作家たちは、歴史的政治的にそうしたむごい条件を強いられてきた。「夢、草深し」（「群像」）を発表している金石範もその一人である。

題名通り、ここには多くの夢が描かれている。それらの夢はことごとく故郷・済州島を指し示しているのだが、読者には、一種難解な象形文字のように現れる。この象形文字が難解なのは、背後に作家の六十年の人生が凝縮されていて、しかもその六十年は日本と朝鮮半島の歴史とも深く絡み合っているからである。

この小説の言葉の姿は、いたるところにうっ血したこぶのようなものがあり、決して読みやすくはない。しかし、そのごつごつとした言葉のこぶこそが、そこで失語の危機との戦いが行われたことの痕跡なのである。

位置はだれかが与えてくれるものではない。あらかじめ正しさを保証された安全な位置などどこにもないのだ。位置は自分で選ぶしかない。自分の生の意味は自分でつかむしかないのと同じことだ。だから、言葉はいつも失語の危機と触れ合っている。「文学者」とは、常にそういう危機を自覚している者のことである。

畑山博の「ウルップの篝火」(「文學界」)は連作の途中である。エトロフ島の「たこ部屋」を脱出した主人公の男女は、密漁船に乗ってウルップ島に渡ったところだ。私は北方の島を舞台にしたこの連作のファンである。

「陽はもちろん、星影さえめったにない北の冬のこの海域では、島の断崖と波、人、ただ在るもの同士、必死にぶつかり合うことでしか発光出来ないのだ」

この小説のいたるところに、こういう苛酷な認識がころがっている。それはまさに、寒風に吹きっさらしの北の島の石ころのようにころがっているのである。それがこの小説の、比類のない言葉の姿だ。

最後に、加藤典洋の「文明季評」(「中央公論」文芸特集・春季号)を紹介しておく。加藤はこれを「聖戦日記」と題して、一人のイラク少年の日記に仕立てている。八月二日に始まり一月十六日に終わるこの少年の日記に仮託して、加藤は、饒舌なこの国の「湾岸報道」がなるべく語ろうとしなかった言葉（イラクの論理）を語ろうとするのである。

「ぼくはブッシュもサダムも、好きではない。でも、戦う。誰だって、自分の住んでいるところに敵が攻めてきたら、そして友達や家族が死んだら、戦う」と記すこの聡明な少年の言葉を、読者は、五十年前の日本の少年の言葉に置き換えて読むこともできる。そして、そういうふうに読めるのは日本の読者だけだ、という事実は大事なことである。

六月号――多和田葉子「かかとを失くして」

中村和恵、リービ英雄、水村美苗――私がここ数年の間に新鮮な印象を受けた日本語の新しい書き手たちである。この人たちに共通するのは、長期間にわたる海外滞在経験者だったり、そもそも外国語を母国語とする人だったりすることだ。

日本語の内側にいる人間にとっては、日本語は自分の意識や情緒と密着していて切り離すことができない。そのことを徹底して自覚した戦時中の小林秀雄は「人情といふ言葉の美しさを僕が発明したわけではなし、その美しさを醜くする術を僕が持つてゐるわけでもない」（「文学と自分」）と述べた。

このとき小林秀雄は、日本語という「第二の自然」を「心を虚《むな》しくして受容する覚悟」を説いたのだが、それはとりもなおさず、戦争という形で表現されたナショナリズムを「受容する覚悟」でもあった。もちろん、「人情」という言葉に対して小林秀雄のように反応する書き手は今ではほとんどいない。だが、たいていの作家たちは小林秀雄と同じ姿勢で、しかも小林秀雄とは違って無自覚なままに、小説を書いている。特に一九八〇年代に登場した若い書き手たちほどそうなのだ。

そのことは「人情」という言葉を「透明な」とか「はかない」とかいう彼ら好みの言葉に置き換えてみるとよくわかる。彼らの小説はそういう言葉が自動的に生み出すイメージを読者と共有したがっている。しかしそれは、ポストモダンと言われながら自閉していた、この国のイメージ空間の中に閉じ込められているだけだ。

それに対して、冒頭に記した書き手たちは、日本語の外にいる経験をもったことによって、日本語と自分の意識や感情との間にすきまを自覚している。彼らにとっての書く行為は、このすきまを自覚的に操作する冒険なのだ。そのことが、彼らの書く日本語を新鮮なものにする。

最近の社会的な掛け声としての「国際化」はナショナリズムの強調と結び付いている。けれどもこれらの書き手たちは、そうした掛け声とはまったく別なやり方で日本語を外に対して開こうとしているのである。そのとき日本語は少し歪むかもしれない。しかしこの歪みは必要な歪みである（私にとってこの問題は日本国憲法の前文――あの翻訳文体――の問題と切り離せない）。

私は無精だから外国に行ったこともないし、また行く必要も認めない。しかし私は、日本語との間にすきまを自覚し、そのすきまを操作することで日本語に新鮮な富をもたらそうとする書き手たちの方を支持する。そもそも小説家はそういうふうに言葉に向き合うべきなのであって、大江健三郎も中上健次もそうしているのだ。
「かかとを失くして」（「群像」）で群像新人文学賞を受賞した多和田葉子も若い海外滞在者である。この文章がやはり面白い。ここに引用はできないが、特に最初の二ページほどを読んでほしい。そこに書かれた日本語はちょっと機能不全の気味がある。もちろん作者はわざとこういう書き方を選んだのだ。「書類結婚」で外国の町にやって来た若い女性。彼女は意味をよく聞きとれない言葉の中にほうり出されて、位置と方向をしばらく見失っている。そういう語り手の意識の失調にこの機能不全気味の日本語が対応している。「書類結婚」は異文化体験の寓喩である。語り手＝主人公には、他者との接触を受け入れようとする姿勢と、接触を繰り延べようとするおびえとが複雑に入りまじっている。そのため彼女の意識の失調状態は最後まで治らない。ここでは現実はすべて失調した意識の中に変換され、その結果、小説は不条理かつこっけいな悪夢に似てくる。多少ひとりよがりであいまいなところはあるが、全体として他者体験にまつわる奇妙な心理的リアリティーを実現している。

（抄出）

十月号――荻野アンナ／佐伯一麦／室井光広「猫又拾遺」

本欄を担当するに際して何の気負いもなかったが、できるだけ若手を前面に押し出したいとだけは思っていた。

日本の純文学の力は倫理性の力だった。通俗文学には道徳性はあっても倫理性はない。道徳性の命題は「人間はどう生きるべきか」という一般的な形式を採るが、倫理性は「この私はどう生きるべきか」という「この私」の固有性にかかわる。

もちろん倫理性は社会や状況の中で、いろいろな付加価値を生む。七〇年代までの文学はそうした付加価値に依存しえた。その後も村上春樹までは、そういう付加価値の残像の中で読まれていたと言える。けれども若手作家たちには、付加価値もなければ倫理性の核になる特権的な体験もない。そのことを〝新しさ〟として標榜することは簡単だが、その自覚からどのようにして書き始めるかは難しい。「海燕」が「今、文学にどのように立ち向かおうとしているか」という課題で、十五人の若手作家に短いエッセーを書かせている。

そこで「言葉のデストロイヤーをめざしている」と書く荻野アンナは、今日の作家の主張しうる特権は言葉の使い手であること以外にないという事態を自覚しているようだ。しかし荻野の〝賢いお姉さん〟風なダジャレは既成の何も破壊しない。デビュー作「うちのお母《か》んがお茶を飲む」で示された荻野の才能は、その後「文学」や「教養」との品のよいお付き合いの中で、いたずらに消耗しているばかりだと私には見える。

そうした凡庸な〝新しさ〟の中におくと、佐伯一麦の〝古風さ〟に居直ったエッセーが引き立つ。佐伯の「私」はこの〝古風さ〟の衣装をまとってフィクション化される。近作短編でかなり堂に入ってきたと感じさせるそのフィクションとしての「私」が、書き手の筆の自己管理を突き抜けて、「この私」

の固有性に触れる凄い一行二行を書き記してしまう瞬間を期待する。特権的な付加価値を奪われた場所でこそ、文学は「この私」の固有性を見いださなければならないはずだからだ。

室井光広「猫又拾遺」（「群像」）は、言葉の優れた使い手の登場を記念する作品だ。一地方の今昔にわたる事実譚《たん》やら奇譚やらの収集という形式は、柳田国男の「遠野物語」を連想させる。

作者はここで、民俗の底の深さにまで降り立つかと思うと、一方で現代風俗にまで一気に浮上してみせる。その作家としての運動能力の優秀さには目を見張るものがある。そして注目すべきは、この運動が、方言からメタ言語までを駆使する（民話から現代文学までといってもよい）言語の運動量と不可分なものとして実現していることである。

たとえば冒頭の通俗物語の姉妹はサドの作中の姉妹と一瞬の血縁を結び、別の一編では川流れする老《ろう》爺《や》の身体の上で民話の猿聟《さるむこ》とオフィーリアと河童《かっぱ》の身体が平然と抱擁し合う。もちろんすべては言葉によって生じた出来事だ。十二編の小品はどれも、言葉が言葉を生み、言葉が言葉と出会う、その意想外で愉楽に満ちた運動のみによって形成されているのである。ここには、小説は言葉によって書かれるという簡明な条件についての先鋭な自覚と実践がある。

この優れた言葉の使い手の登場を祝福しながら、例によって時評家らしいぜいたくな不満を言い添えておけば、この見事な言葉の運動が時に「教養」によって調和的に制御されているように見えるところが多少気になる。十二編のうち私が最も好むのは「ビッキ！」だが、「ビッキ！」とは調和が不意に破られたときに発する感嘆詞にほかならない。

（抄出）

一九九二年文芸時評（共同通信配信）から

三月号――女性作家のユング的傾向／車谷長吉「鹽壺の匙」ほか

「文學界」の小山鉄郎の文章によれば、松村栄子はユング心理学が好きなのだそうだが、松村に限らず、現代文学のユング的傾向という事態は確認しておく必要がある。

心の基層に集合的無意識なるものを想定するユング理論は、内面に潜行することで万人に共通する普遍性を獲得できるのだと約束してくれる。だが、他者との関係をあらかじめ消去したところに成り立つ普遍性とは、結局は極めて同質的な世界にすぎない。

また、集合的無意識は神話的パターンを内蔵している、というより、そもそもユングの集合的無意識の仮説自体が、神話やおとぎ話の分析と不可分に形成されたものなのだから、小説は従来の写実性を捨てて物語やメルヘンに接近することになる。

そこで偏愛されるのは「眠り」と「宇宙」のテーマだが、いうまでもなく、「眠り」は内界への旅の入り口だし、「宇宙」は旅の終着駅で個我を抱き取ってくれるはずの全体性のイメージだと考えてよい。つまり、そこに現れる「宇宙」は外的な自然ではない。それはあくまでも、内界において発見されるイメージである（ユングはその全体性のイメージをマンダラで代表させたが、ユングによれば空飛ぶ円盤もマンダラ図形の一種にほかならない）。

占いブームやら新宗教ブームやらの通俗神秘主義的な社会現象に後押しされつつ、吉本ばななの「白河夜船」あたりにリードされて始まったこの傾向は、小川洋子と松村栄子の芥川賞受賞によって、どうやら文芸ジャーナリズム公認の〝お墨付き〟をもらったらしい。

彼女たちを誘惑するのは、同質的なイメージの中に抱き取られて眠りたいという欲望である。それは人間との関係に障害を負った現代人の病を癒《いや》してくれる場であるかのように、（作者によって、読者によって、批評家によって）意味付けられて肯定される。だが、そうした意味付けは通俗社会学的、あるいは通俗心理学的である。

問題は、そのとき小説がメルヘンになってしまうこと、そして、言葉が同質的なイメージにのみ回収されてしまって、言葉本来の力、読者の日常的なイメージを組み換える意想外な驚きに満ちた力を放棄してしまうことである。例えば類似した主題を扱いつつ、大江健三郎の「治療塔惑星」（これを私は成功作だとは思わないが）と松村栄子の「至高聖所《アバトーン》」とを決定的に隔てるのは、小説の言葉がイメージ批判の機能を持っているか否かの違いである。

だから、今月号の小説についていえば、結末で少年と女教師が冬の星空を仰いで同質性のかすかな音信を感受する松村栄子の「星の指定席」（「海燕」）はメルヘンである（この小説で多少とも〝リアル〟な人物は女子高校生だけだ）。また、多くの人物を登場させて構成にも趣向を凝らしてはいても、その人物たちがそろいもそろってよく似た〝文学（少女）〟的口調でモノローグを繰り返す魚住陽子の「公園」

（「新潮」）も、やはり同質性のメルヘンである。

野中柊「アンダーソン家のヨメ」（「海燕」）には、少なくとも、そうした同質性への欲望から身を引きはがそうとする批評意識がある。それは若い女性の体験した異文化との摩擦を描いているという小説内容についていうのではない。批評意識はその文体に現れている。〝いまどきの若い女の子〟口調で展開する、とめどのない冗舌体には多少へきえきさせられながらも、それが着地する場のないまま回転し続ける批評意識の身振りであることだけは了解できる。

また、人物たちを等し並みに紋切り型化してみせる才気には、小型金井美恵子ともいうべき、ちょっと意地悪い才女に成長し得る素質をうかがわせもする。

内界に沈潜する若い女性作家たちの姿勢を昔の民俗的な風習に対応させれば、娘たちの「忌《い》み籠《ごも》り」に当たるだろう。その期間に彼女らは巫女《みこ》になる資質を試される。つまり彼女らは、外部から隔離されて内界に沈潜することで、個我を共同体（同質的な全体性のイメージ）と同調させるための資質を開発しようと試みるのである。

一方、若い男性作家たちの作る物語は、たいがい、内閉的な状態にいる主人公が事件（社会や他者との遭遇）に巻き込まれて内閉性を揺るがされるという軌跡を描く。それを教養小説的といってもよいが、やはり民俗に対応を求めれば、イニシエーション（成人儀礼）の今日的なバリエーションに違いない。〝男の子〟たちは、やっぱり社会に出なければならない、と思ってはいるらしいのだ。

一月の大岡玲「ヒ・ノ・マ・ル」もそうだったし、今月の渥美饒兒「森のヒポクリット」（「すばる」）も鈴木隆之「未来の地形」（「群像」）もそうだ。もちろんここでも通俗イメージを文学だと勘違いしている渥美に比べて、イメージ批判、全体性批判そのものを方法化しようとしている鈴木の方が格段に優秀である。だが、鈴木の今回の作品は、物語に安易に依存してしまったためにイメージ批判も不徹底のまま終わっていて、私の期待を十分には満たしてくれなかった。

今月最も印象に残ったのは、車谷長吉「鹽壺の匙」（「新潮」）だった。若くして自殺した叔父を中心に母方の血族の記憶をたどった私小説的作品だが、その徹底した反時代的姿勢が、逆に、この小説の言葉に単なる郷愁には回収されない強度を与えている。ここには、「私」の記憶の中で、あるいは縁者たちの伝承の中で、あるいは風土の苛烈な生活の中で、精選に精選を重ねて残った砂金のような言葉がきらめいている。

六月号――高橋源一郎「ゴーストバスターズ」／多和田葉子「ペルソナ」ほか

高橋源一郎の「ゴーストバスターズ」（「群像」臨時増刊号）は、アメリカ西部劇映画から抜け出したみたいな粋《いき》な二人組の強盗が、東海岸に現れたというゴーストのうわさを聞き付けて、ゴースト退治に出発するという設定である。しかし、例によって、そう紹介しただけでは何を伝えたことにもならないのがこの作家の世界であって、今回の作品も、ゴーストの正体は不明のまま、コカコーラは出てくるは、ＢＡ-ＳＨＯ（芭蕉）とＳＯ-ＬＡ（曽良）がアメリカを旅するは、荒唐《こうとう》無稽《むけい》といえば荒唐無稽、とりとめもないといえばとりとめもないおはなしなのだが、やはり特記すべきはその絶妙の話法だろう。作者の見事な才腕によって、語りは自在に加速しまた減速し、時には飛躍、時には逆行、そうやって時空は錯誤し、夢と現実は反転しあう。しかも、スラップスティックまがいのおはなしの底には、悲哀をたたえた良質な叙情が通奏低音のように持続している。

とりわけ読者を驚かすのは、三百枚の小説も既に終わりに近づいたころ、百二十八ページの下段に置かれた次の一行である。

「少年はうなずいた。そして、その少年がぼくだった」

二人組を主人公にしたこの三人称世界は、見えない語り手によって、いわば上空から統御されている。読書の常識によって、読者はだれもがそのように認定しつつ読み進めてくるのだが、その不可視にして超越的であるはずの語り手が、このとき突然、二人組から声を掛けられる少年として、つまりはテキストに内属する作中人物の一人として、「ぼく」という一人称の声を発するのだ。そしてこの「ぼく」は、読書の常識にしたがうなら、それ以前に語られた物語のすべてについて、「ぼく」の語りとして認識を組み替え直すよう読者に要求する権利を持つだろう。

このとき、テキストという時空の構造そのものが一瞬よじれる。そのよじれは読者を巻き込み、読者はここちよいめまいの中に放り出される。このとりとめもない「冒険小説」のクライマックスがどこかは不明だが、この絶妙な話法のクライマックスがここであることは間違いない。

だが、このよじれが何を意味するか、あるいはなぜ必要か、いいかえれば、この一人称の登場にどんな倫理的意味があるのか分からないまま小説は終わってしまう。その限りで、結局のところこのよじれは、めざましくはあるが無根拠な、話法の楽しみ＝遊戯にとどまっている。倫理的な何かの所在を暗示しつつ話法の遊戯だけを前景化する書き方――高橋源一郎はなおも、漱石的というよりは初期太宰治的なのである。

多和田葉子の「ペルソナ」（「群像」）においても、読者は、テキストの時空が不意によじれる特権的な一瞬に立ち会うことになる。それは百八十二ページ上段の最後、「あの激しく駆り立てるようなおかしな感覚がからだのどこかでまた始まっているらしかった。これが始まると、立ち止まることができなくなってしまうのだった」という一節である。

これは、ドイツ留学中のヒロイン・道子が、行かなければならない方角とは違う方角へ歩き出してしまったまま、自分の歩行を自分の意志で制御できなくなった事態についての記述である。

だが、奇妙なことに、読者の意識には、「あの」という指示語の指す内容が、まるで直前に言及されている日本人少女のエピソード――漢字学習をしていて「一度同じ字を書き始めると止まらなくなり、ページがいっぱいになっても次のページに書き続け、鉛筆が丸くなっても電気鉛筆削りでジュッと削って書き続け」という「ものに憑かれたような」少女のふるまい――を指しているかのように現れる。つまり、別人格であるはずの二人物の区別（距離）が、「あの」の一語によって一瞬消滅してしまうのだ。

興味深いのは、高橋源一郎のよじれが書き手の意識的な統制下にあるのに対して、多和田葉子のよじれが無意識すれすれに現れているように見えることだ。しかも高橋のよじれが意味不明なのに対して、多和田のよじれは明らかに、道子が病んでいる関係意識の病に対応している。関係意識の病とは、自己の他者に対する、のみならず、自己の自己自身に対する関係（心理的距離）意識の失調を意味する。多和田はそれを、個的な病としてではなく、異文化体験の問題として提出しているのだが、道子の心意が少女の心意に唐突に感染したかに書いてしまうとき、ここではいわば、病が書法に転移しているのである。

この書き手には、おそらく、常に現在書き続けることによってしか処理できないものがある。しかもその運動が「文章」になりさえすればよいのであって、必ずしも公認された「小説」の形になる必要はないのだ、と思わせるところがある。たぶん、多和田が使用するアレゴリー的小道具は、「文章」が「小説」らしい形と妥協するためにやむをえず借用した道具という側面も持つのだろう。その意味では、今回使われた「能面」は前二作の「イカ」や「複写機」より確かに過不足なく収まっているのだが、その分いかにも「文学」臭くなってつまらない感じもする。

病を駆動力にしつつ時折ユーモアを放散する多和田の文章の魅力的な運動に比べるとき、村上政彦の「量子のベルカント」(「文學界」)は、いかにも今日的な知的力業による作品であることは認めるにせよ、根本的に文章というものを履き違えているのではないかという疑念をぬぐえなかった。ことに、少年の視線に寄り添っていることと描写に用いられた修辞との違和感が気になったのである。

八月号――李良枝《イ・ヤンジ》「石の聲」／角田光代／小浜清志／室井光広「あんにゃ」ほか

「石の聲」(『群像』)は李良枝の遺作である。全十章の長編小説として構想執筆されていたうちの第一章に当たる部分のみが、作者の死後に、こうして読者に届けられた。

それは次のように書き出されている。

「——義しさ
私は目を閉じ、瞼の裏側に自分の字体でその三文字を書きつける。ゆっくりと口の中で呟きながら瞼の裏側に、さらに文字を重ねて書きつけていく」

小説は、「私」（韓国留学中の在日韓国人青年であることが次第に明かされる）が日課としている奇妙な朝の「儀式」の記述から始まっている。彼は毎朝、明け方の薄闇の中でじっと物思いにふけりながら、意識の深いところから言葉が浮かび上がってくるのを待つのだという。そして、小説の冒頭に選ばれた朝、浮かび上がってきたのが「ただしさ」という音であり、その音が要求したのが「義しさ」という文字だった。

芥川賞受賞以来の四年間、作者は一作も発表することがなかった。そのこと自体、この国のせわしない文芸ジャーナリズムの中では異例に属する。それはおそらく、短編やらエッセーやらという安易な形で自らを切り売りするのを潔しとしなかったからというだけでなく、そもそも自らの言葉を〝商品化〟してしまうこと自体への拒絶を意味していたのだろう。

そしてそのようにして作者が格闘し続けていたのが、「義しさ」の三文字で始まる長編だったという事実には、いささか古風な措辞を用いるが、粛然として読者の襟を正さしめるものがある。

いうまでもなく、「義しさ」は倫理の問題である。だから、発表された第一章は、人間と言葉とのかかわりをあくまで倫理的に突き詰めようとする姿勢で、息苦しいまでに緊張している。この息苦しさは長編小説の世界を動かしていくには重すぎる枷《かせ》であったかもしれない。

そしてまた、そのような負荷を背負ってしまったことは、作家としての李良枝の不幸であったかもしれない。だが、その負荷に耐えて困難を押し切ろうとする作家の愚直な姿勢は、間違いなく読者を鼓舞するのである。

李良枝の主人公に倫理的な問いを突き付けたのは、日本語と韓国語という二つの言語の対立である。だが、それを「在日」の作家にのみ固有な特殊な状況と考えるべきではない。そもそも作家とは、内に言語的分裂を抱え込んだ存在であり、その分裂を駆動力として文章を書き続ける存在であるはずなのだ。例えば現代の希少な書き手である大江健三郎と中上健次が、ともに、方言の世界を文学言語の基底に組み込んでいることの意味を思うべきである。

むしろ、現代の若い書き手たちの不幸は、内なる言語が単一化し平準化してしまったことだということもできる。例えば角田光代「昨夜はたくさん夢を見た」(「海燕」)は、「私たち」という甘えの共同性と「私」という孤独の間で微妙に揺れ続ける若者たちの生態を描いていて興味深い。

しかし、この書き手の相対的な優秀さを認めつつ私が不満なのは、倫理的なものへの問いをかすかににじませながら、最終的にはその問いを叙情の中に解消することで、小説らしい姿を安易に装ってしまうことである。この若者たちが、どこでどう自分自身を問い詰める言葉の激しさを獲得するのか、私が本当に興味があるのはそのことだけである。

小浜清志「消える島」(「文學界」)は、作中の会話部に南の島のむきだしの方言を記入している。そしてそれは、制御不能な自然（出産もまた人間の自然である）への畏怖の感情を演出するのに効果的である。だが、自然が時折見せる特権的な相貌に依存したこの小説の言葉たちは、素朴に幸福ではあっても、現代においてそれを書くことについての十分な自覚を欠いていると言わざるをえない。中上健次以後の書き手は、中上が「路地」を焼いてしまったことの意味を無視できまい。

室井光広「あんにゃ」（「群像」）もまた、作品の基底に、人が制御不能な自然に身をさらすことを強いられる〝絶対的に貧しいムラ〟の光景を据えている。だが、室井は、それをだれにいかに語らせるかという問題について、十分に自覚的である。言い換えれば、ほかならぬ書き手である自分自身が、既に現代の文学言語に習熟してしまっていること（あるいは文学言語によって決定的に汚染されてしまっていること）を十分自覚している。

だからここでは、祖母の語る「山賤《やまがつ》」の言語は民俗学的な聞き書きのスタイルとして、しかも（偽の）引用という二重のフィルターを介して記されるのである。それは、自然という無垢なるものも、言語によって汚染することなしには小説の中に取り込めないという事態についての、徹底した自覚に基づく方法だといえよう。

室井はこの村を「八岐《やまた》の園《その》村」と名付けている。日本の〝村の名前〟としては〝不自然〟なこの命名をあえてしたのは、もちろん、ボルヘスの『伝奇集』中の作品「八岐の園」へのオマージュに違いない。室井はこの二十ページ足らずの短編の中に、民俗の言語からボルヘスのテキストに至るまでのすばらしい言語的累層を作り出そうとしている。それはボルヘスの方法そのものだといってもよい。しかし、そのために駆使された過剰な方法は、今回は逆に、作品の焦点を拡散させる結果になってしまっている。

今後の室井は、深沢七郎の方法的な〝貧しさ〟をも取り込むべきだろう。〝貧しさ〟も十分に〝現代的〟でありうるのである。

九月号——中上健次追悼

中上健次が死んだ。

今月はどうしてもこの喪失感の深さから書き出さざるを得ない。

中上健次の死とともに失われたもの。それは例えば、差別・被差別の視点から、日本の文化の隠れた根までを暴き出さずにやまない思想の運動であり、語り物の言語伝統にまでさかのぼることによって、文字（言文一致）以後のわれわれの「文学」という枠組みに根本的な疑いを差し向ける試みであり、「日本」とは何かと問うことで「日本」そのものを超えてしまおうとする力の集注だった。

要するに中上は、文学というものをほとんど無尽蔵な可能性を秘めた巨大な器として使用できる、数少ない作家だった。そしてその可能性のすべてが、あらかじめ自分という人間の肉体に書き込まれていると信じることのできた、ほとんど唯一の作家だった。

中上健次は、「近代」からも「文学」からもはみ出してしまうような大きな言葉の振幅を、わが身一身に賭けて担っていた。

そのような作家の存在というものが、中上の肉体とともに滅びて、二度と再び文学の（つまりは日本語の）未来の中に回復不可能かもしれないと思うこと、それは途方もない寂しさの中に私を連れ出す。だが、ひるがえって思えば、実は、この私（昭和二十八年生）の身体にも、プレモダン（前近代）からモダン（近代）を経てポストモダン（後近代）に至る多層の言語は刻み込まれている。私だけに限るまい。戦後日本という驚異的に加速された歴史空間（その加速された歴史はある意味で戦前日本の反復である）を生きるとは、だれもが自己一身にそのような多層の言語を刻み込まれる経験であったはずだ。

中上の死後を生きなければならないわれわれ（少なくともこの私）にとって、内なる多層の言語を掘り起こす作業こそが、まず必要なのだと、今は思う。

（抄出）

十一月号――畑山博「緑のオホーツク」

「八月十二日、中上健次が世を去り、日本近代文学は事実上おわった」と浅田彰が「批評空間」第七号の「編集後記」で書いている。確かに「おわった」のかもしれないと、この私も思う。今月は「新潮」と「海燕」と「すばる」が新人賞作品を掲載しているが、それら受賞作を読みながらそう思うのである。

それはそれらの作品が「近代文学」を否定したり超えていたりするからではない。全く逆である。それらのうちの言葉の扱いに巧みだと思われるものほど、既に見たことのある光景におとなしく収まってしまうのだし、一方、乱暴な力を内蔵していると見えるものほど、単に粗雑でしかない欠陥を無神経に露出させているばかりなのだ。つまり、それらによっては「近代文学」は少しも揺るがないのである。

自分自身を更新する内側からの力を失ったとき、それは「おわった」といわれても仕方あるまい。だが、「近代文学」がやり残したことはいくらもある。浅田と違って「文学」の内側にいる時評家としては、このまま「おわった」のではほんとうに困るのだ。

畑山博が「文學界」に不定期に掲載してきた長編連作が今月の「緑のオホーツク」で完結した(「編集だより」には「三年がかり」とあるが、正しくは一九八八年以来、四年半にわたる連作のはずである)。

ここには紛れもなく、近代文学(小説)がやり残した領域での重要な仕事とその目覚ましい成果がある。それを小説の内容についていうなら「北方性」、小説の書法についていうなら「吃音《きつおん》性」とくくることができる。しかも両者は切り離せない。

舞台は明治三十年ころのウルップ島。エトロフ島を脱出してきた草子という娘と郷とケトゥンニという二人の男。無人の島の苛酷な自然を相手どっての彼らの生活は、暮らしというよりほとんど自然との闘争である。

連作の当初、危難を冒しての行動者であった三人は、ここではほとんど行動の自由を奪われている。それはウルップからのさらなる移動が不可能だということだけではなく、草子をめぐる三角関係の構図によって男二人が心理的に身動きならなくなったせいのように思われる。ケトゥンニがどんどん無口になってしまうのだ。私がこの作品にわずかな不満を述べるとすればそのことだ。だが、それによって、北方の島の自然そのものが、あたかも自分こそこの小説の主人公だと主張するかのようにせり出してくる。

ある意味で、古代から現代まで日本文学の主題は一貫して自然だったということができる。それは例えば、今月の佳品と呼ぶべき吉村昭の短編「法師蟬」(「文學界」)における法師ゼミのイメージのように、また稲葉真弓「ガラスの魚」(「文藝」冬季号)におけるグラス・フィッシュのイメージのように、内面の象徴となることで文学にポエジーを保証してきた。日本文学はそのような自然を言葉によって様式化する技術だけを洗練してきたのである。

だが、畑山博の作品でヒロイン・草子が向き合うのは、内面化を拒んで人間に敵対する自然である。それが「北方性」という意味だ。そしてこの自然が文学言語による滑らかな表象を拒むとき、小説の言葉は「吃音」に接近せざるをえない。

それゆえ作者は、この自然をとらえるために、所々に強力な呪語《じゅご》のような言葉を結晶させる。例えば「落ち風」「逆竜巻」「根別れ」「交情場《こもど》」「光の吹子《しなたら》」等々。小説の中で鋭く切り立つこれらの言葉は、茫々《ぼうぼう》と広がる日本近代文学の言葉たちの風景の中に置いても、やはり鋭く切り立つだろう。

そして、作中で言及される「南千島群島歌誌」という書物から拾われたのであるかもしれないそれらの呪語は、同時に、この苛烈な小説に独自のポエジーを結晶させる核にもなっている。だが、そのポエジーは、いわば吃音者の歌う詩なのであって、これもまた、近代文学の風景の中にほとんど孤立して切り立つものだ。

以上、多少舌足らずで抽象的だが、この作品への私の興奮を語った。「北方性」とは、言葉が表象困難な外部性と出合う場所のことである。だからそこは人に「吃音」を強いる。だが、それならばそこは、すべての小説言語がそこから出発すべき根本の場所だといってもよいはずである。

（抄出）

十二月号――車谷長吉「鹽壺の匙」／奥泉光「ノヴァーリスの引用」／多和田葉子「犬婿入り」ほか

二年間にわたった私の時評は今月で終わる。

時評は基本的に、反復と退屈と根気を強いられるルーティンな仕事である。民俗学の用語を使えば、それはケ（日常性）に属する仕事であって、決してハレ（非日常性）の仕事ではない。そしてまた、私の時評が対象にし続けた文芸誌というものも、やはり文学におけるケの部分を担当している。時評家はたとえば柳田国男の「清光館哀史」という文章を思い出したりする。そこには東北の田舎の村の寂しい盆踊りの光景が描かれていた。時評家も編集者も、この（寂しい）盆踊りというハレの時間の到来を唯一の楽しみにして、単調なケの時間の反復に耐えている村人たちによく似ている。

ケの時間を形成する作品の大半は私には無縁なものだった。だが、そうしたケの時間の中にひっそりと紛れ込んで、文学の最も貴重なものが生き延びていることがある。あわただしく晴れがましい光の中では生きられないたぐいの作品。時評家の根気は、そういう作品に出合ったときに報われる。

最近単行本になった車谷長吉の『鹽壺の匙』の表題作（「新潮」本年三月号掲載）は、私にとってそういうタイプの作品だった。時評という仕事をしていなければ、私はこの地味で寡作な作家の世界に出合う機会を、いつまでも逸し続けたかもしれない。

「鹽壺の匙」は一見古風な私小説のように見える。その古風な印象においてケの時間の中に隠れてしまう。だが、この作品を際立たせる重要な要因の一つは、「私」とは何かと問い続ける執拗な観念の力である。「私」という問題が本来観念の問題であることは自明なのに、一般の〝私生活小説〟にはこの観念の追求力が欠けている。

そしてまた、この作品に対比するとき、八〇年代後半以来のいわゆるポストモダン的小説の観念的な遊戯なるものが、いかに衛生無害なお遊びにすぎないかも暴露される。本書の「反時代的毒虫」という帯の文句はちょっとあざといが、まんざら誇張ではない。衛生無害であることを「健康」だと錯覚している人にこそ、ぜひ飲ませてみたい「毒」である。

さて、今月は奥泉光が「ノヴァーリスの引用」（「新潮」）と「三つ目の鯰」（「文學界」）の二作を発表している。

奥泉は書物を読むことによって自分の世界をつくるタイプの作家である。それは近年の力量ある若手作家に共通する傾向には違いない。だが奥泉には、そのことを変に照れたりすることもなく、そして照れることを批評性だと勘違いするような浅はかさもなく、正面から引き受けようとする姿勢のすがすがしさがある。

私は奥泉のここ数作をあまり高く評価しなかった。たとえば「暴力の舟」は、大江健三郎的主題と民俗学的枠組みにあまりに無媒介に依存していると見えたし、「蛇を殺す夜」は観念の未消化と文章のけれんが目立ちすぎたからである。

今月の両作とも、文章から無用のけれんが消えた。その結果、どちらも死という重い主題を、しかも観念の問題として引き受けながら、思索的でありつつメロディアスな調べを失わない魅力的な文体を成就している。

「ノヴァーリスの引用」は長編「葦と百合」の手法の延長上にあるといってよいだろう。学生時代の友人の死という謎を、「私」を含めた四人が推理するという形式。だが、友人の死は最初から謎だったわけではない。推理小説狂の一人が、十数年後の酒席で酔余の座興のようにして語り始めた物語によって、謎は発生したのである。けれども、いったん発生した謎は真実の解明を求める。真実を解明しようとして、人はさらに別な物語を語ってしまう。真実に接近しようとすることで物語の迷宮に導かれるというこの逆説。

だが、さらに逆説的なことは、本来観念的な生き物である人間には、物語の迷路に踏み迷うことによってしか発見できない種類の真実があるということだ。「私」が最後に到達するのはそのような意味での真実である。

物語が開示したこの痛ましい友人の像は、やはり大江健三郎が「『雨の木《レイン・ツリー》』を聴く女たち」で描いた高安カッチャンという人物を連想させる。だが、それはもはや「暴力の舟」のような主題の模倣性を感じさせないだけの、実質あるリアリティーを作中世界で獲得している。

一方、「三つ目の鯰」では、血縁という親密さへの信頼によって安らぐ日本的な死生観と、死を超越性として切り離すキリスト教の死生観との対立が問われている。

ここにはこれまでの奥泉作品のような複雑な仕掛けはないし、ロマン派的装飾もない。奥泉は、ただ庄内平野の平明な風土を背景にして、この観念的な主題を担う「ワタルおじさん」の像を描き切った。それは奥泉の新生面を開くとともに、知と理を兼ね備えたこの作家の力量の大きさを証明してもいる。

多和田葉子「犬婿入り」（「群像」）も、やはり新生面を開こうとしている。だが、民話的不条理譚《たん》ともいうべき世界の性急な導入は成功しているとは言い難い。むしろ「北村みつ子」の像にけっこう魅力的な要素があるので、もっと膨らませてほしかった。

山田詠美「逆説がお好き」（「海燕」）は風刺が効いていて笑える。この「イケイケ」おねえちゃんによる「文学」学習の成果は、誘惑者（作家）と誘惑される者（読者）との共犯によって成り立つ「文学」というナルシスティックな病気のおかしさを暴露する。「のであった」の用法が見事だ。

身を切る「言語実験」——中上健次が遺したもの

没後一年ということで、シンポジウムが行われたり雑誌の特集が組まれたりしているが、いったい中上健次は今どれだけ読まれているのだろう。「読まれる」ということに別に高尚な意味を含ませているわけではない。ただ素朴な意味で、彼の本は、ことに若い世代の読者に、どれだけ買われ、読まれているのだろうか。そういうことがとても気になる。

中上健次の作品を「過去」へと押しやろうとする力があるとすれば、その力の出所は八〇年代に形成された言語空間だろう。だが、ほんとうは、その「軽くてポップでポストモダンな」言語によって中上健次を飛び越えられると思うのはひどい錯覚にすぎない。なぜなら、中上健次こそ、自分自身の固有の必然によって、この言語空間にためらうことなく身をさらした作家だったからだ。

七五年に芥川賞を受賞した『岬』の言語は自然主義的・私小説的な圏内で評価された。戦後生まれの作家がこの伝統的な言語のリアリティを達成したことが驚異だったのである。だが、彼はたちまちそこから離陸した。七七年の『枯木灘』は、父親殺しというエディプス悲劇的主題を前面に押し出すことで、この国の風土を背景にした圧倒的な思想小説になっている。さらに『千年の愉楽』（八二年）では、オリュウノオバという語り部の語りの言葉によって、現実の被差別空間「路地」が、みるみるうちに、豊かな物語空間へと変容する姿を描き出した。

だが、読者がいまだこの物語空間に眩惑されているさなか、翌八三年、『地の果て至上の時』で中上は、その「路地」を更地に返し、最後には路地跡の草むらさえも焼き払ってしまった。そしてこの八三年、たとえば小林秀雄が死に、浅田彰の『構造と力』がベストセラーになり、「ポストモダン」や「ニューアカ」が流行語になる。

「路地」の家々を取り壊して更地に返したのは再開発のための「地上げ」である。いわば、中上は、「路地」という根拠地を消滅させることで、「現在」を、いいかえれば「歴史」を露出させたのだ。以後、早すぎる死までのほぼ十年間、彼と彼の小説の主人公たちは、日本を、アジアを移動する。

作家はある幸福を捨てることで初めて「現代」の作家になる。八〇年代の中上健次が身をもって示したのは、「現代」という時代が言葉に強いるそういう苛酷な条件だった。

『岬』から『千年の愉楽』までのすべての仕事を含みこんだ『地の果て至上の時』は、文字と無縁な口承の言語から、現実を描くリアリズムの言語、意味を問う思想の言語、物語や伝説を紡ぎ出す語りの言語まで、多層の言語によって織られている。いわば中上は、日本語の歴史の分厚さの総体を抱えて、八〇年代の言語空間に突入したのである。

この十年間に発表された中上健次の作品（長編）の多くは、確かに幸福な完成度の高さからは見放されていた。だが私は、彼の仕事の一作一作を、言葉が消費可能な記号に変換されてしまう時代に対して日本語そのものがどう抗うかの実験報告のように読んでいた。この身を切るような実験は、私たちの誰とも無縁ではありえない。

実際、八〇年代の中上健次の小説にはある種の「貧しさ」がつきまとっていた。だが、それは彼が敢えて選んだ「貧しさ」である。具体的にはパロディやアレゴリーが浮上する。

たとえば『地の果て至上の時』で自殺した父親・浜村龍造は遺書を残している。だが、この遺書は実のところマンガの切り抜きにすぎないし、それも宛先はローマ法王なのだ。充実した悲劇を期待していた読者ははぐらかされ、龍造の死はなにか不可解で滑稽なものにずらされてしまう。また、八年を費やして未完に終わった『異族』は「八犬伝」のパロディとして構想されていたし、『讃歌』や『異族』の主人公が自分を「サイボーグ」だと思いなすのも、「サイボーグ」が八〇年代という時代の意味を凝縮した「記憶喪失」のアレゴリーだからである。

いま中上健次を読むことは、なにより八〇年代の意味を問うために必要なのである。その核心にはこの「貧しさ」をどう評価するかの問題がある。それは自覚するにせよ自覚しないにせよ、私たちの言葉が強いられた「貧しさ」である。中上健次を踏まえずには、私たちは「今日」の言葉を書くこともできないはずだ。

「東京新聞」一九九三年十月六日夕刊

倫理としての悪文

あるべき文化共同体の究極の理念を思い描いた三島由紀夫は、宮廷の御歌所の伝統を引き合いに出して、そこでは民衆詩が「みやび」に参与し、しかも「独創は周辺へ追いやられ、月並は核心に輝いている」と書いた（『文化防衛論』）。

実際、たとえば歌会始めに明らかなように、「みやび」の主宰者である天皇の歌も、そこに参与する入選歌も（入選しなかった諸々の応募歌も）、そしてかつて「前衛歌人」だった選者の詠進歌も、決して近代文学的な意味での「個性」の表現を目指してはいない。そこではただ、ハレの儀式に三十一文字というハレの衣装を着て参列することにのみ意義がある。むしろ、「形」への同化に抵抗する「個性」という悪しき異物は無化されなければならない。こうして「独創」が没却され、「みやび」なる「形」が勝利するとき、歌会始めというハレの儀式は、「月並」の言語共同体の悠々たる現存をめでたく寿《ことほ》ぐ。「月並」においてはどんなに凡庸な内容も「形＝形式」というものの徳によって美の伝統に参与することができる。三島は日本語の美学の核心を洞察している。

私はこの「月並」という語に「スノビズム」とルビを振りたい。スノビズムとは、空虚なるものに洗練された形式を与えることで魅惑的な外観《イメージ》を作り出し、その外観《イメージ》の誘惑にうっとりと身を委ねるところに成立する共同体的な美学である。

月並《スノビズム》にあっては、内容＝意味は問われない。内容は空虚であってかまわない。ただ形式の差異だけが価値を産む。そこでは一見、快楽的な差異の戯れが演じられているように見える。しかし、その戯れは根本的な同質性への信頼に支えられている。

八〇年代の「ポストモダン」現象の裾野を形成したのも月並《スノビズム》だった、と私は思う。マスメディアは日々大量のイメージを産出し、人々はその蠱惑的な差異の戯れに眩惑されて、飽くことなく、ただイメージだけを消費しつづける。しかしそれも、国民の九割までが「中流意識」を持つという驚くべき同質性への信頼に支えられている。

文学も同じことだ。村上春樹や吉本ばななを筆頭に、都市小説が偏愛した「透明な」とか「ピュアな」とかいう形容語を思い出してみればよい。そこには情報産業やイメージ産業と結託して高度化した月並《スノビズム》の空虚の美学が結晶している。文学の言葉が、ほかの何ものとも交換不可能なこの生の固有性に関わろうとするものであるならば、それはまず、この月並《スノビズム》と対決しなければならない。

従来月並《スノビズム》批判は、文芸批評の領域では、表象批判の理論として展開されてきた。だが、それはともすると文章「技術」の問題として語られる傾向が強かった。内容還元的な文学論に対してそうした技術論が重要な役割を持ったことを私は否定しない。だが、言葉の問題に技術だけの問題などありはしない。言葉の使用は倫理の問題と切り離せない。

私は今度の評論集を『悪文の初志』（講談社刊）と題した。「悪文」とは表象不可能なものに面接したときに文章が採るべき最も誠実な態度のことだし、「初志」はその倫理性を強調したいがために選んだ措辞である。

大西巨人、椎名麟三、大岡昇平、大江健三郎、永山則夫、中上健次——私が論の対象に選んだのは、この月並《スノビズム》の言語空間に馴染むことのできなかった作家たちばかりである。彼らは、坂口安吾の言葉を流用すれば、共同体的な言語使用から「プツンとちょん切られた」体験において共通する。

しかし、彼らは「独創」を狙ったのではない。彼らはただそのように「強いられた」のである。それを強いる根源的な何かを、大岡昇平に倣って「事実」と呼んでもよいし、椎名麟三や永山則夫に倣って「貧しさ」と呼んでもよい。大西巨人なら、それは言語の「階級性」だというかもしれない。いずれにせよ私は、何ものかによって「強いられた」痕跡の刻まれていない文章は信用することができない。「倫理」とは「強いられた」ものを引き受ける姿勢のことだと思うからだ。

九〇年代になって、月並《スノビズム》の表象美学に対して自覚的な批評意識を持った作家たちが登場しつつある。だが、それが果たして「強いられた」痕跡を刻んでいるかどうか、私は多少疑っている。それゆえ、さしあたって私が上梓するのは戦後的「悪文」の系譜である。

「本」一九九四年一月号

自分でその日を定め、創り出すこと

英語の使用者がいつでも言及対象の単数複数の区別に注意を促されているように、言語に限らず、我々は使用する記号体系によって、知らず知らずのうちにあるものに特別な注意を払うよう仕向けられている。たとえば例のカルト教団が一九九九年だか七年だかの「終末」の到来を信じるのも、彼らの意識が十進法によって際限なく累進するキリスト紀元暦に拘束されているからにほかならない。そこでは一〇〇年や一〇〇〇年という区切りの数字が特権的な「意味」を帯びてしまう。

「戦後五〇年」というのも同様である。五〇年は一〇〇年を単位とする一世紀のちょうど半分にあたるからだ。もし我々が十干十二支による暦法を採用していれば五〇という数字は特別な「意味」を持たなかったろう。徳川幕府が関ヶ原合戦の戦後五〇年に格別な意味づけをしたという話は聞かないのである。

もちろん、日本という国家にも日本の文学にも、「戦後五〇年」をふりかえることの現実的な根拠がないわけではない。国家が五〇年前に終わった戦争の「債務」をきちんと処理しないまま「忘れた」ふりをしてきたように、文学もまた、早い時期から戦後文学への「負債」を忘れようと努め、八〇年代には忘れようと努めたことさえ忘れるほどに完璧に忘れてしまったからだ。

だが、そういういい方をするなら、カルト教団の荒唐無稽な終末論にも、核兵器やら環境破壊やら国際紛争やら日米摩擦やら、やはりそれなりの現実的な根拠を指摘することは可能だろう。しかし、そういう現実的な根拠は、「五〇」という数字や「二〇〇〇」という数字を特権化させる理由にはなるまい。

私がこんなことにこだわるのは、我々に「戦後五〇年」という区切りを「記念」させるこの暦法の仕組みは、一方で我々に、「戦後五一年」や「戦後五二年」を「記念」することを禁じる仕組みでもあるからだ。

おそらく、「戦後何周年」という区切り方が一定のアクチュアリティを持ちうるのはこの「五〇年」が最後のように思われる。試みに「戦後六〇年」といういい方を想像すれば、それはあまりに遅すぎる、あるいは、ふりかえるにはあまりに時がたちすぎてしまっていると感じる。

だが、我々にそのように感じさせるのは、必ずしも時が速やかに流れ「現実」が目まぐるしく変化してしまうからではなく、やはり西暦という暦法の仕組みが作り出す効果だろう。「半世紀」という大きな節目を過ぎてしまったことが、「六〇年」という数字を何かぼやけたものにしてしまうのである。むろん、干支による暦法なら「六〇年」こそ特権的な区切りになる。

もっとも、「戦後六〇年」というい方にリアリティが欠けているように感じるのは、我々がすでに、「戦後」よりも「戦争」という言葉の方になまなましさを感じるような時代に入りつつあるせいかもしれない。それなら、「戦後五〇年」は、「戦争」を「ふりかえる」ための安定した立場があるという幻想を我々が共有できた最後の年だということになりそうだ。

私は、小林秀雄が「本居宣長補記」で、宣長の「真暦」という考え方について述べていたことを思い出している。

宣長によれば、中国から暦法がもたらされる以前から、日本には固有の「こよみ」があった。宣長はそれこそ人為的ならざる「真暦」だというのだが、実のところは、季節の循環に即して、たとえばもみじの散るのを眺めて「あの人の亡くなったのはこの木のもみじが散り始めた日だった」と思い出すような態度を指している。そうした月日の同定法は、暦学からいえばはなはだ恣意的であり厳密さを欠くように見える。しかし、小林は宣長の考えを次のように敷衍する。

《「朔《ツイタチ》のはじめ」を、誰もが、「心々に定め」てゐた時、「理」といふ言葉は、ソクラテスの言ひ方で言へば、めいめいの「魂に植ゑられ」て生き、一般化への道など全く拒絶してゐたのだ。親の忌日が、暦に書かれてゐるわけもないのだから、秋が訪れるごとに、「某人《ソノヒト》のうせにしは、此樹《コノキ》の黄葉《モミヂ》のちりそめし日ぞかし」と、年毎に、自分でその日を定めねばならない。創り出さねばならないと言つてもいゝだらう。暦を操つてすませてゐる人々が、思つてもみない事だが、各人が自分に身近かな、ほんのさゝやかな対象だけを迎へて、その中に、われを忘れ、全精神を傾け、「その日」を求めた。他の世界は消えた。そのやうな勝手な為体《ていたらく》で、何一つ違はず、うまく行つてゐた。何故かと問はれゝば、「真暦」が行はれてゐたからだ、と答へるより答へやうが宣長にはなかつた。》

暦法という「からごころ」への依存は、経験を「一般化」し抽象化してしまって、「自分でその日を定め」「創り出」す能力を失わせるというのである。

我々が「戦後五〇年」というとき、我々は知らぬ間に同様の態度に陥りがちである。この「五〇年」は誰のものでもない「一般化」された「五〇年」であり、だからこそそれは、誰のものでもないパースペクティブにしたがって一様に「ふりかえる」身振りを人に強いもする。

おそらく「戦後」がこのように「記念」されることはもはやないだろう。しかし、「五〇年」や「六〇年」に限らず、「五一年」にしろ「五二年」にしろ「記念」することが必要なのではないし「ふりかえる」ことが必要なのでもない。我々に必要なのは「自分でその日を定め」「創り出」すことであり、そうすることによって、ことあらためて「記念」する必要も「ふりかえる」必要もなくしてしまうことにほかならない。

私についていえば、戦後文学とは、たとえば、「これが事件であった」と大岡昇平が「俘虜記」の一節に書き付けた時点から始まるといってもよいし、坂口安吾が「文学のふるさと」で、「ふるさと」とは人を「突き放す」ものだと定義した時点から始まるといってもよい。もちろんそれは一九四五年の八月十五日という暦とはまるでずれている。それどころか、安吾がそう書いたのは「戦後」でさえない。だが、「事件」という日本語、「ふるさと」という日本語をこのように使うことができるということを教えられたのが、私にとっての戦後文学の起源だった。

だから厳密には、大岡昇平や坂口安吾がそう書いた時から始まるのではなく、彼らの書き記した言葉に私が出会った時から私の戦後文学は始まるのである。そして、それならば、私にとって戦後とは、私がそれらの言葉を読むたびに、いま・ここへと招喚される〝現在の〟体験以外のことではない。私はそのように、「自分でその日を定め」「創り出」す。

「新潮」一九九五年八月号

ファシズムの言語と言文一致体の地位

絓秀実の『日本近代文学の〈誕生〉』は、明治期小説群の文末辞やら挿評やらといった切りもない細部に対して執拗に行使される犀利な分析力によって私を十分に感服させ、かつ大いに裨益するものだったが、疑念を一つ述べておきたい。

絓氏の問題設定に独自の相貌を与えているのは「俗語革命」における「詩《ポエジー》」の役割についての認識である。それは氏のファシズム批判の論脈につながっている。

《アンダーソンによれば、近代の国民国家《ネイション・ステイツ》は、それ以前の神‐血縁によって王権が支えられていた状況が崩壊した後、すなわち、「神の死」としてあらわれる根拠喪失の後に、それに代わるものとして作られるフィクティヴな根拠である。その虚構《フィクション》が、文学あるいは芸術という名を持っていることは、改めて言うまでもない。ナショナリズムとは、「政治の文学化《エステティタイゼイション》」なのであり、そのところに「詩《ポエジー》」が必要とされる理由もある。ところで、「政治の文学化《エステティタイゼイション》」とは、ファシズムの定義そのものではなかったか。》(傍点原文)

つづいて絓氏は、ナショナリズムとファシズムの関係について「言明」するのを避けたベネディクト・アンダーソンの意図を忖度した後、「ファシズムはナショナリズムの動力の拡大なのであり、ナシヨナリズム自身がファシズム的なのである」と「言明」する。したがって、「政治の文学化《エステテイタイゼイション》」を準備するものとして「詩《ポエジー》」は批判されなければならず、しかもその「詩《ポエジー》」を不可欠の前提として近代散文〈言文一致体〉は成立した。このとき、「詩《ポエジー》」は、言文一致体および近代小説が、その〈誕生〉の瞬間から背負わなければならなかった〝原罪〟のごとき意味を帯びることになる。

私は必ずしも、「美から雑へ」という絓氏の小説論を理解しない者ではないし、昭和のファシズムに対して文学を免責しようとする者でもないが、しかし、近代小説が「詩《ポエジー》」一般を切断できなかったことの〝罪〟をこうまで過大視する必要はない、と私の〝常識〟は感じる。逆説的な言い方になるが、私は絓氏の〝文学批判〟の構え方に、〝過剰な文学主義〟といった印象を受けるのである。それは「文学」の内側だけで解くべきでない問題を「文学」の内側だけで解こうとするために生じたものではないだろうか。

近代日本は西洋近代モデルに対して多くのねじれを含んでいる。現に、「国民国家」の制度的完成を告知する大日本帝国憲法は天皇の「神聖性」を主張しているのであって、いわば近代日本は「王殺し」ではなく「王の復位」によって〈誕生〉したのだ。もちろんそれは近代の趨勢としての「世俗化」と矛盾する。したがって、この「法」は国民国家を「統合」するための「虚構」なのだということもできるし、実際、作成に当たった伊藤博文らは明確な「虚構」意識をもっていた。

先の引用部で絓氏が要約しているアンダーソンの見解をここに適用すれば、日本では、「文学」が担うべき「虚構」としての役割を「法」が代行していたことになる。つまり、法制度そのものが「文学」以上に強力な「虚構」として機能していたのであって、近代日本の文学もナショナリズムもファシズムも、この強力な「虚構」との関係抜きで語ることはできない。そして、この「虚構＝法」は言文一致体ならざる漢文訓読体によって書かれているのだし、さらに、この「虚構＝成文法」をも超越して「宣《のり》＝法《のり》」としての「勅語＝神の声」が響きわたる。儀礼に際して代理人によって「上演＝再現前」されるその「神の声」は〝呪術的＝詩的〟な文体をもつ。

近代日本の言語空間において、文体は厳密な階層性をもっていた。頂点に「勅語」の文体があり、その下に「法」の文体がある。ジャーナリズムや小説の文体としての言文一致体はその下位に位置する。言文一致体が「標準語」という「言」に対応しているとすれば、その下層には、「文」に昇格する機会を永遠に奪われた各地方の「方言」があり、最下層には「スパイ」の言語扱いを受けた沖縄方言がある。（もちろん植民地言語は「国語」扱いすらされなかった。）

こうした言語の階層性にあって、ファシズムが依拠した「詩《ポエジー》」の源泉は、言文一致体ではなかった。たとえば、徴用で南方に向かう輸送船の上で、ラジオが米英に対する開戦の詔書を読み上げるのを聴いた高見順は、「なんとも言えぬもの悲しいおもい」を感じたという（『昭和文学盛衰史』）。「日本というものが、なんとも言えず悲しい、そうした悲しさへと私の心を誘って行くもの悲しさなのだった」と彼は書くのだが、この「もの悲しさ」は保田与重郎が「日本の橋」で書いたと同質の「詩《ポエジー》」である。高見は一方で、つづいて発表された「政府声明には何かムカムカするものを覚えた」というのだが、それはメッセージ内容の相違によるものではない。政府声明は詔書の呪術的＝詩的言語を政治的言語に翻訳したにすぎないからである。この「詩《ポエジー》」は直截に「詔書＝天皇の言葉」の文体に由来すると考えてよい（もちろんこの文体の効果はその話者＝天皇の名と切り離せない）。

昭和十六年十二月九日の新聞には、ほぼ同一のメッセージを伝える三つの文体が並んでいる。

《天佑ヲ保有シ万世一系ノ皇祚ヲ踐メル大日本帝国天皇ハ昭ニ忠誠勇武ナル汝有衆ニ示ス（中略）抑々東亜ノ安定ヲ確保シ以テ世界ノ平和ニ寄与スルハ丕顕ナル皇祖考丕承ナル皇考ノ作述セル遠猷ニシテ朕カ拳々措カサル所云々》（詔書）

《恭しく宣戦の大詔を奉戴し茲に中外に宣明す、抑々東亜の安定を確保し、世界平和に貢献するは、帝国不動の国是にして、列国との友誼を敦くし此の国是の完遂を図るは、帝国が以て国交の要義と為す所なり云々》（政府声明）

《宣戦の大詔こゝに渙発され、一億国民の向ふところは厳として定まつたのである。わが陸海の精鋭はすでに勇躍して起ち、太平洋は一瞬にして相貌を変へたのである。

帝国は、日米和協の道を探求すべく、最後まで條理を尽して米国の反省を求めたにも拘らず、米国は常に誤れる原則論を堅守して、わが公正なる主張に耳をそむけ云々》（社説―朝日新聞夕刊）

詔書の呪術的＝詩的言語によるメッセージを政府声明（漢文訓読体）が政治的かつ権威的に翻訳し、さらに新聞社説（言文一致体）がそれを国民共通の理解＝内面化へともたらす。言文一致体に課された地位と役割はそういうものである。（たしかにこの社説の文体は「詩的」なものに媚びている。しかしその「詩《ポエジー》」は文語脈の部分的借用に依存している。）

「新潮」一九九五年九月号

和漢混淆文の悲しみ

近ごろ、「和漢混淆文の悲しみ」について思いをめぐらすことが多い。「和漢混淆文」というとしかつめらしく聞こえるが、要するに私たちが日ごろ用いている「漢字仮名交じり文」のことである。こういう表記法を発明するために古人がどんなに苦労したかは、たとえば『古事記』の序文を読めばよくわかる。だが、この「和漢混淆文」が最近ひどく「悲しく」感じられる。

和漢混淆文のおかげで、やまと言葉はもっぱら生活の領域を担当し、漢語は抽象的で普遍的な概念を受け持つという役割分担が生じた。たとえば、「思い」や「考え」というと生活の中で生まれて生活の中に消えていく感じがするが、同じことでも「思想」や「観念」というと普遍的で高級で立派な感じがする。もちろん知的職業人の語る「思想」がいつもふつうの人の「考え」よりも普遍的で高級で立派だとはかぎらない。だが、やまと言葉と漢語の役割分担は、言葉の「中身＝意味内容」よりも「外見＝印象」を優先させてしまうのである。

同様に、「めくら」や「びっこ」というと差別的だが「盲目」といったり「跛行」というと差別的でないというのも、言葉の外見による錯覚である。やまと言葉は生活実感を蓄積させているが、漢語は生活空間から切れているだけなのだ。こういうばかばかしい言い換えは、差別というものの「中身＝意味内容」の問題から人の眼をそらす効果を持つ。
このごろでは、知的職業人の間でも商業文化の世界でも、漢語に代えてカタカナ言葉がもてはやされている。漢語はいかめしくて重苦しいが、カタカナ言葉は軽快で新鮮な感じがするというわけだ。ここでも言葉の外見だけが優先している。しかしカタカナ言葉だけを排除してみても始まらない。カタカナ言葉は従来の漢語の役割に取って代わったにすぎないからだ。ここには和漢混淆文というものの「悲しい」宿命がある。

「大法輪」一九九五年十二月号

越境＝リービ英雄

リービ英雄の小説「星条旗の聞えない部屋」は、一九八七年に雑誌「群像」に掲載された。十七歳のユダヤ系アメリカ人少年が横浜にあるアメリカ領事館の父親のもとを「家出」して「しんじゅく」に向かう姿を描いたこの自伝的小説は、その後、続編二編を含めて単行本『星条旗の聞こえない部屋』として九二年に刊行され、野間文芸新人賞を受賞した。

外国人が日本語で書いた小説なら、むろん「在日」と呼ばれる韓国・朝鮮人作家たちの多くの作品があるし、戦前にさかのぼれば朝鮮や台湾の作家が「宗主語」としての日本語で発表した作品もある。「在日作家」や「植民地作家」が日本語で書くことを強いられたのに対して、リービ英雄に日本語を強いる外的な条件は何もなかった。誰に強制されたわけでもないのに、一人の欧米人が日本語を選んだのであり、それはまぎれもなく日本文学の歴史に生じた大きな事件である。だが、この事件の「意味」を「日本文学」の側が十分に理解できているわけではない。「日本文学」は最初、リービ英雄の登場を、「国際化」という当時の社会的な「問題」の文脈で理解しようとしたらしい。だが、リービ自身は、エッセイ「日本語の勝利」で、そのような「問題」による理解に対して違和感を表明している。

リービによれば、「国際化」論には経済大国として日本の特殊性を自信をもって主張しようという「内部型」とひたすら西洋的価値観の基準で日本を裁こうという「外部型」の二つがあったが、どちらの立場においても、「日本語だけがもたらし得る文化の浸透性」がほとんど問題にされなかった。「内部型」も「外部型」も、日本語という文化の秘奥を「よそ者」には理解不能なアイデンティティの根源として聖域化している点で変わりはなかったというのである。しかし、日本社会がどんなに「よそ者」を排除しようとも、「日本語だけは門前払いを食わせない、(中略)日本人と人種を異にした者でも、日本語へすなおに近づきさえすれば、日本語はきちんとその豊かさを分けてくれるのである。日本語はいつの間にかよそ者の、色の違った肉体にもしみこみ、その感性を根本から揺るがし、ついには新たなものにする」(傍点原文)。

リービのいう「日本語の勝利」は、一見、日本人のナショナリズムを微妙にくすぐる。しかし、文化の秘奥、アイデンティティの根源であるはずの日本語こそが「よそ者」にも無差別に自己を開いてくれている、というリービの議論には、日本語ナショナリズムに対する根本的な批判が含意されている。

『星条旗の聞こえない部屋』で十七歳のベン・アイザックが家出したのは一九六七年の晩秋だった。ベンを「しんじゅく」へと導く案内人は安藤という学生だが、彼の下宿の部屋には三島由紀夫の写真が貼ってある。ベンもまた三島の『金閣寺』を(英訳で)読んでいる。それはまぎれもなく一九六七年の光景だ。安藤は右翼民族派もしくはそのシンパだったのかも知れないし、何よりそれは川端康成が「美と神秘の国」を代表してノーベル文学賞を受賞する一年前のことだからだ。ベンの「日本」への関心は、そういうオリエンタリズム的な趣味を踏まえながら、しかし微妙に違っている。彼は、『金閣寺』の主人公が「吃音者」であることにこだわるのだ。「吃音者」とは、最初の音でつまずき吃ってしまうことによって世界との疎隔を強いられる者、そのようにしてこの世界で「よそ者」として生きなければならない者のことだからだ。

「アメリカ」から「日本」へ「越境」したベン・アイザックは、一つの内側からもう一つの内側へと移行したのではない。彼は、どちらの内側にも完全には帰属できない「はざま」のような場所に移行したのである。それは永遠の「吃音者」、永遠の「よそ者」であることを引き受ける立場だといってもよい。リービはまた、エッセイ「なぜ日本語で書くのか」では、その「吃音者」の自覚を文学そのものの自覚として次のように述べている。

《最近、シカゴ大学のノーマ・フィールドさんから、「日本語で書くことはもう自然になったでしょう」と言われたことがある。ぼくは、日本語が自分の気質に非常に合っているという意味では最初から自然だった、ただし、「自然」だけでは文体が生まれない、と答えた。文章を書くときには常にフリクションがある。日本人として生まれた者でも、本当の作家なら、常に「母国語」が「外国語」であるかのような緊張の中で書いているに違いない。》

この文学論は根本的に正しい。正当な理由をもたない越境者、いわれのない「在日者」であるリービ英雄は、そのいわれのなさ、無根拠な選択としての「越境」を、こうして普遍的な思想にまでもたらしたのである。このとき、「日本語の勝利」は最もラディカルな日本語への挑戦の思想にほかなるまい。

安藤の尽力で「新宿」の深夜喫茶に勤めはじめたベンは、更衣室でひとり、制服に着替えるために衣服を脱ぐ。

《更衣室の中に一人立つベンは、シャツとジーパンをぬいでしまう前に、もうすでに裸になっているような気がした。今までこんなに裸になったことはない。》

「越境」するとは、人間がこの上もなく無防備に、この上もなく「裸」に剝かれてしまうことを意味している。それは最終的には、人間の条件としての単独性の問題なのだ。

「國文學　解釈と教材の研究」一九九六年八月号

ディコンストラクション＝高橋源一郎

固有名の消去やまじめと戯れとの決定不能性などの特質を挙げて、柄谷行人は村上春樹の文学をロマン派的イロニーの現代版として分析してみせた（「村上春樹の『風景』」）。だが、そうした特質は高橋源一郎にも共通している。「中島みゆきソング・ブック」だの「ヘンリー4世」だのといった任意の「名付け遊び」は固有名の消去と裏腹の事態だし、高橋の場合もまじめさは常に「演技」や「ふり」と結合してしか現れない。

むろん、軽さへの志向、都市生活とサブカルチャーの趣味、メルヘン好み等々、両者の共通点は多々あるし、一九八一年に「群像」長編小説賞（優秀作）を受賞してデビューした高橋が、その二年前に「群像」新人賞を受賞した村上春樹という先行者を意識せざるを得なかったことは、たとえば、『さようなら、ギャングたち』の一節に、男が恋人に与えた「名前」の一つとして、「『存在証明《レゾン・デートル》』ちゃん」なる呼び名を挙げていることでもわかる。この呼び名は村上の『風の歌を聴け』のエピソードのパロディである。そして、おそらく高橋と村上の類似性の最も重要な徴表は、両者がともに、七〇年前後の学生時代の体験を核心に置きつつ、そこから小説を書くという行為に踏み出すためにほぼ七〇年代全般にわたる失語状態があったことを、小説やエッセイで設定していることだろう。つまり、彼らの語り口は軽い。

だが、その軽さの背後には語り得ぬ重たいものがある。彼らの小説はそのようなメッセージとともに読者に届けられる。

高橋源一郎は村上春樹とよく似た場所から登場した。しかし、高橋は村上から、「語る」ことへの姿勢においてきっぱりと自分を区別しようとしている。村上の『風の歌を聴け』は、断片化されたエピソードをシャッフルしている点で物語を「解体」しようとしている。だが、シャッフルされた物語を時間軸上に配置し直せば（それはたいして複雑な作業ではない）、いくぶんナイーブなメロドラマが浮かび上がる。一方、「語る」ことへの高橋の戦略は格段に方法的である。あるいは禁欲的である。もはや語ることはできない、にもかかわらず語らざるを得ない、そういう二律背反の場所で必要とされる戦略――西洋形而上学批判の方法としてのディコンストラクションなる術語を、一人の現代日本人小説家の方法を規定する用語として用いるとしたら、そういう意味以外ではない。（ジャック・デリダがディコンストラクションという方法を必要としたのは、西洋形而上学の伝統を批判するためにも西洋形而上学の術語を使わざるを得ないという二律背反からだった。）

《それでは『カール・マルクス』たちが憎み、敵対すべきだったのは『カール・マルクス』たちを果てしない混乱へ追いこんでニヤついているあらゆる言葉そのものだったのだろうか？

だが何を使えばそいつらを追い詰めることができるのだ？

言葉を使って？

そこでもまた、始まりから始まって始まりへ戻る完全な繰り返ししか存在しないと言うのに。》

（『虹の彼方に《オーヴァー・ザ・レインボウ》』傍点原文）

ここには、すべては語られてしまった、あらゆる物語は無自覚な反復としてしか存在できない、というような認識がある。それは八〇年代の日本で生じた市民社会の飽和意識とも、文学＝小説の累層に累層を重ねた自意識が一定の臨界点に達してしまったという二〇世紀文学の状況とも連動している。しかし、このナンセンスとスラップスティックを極めたかのような場面が、七〇年代初頭の左翼活動で収容されたらしい人物たちの「東京拘置所」での暮しを舞台にしていることを見落とすべきではないだろう。つまり、この小説はあの長期にわたる失語を強いた語り得ないものと関わっている。

「そして私が話す番になった」という冒頭の一行をもつ『虹の彼方に《オーヴァー・ザ・レインボウ》』は、まぎれもなく、何かを「語る」ことそのものが主題化されているのだが、つづけて、すべての「運動」を挫折させてなお平然と存在しつづけるもの、一切を反復の中に差し戻してしまう元凶が二重カギを付された五文字分の空白『　　　　　』として名指される。やがて、第一話の末尾で、この空白を埋めるべき言葉は「虹の彼方に《オーヴァー・ザ・レインボウ》」であったと言明されるだろう。

「虹の彼方に」住むのはいずれ「幸福」とか「理想」とかいったものであると知れている。もちろんそれを「革命」と呼んでもかまわない。ならば、高橋は、一つの「運動」は崩壊しても、人の欲望を日常の彼方へと連れ出す超越的な理念は決して死滅することのないこと、そしてそのような欲望を「彼方」に誘う理念こそがあらゆる物語の駆動力であり、この駆動力に対して無自覚であるとき、人は終わりのない反復の中に閉ざされる、といっているのである。このとき、パロディやらパスティーシュやら言葉遊びやらアレゴリーやら引用やらを切り貼りする高橋の小説は、それ自体、物語を語りつつ解体しようとする物語批判の実践であり、そうしたものとして、いわば最も良質の「転向小説」である。

再び村上春樹との対比に戻れば、『羊をめぐる冒険』以後、物語内容にモラルという「問題」を直截に投入しはじめた村上に対して、高橋は、作家のモラルは「語り方」にしかないという自覚を徹底していくことになる。それは現代の作家として、村上に対する高橋の優位を示すだろう。だが、同時にそれは、高橋の創作にひどい困難を強いてもいる。

「國文學　解釈と教材の研究」一九九六年八月号

内部の思想家——柳田国男

今度上梓する『柳田国男と近代文学』は、「群像」の九五年一月号から九六年四月号まで連載した文章に手を加えたものである。連載時のタイトルは「誘惑と抗争——月並なるものをめぐって」だったが、単行本化にあたって改題した。

私が文芸評論というジャンルに興味を持ちはじめた七〇年代の初め頃は、書店の店頭に『近代の奈落』とか『無用の告発』とか『文学・この仮面的なもの』といった難解にして詩的なタイトルの文芸評論集が並んでいた時代だったので、『誘惑と抗争』というあいまいにして「深遠」そうな感じのするタイトルを本人はなかなか気に入っていた。だが、近頃はどうやらそういうタイトルでは店頭で読者に手にしてもらえなくなったようだ。むしろ何のけれんもなく内容をストレートに伝えるタイトルにしたいと、改題は自分から申し出た。

柳田国男については多くの人々によって多くのことが語られている。しかしまた、多くのことが語られないままになっている。

昨今の柳田をめぐる論者たちのストーリーはおおむね次のようなものだ。初期の柳田は「山人」や漂泊民・被差別民への関心を維持することで天皇制による一元的な歴史表象に抵抗していたが、大正十五年の『山の人生』を転機に、そうした「異人」への論及を放棄して「常民の学」へと転向した。その結果、柳田の「一国民俗学」は昭和のファシズムと同調することになった。

このおおざっぱなストーリーはそれなりの正しさを含んでいる。しかし肝腎なことは、このおおざっぱなストーリーに依拠することによって、論者が柳田の思想の核心部分との対決を回避してしまっていることである。本多秋五が戦後文学批判の風潮に対して釘を刺した表現を用いていえば、こうしたストーリーに依拠する論者は柳田の思想を「最低の鞍部」で越えてしまうのだ。なぜなら、柳田の学問が真に「柳田学」と呼びうる実質を手に入れたのは昭和の「常民の学」においてだからだ。

私にとって、柳田国男は「内部」の思想家である。彼は「常民」という共同体の「内部」に生きる人々の日々の暮らしの「内側」、またその人々の想像力や信仰という「内面」について語ったが、それは彼が、人は何ものかの「内部」でしか生きられないという根本的な確信をもっていたからだと思われる。

ほぼ二年間、柳田国男の文章とつきあって、柳田の確信は私の確信でもある。

人は生きているかぎり何ものかの内側に護られている。人を生かしめているその何ものかは、別段、国家や法や家族や言語（日本語）といった「大きなもの」であるとはかぎらない。たとえば、この私のいのちが明日も続き、今日とよく似た一日がくるだろうというばくぜんたる安心の中で人が生きているなら、その人はすでに何ものかによって護られている。あるいは、飢えきったまま寒い夜を迎えた人が自分の皮膚一枚の内側に閉じこもるようにして眠りにつくなら、その人もまた何ものかによって護られている。人は生きているかぎり何ものかの内側にいる。人がそういう意味での「内部」を喪失するとき、人は狂うか死ぬかするだけだ。

柳田国男は、人が「内部」でしか生きられないことの不可避性とその意味とを考えようとした思想家だった。だが、柳田の語った「常民＝農耕民」が生きるために不断に自然という「外部」に働きかけなければならなかったように、「内部」にあることは常に「外部」にさらされていることでもある。「内部」について考えることは同時に「外部」について考えることでもなければならない。

「内部」と「外部」をめぐる難題はそのまま近代日本文学につきまとう難題でもあった。私は本書で、田山花袋、島崎藤村、長塚節、折口信夫、横光利一、小林秀雄、保田与重郎、中野重治といった文学者について、ことにその昭和期の文業について論及したが、それは昭和戦前という時代が何よりこの難題が極端な形で突きつけられた時代だったからにほかならない。

「内部」についての柳田国男の省察を、柳田国男の到達点を越えてまで（あるいは柳田国男に逆らってまで）徹底すること、そうすることが、柳田国男という独特な思想家の思想を批判するための正当な道筋だと私は思っている。

「本」一九九六年十二月号

坂口安吾と太宰治——近代文学の終りに際して

「近代文学」は終わった、といういい方がある。私もたまに、そんなことを思ったりいったりする。だが、（エンターテインメントとは区別されたものとしての）文学は、ことに文学研究は、いまだに、終わったはずの（あるいは、終わるはずの）「近代文学」の遺産で食いつないでいる。「近代文学」に寄食しながら、「近代文学」は滅びる運命にある、などとさかしげにいうのは、まるで極道地主に寄食する放蕩息子みたいなもので、つまり「太宰治」みたいなもので、あまり居心地がよくない。

ここ数年、理工系の大学一年生相手に、芥川龍之介と太宰治と坂口安吾についてしゃべっている。時代背景の解説や多少の脱線も必要なので、一人の作家に割くのは数時間というせわしないものだが、芥川から太宰に移ったとたんに、学生の反応がまるで違う。彼らの耳が立ち、視線が集中する。誇張ではなく、そう感じる。彼らはどうやら、太宰治には彼らにとって切実な何かがある、と直感するらしい。

では、安吾はどうかというと、太宰から安吾に話が移ると、彼らの表情が解放される、とでもいおうか。表情が「明るくなる」という意味ではないが、太宰的「苦悩」に縁のなかった学生が、これならわかる、という顔をするのも含めて、何か抑圧されていたもの（たんに私の「授業」が「抑圧」していたのかもしれないが）が表に現れて生き生きしてくる、という感じなのだ。

私のクラスの学生たちは、総じて、たいした文学趣味はもっていない。文学への彼らの要求は素朴である。つまり「人生的」である。そのかぎり、安吾も太宰も、彼らの「人生的」な要求に応えてくれる数少ない作家として受け止められていることはたしかだと思う。「近代文学」は滅びるかもしれないが、安吾と太宰は当分滅びそうもない。

安吾と太宰は、なぜ、若者たちを吸引する力を失わないのか。それを「近代文学」という問題に結んでいえば、安吾と太宰は、一九三〇年代、「近代文学」の危機・解体期の問題を、自分自身の「人生的」な問題として「捨て身」で生きかつ書くことによって、彼らの文学を作ったからだ、と私は考える。

たとえば太宰の自意識は二人称的である。彼は、「あなた」の目に映る自分の像の効果をまず顧慮してしまう。保田与重郎によれば、「僕は死んでゐる。僕にあるのは表現だけである」という認識が太宰の画期的な「新しさ」なのだが、それはいいかえれば、ほんとうの自分自身というものはなく、ただそのつどそのつど「あなた」に提示された自分のイメージ（表現＝表象）だけがある、ということだ。

そのつど相手にあわせて効果的な表象を身にまとおうとするこの行為を、太宰は、「ヴァイオリンよりヴァイオリンケエス」（「ダス・ゲマイネ」）といってみたり、「演技」とか「仮面」とか「ポーズ」とか呼んだりしたが、それはたぶん、現代の学生たちには親しい身振りである。また同時に、そのような身振りが「巧言令色」（「めくら草紙」）の偽善ではなかろうか、という疑いも、彼らには親しい懐疑である。

この自意識が語りの構造に転移すれば、語り手はある物語内容を語りつつ、たえず、自分の語り口の意図や効果を「あなた＝読者」に向けて先回りして解説したり弁明したりすることになる。そこにはメタ・フィクション的な語りの次元が開かれる。

「ヴァイオリン(実体)よりヴァイオリンケエス(イメージ)」という戦略が八〇年代的だったのと同様、メタ・フィクション性も八〇年代的である。つまり「ポスト・モダン的」である。さらにいえば、自己の不在を軽快な「演技」の自由へと解放するかに見せかけながら、「そこはかとない」空虚の悲哀、すなわち「内面性」を漂わせるところなぞも、ひどく八〇年代的である(八〇年代文学の中枢は七〇年安保転向派によって形成された。太宰の文学も転向文学である)。

むろん太宰の文学が「ポスト・モダン的」なのは、太宰の二人称性の病が、自分自身、すなわち内的な真実の自己という観念に支えられて三人称性を志向してきた「近代文学」の崩壊過程で、その末期症状として生じた現象だったからだ。現に太宰の同時代に、同じ問題を、もっと自覚的に、「新しい」小説の可能性として探求しようとした作家たちもいた。だが、太宰が、同時代の「知的な」作家たちや、八〇年代の「方法(論)的な」作家たちと比べてさえ、優位に立つのは、彼がこの問題を、たんに「知性」によって処理しようとせず、「人生」の問題として生きたからにほかならない。

私は敢えて古めかしい言葉を使っているが、「人生」の問題を回避すれば、事態はいわば、「テクストのためのテクスト」とでもいった小説方法上の問題に還元されてしまう。だが、そんな貧血症によっては、文学は「新しい」可能性を開いたりしない。

太宰が苦しんだのが「近代文学」の末期症状だったとすれば、安吾はもっと徹底している。彼は「近代文学」の外にいる。つまり彼は、「近代文学」に対する決意した断固たる「落伍者」である。あるいは安吾は「近代文学」の底板を踏み抜いた。

たとえば彼が「文学のふるさと」として提示したのは、「突き放され」「プツンとちょん切られ」るような感触のことだ。「突き放され」「プツンとちょん切られ」るのは、端的に、「内面」というものだといらべきだろう。そこでは、「意味」に取り憑かれた「内面」が、世界の無意味性によって無効を宣告される。

むろんこの無意味性は、実存という問題（安吾のいう「絶対の孤独」）と直通している。しかし安吾はそれを「ナンセンス」の哄笑へと連接させようとする。いわば安吾は、世界に生じた根源的なひび割れを、世界というものの起源に打たれた最初の句読点、不感無覚の世界が初めて見せた「表情」として肯定しようとするのである（古い日本語によれば、裂け目、割れ目を意味する「ゑみ」は、同時に、花が開き、ひとの口元がほころびる「咲《ゑ》み＝笑み」である）。

安吾のファルスの笑いは太宰的な「道化」の悲哀とはまるで異質なものだ。太宰の「道化」は世界を否定して「内面性」を保持するための最後の身振りだが、安吾の笑いは「内面」を否定して世界を「肯定」する。それが安吾のモラルである。彼は、世界の根源的な「アモラル」に面接して、ひとがなおも生きようとするならば、これ以外にモラルはない、といっているのだ。

安吾は、あらかじめ何か「構え」がなければ事に当たれないような「知性」など、まるで信用していない。安吾には、おそらく、「知性」というものが、アモラルなものとの面接に耐えられない神経が自己防衛のために身にまとった分泌物のように見えていたはずである。

末期症状を生きた太宰は、なおも「近代文学」的なものとの近接性を失っていない。つまり、「近代文学」の内側からの了解可能性を失っていない。だが、「外」にいた安吾はうまく理解されていないように思う。ことに安吾の「小説」を理解するための準備が、研究者の側に欠けている。

たとえば、安吾がファルスの文学として例示するのは説話的（民話とか狂言とか落語とか）なものだ。安吾の考える説話的なものを、物語と混同してはならない。物語は「内面」を囲い込むための装置であって、それゆえそれは「近代文学」と地続きである。だが、逆に、アモラルなものとしての世界への関心（怖れや興味や驚きや痛快）が説話を生み出す。それはむしろ「内面」を否定する。

私はこの問題を、柳田国男のハナシとカタリという対概念と結んで考えているのだが、たぶん、もっと広い文脈で考える必要がある（もっとも、私が敢えて柳田民俗学という「狭い」場所から考えていることには理由がある）。それは何より、われわれの「文学」の概念を拡張するために必要である。

「図書新聞」一九九八年六月二十七日号

＊私はこの数年後、ひょんなことから、「坂口安吾研究会」の二代目の会長なる地位に据えられた。

桶を桶ということ——中野重治の正名《せいめい》

私はこれまで中野重治について何回か書いたし、近くまた書くつもりでいるのだが、私の中野への関心の焦点には、いつでも次の一句がある。

すべて文学は、文学自身の言葉によつて正確に研究せられねばならぬ。研究者は、「私は田舎者であり、桶を桶という。」という気組みを持ち保たねばならぬ。

（「ねちねちした進み方の必要」一九三九年）

中野自身、「私は田舎者であり、桶を桶という」というこのフレーズがずいぶん気に入っていたらしく、竹内栄美子著『中野重治〈書く〉ことの倫理』を読んでいたら、こういう引用があった。これは敗戦後、一九四六年の「わかりやすい言葉を」からの引用だ。「わかりやすい言葉をつかうにはものを確かに見る必要がある。『わしは田舎ものだ。桶を桶という。』という意味の諺があるが、桶を桶という行き方、これが言葉づかいの土台にならねばならぬと思う」。

また、中野はこのフレーズを国会演説でも使ったそうで、松下裕著『評伝中野重治』は、一九四九年五月二十七日付け演説「星野芳樹議員の懲罰反対」から次のように引いている。「われわれは率直に言うほうがいい。そのことはギリシャ人が言っている。『おれは百姓であるから桶を桶と言う』」。

ところが、このフレーズの出典がわからない。「わかりやすい言葉」では「諺」だといい、国会演説では「ギリシャ人」のせりふだといっている。それで、古代ギリシャの哲人か誰かの有名な逸話なのかもしれないと思い、その方面に詳しい人に聞いてみたのだが、やはりわからないという。どうも気になって仕方がない。どなたか知っている人がいたら教えていただけるとありがたい。

「桶を桶という」のでなく、「猫を猫という」のなら、こちらはヨーロッパ系の思想家二人の著述で出会ったことがある。一つはサルトルの「文学とは何か」のうちの「四　一九四七年における作家の情況」で、そこでサルトルは、「作家の機能は猫を猫と呼ぶことにある」と書いていた。もう一つはポール・ド・マンの「理論への抵抗」で、そこでは、猫を虎と呼んだりネズミと呼んだりすることから生じる無用の混乱を避けるためには「猫を猫と呼ぶ」ことが大切だ、と述べられていた（ついでにいうと、記号論の創始者ともいわれるパースが、やはり「猫を猫という」というフレーズを言語についての議論の事例に取り上げている、と、これは何かの論文に付された注釈のようなもので読んだ記憶もあるのだが、いまは確かめられない）。

こうしてみると、「桶を桶という」のも「猫を猫という」のも、言語使用のある態度を要約するフレーズとして、ヨーロッパでは広く膾炙している言い回しなのかもしれない。つまり、それこそ一種の「諺」みたいなものであって、何も「ギリシャ人」などという権威ある出典を必要としないものなのかもしれない。中野自身も出典にこだわっているようには見えないのだが、ずっと気になっているのでこの機会に教えを乞うのである。

さて、「私は田舎者であり、桶を桶という」——私はこれが、中野重治の批評の核心をいいとめた言葉だと思っている。私はそれを、「名を正すということは大事にちがいない」（「脱けたところ脱けているところ」一九七三年）といった考え方と結んで「正名《せいめい》」と呼んでいる。

「正名」とは、もともとは儒教の概念で、名（言葉）と実（現実）との一致を求める言語観である。「文学的」にはそれはリアリズムの言語観に対応するが、儒教概念としては、言語を正すことによって世界の秩序を正す、という道徳的・政治的な含意こそが中心にある。中野の「正名」もそういうものだった。

中野は戦前の「政治的価値と芸術的価値」論争でも政治と芸術の二元論を認めなかったし、戦後の「政治と文学」論争でも政治と文学という二元論を認めなかった。彼は、政治も文学も区別せずに語り得るような一つの批評的観点を模索していたからだ。そして、最終的に中野の批評にそれを可能にしたのが「正名」という方法なのだと私は思う。

言語は現実を表象・代理する便利な道具だが、その代償として、しょっちゅう現実と表象との取り違いを引き起こすたいへんやっかいな道具でもある。名実の一致を求める「正名」は、言語表象と現実との不一致を点検し批判する。たとえば、社会主義に接近していた当時のサルトルがシュールリアリズムを批判したのは、それが名と実との完全な混乱破壊をもたらす「消費文学の極点」だという認識に基づいているし、ポール・ド・マンの論脈も、現実と言語表象とを意図的・無意図的に取り違えてしまうイデオロギー的言語使用を批判しようとするものだ。

中野重治の批評は小林秀雄のような文芸批評ではなく、本質的には、言説批判（社会的な言説に対する批判）として展開された。たとえば「ねちねちした進み方の必要」は、「日本的」というような当時の思想界の流行言辞の内実を疑うことから始まっている。

しかし、「正名」という言語思想そのものにはいくつかの問題がある。

孔子に源を発し、荀子において完成された儒家の「正名」は、本来は、治者（世界を統治する者）の思想である。それは一方では名分論として、身分秩序護持の思想として展開され、他方では韓非子の刑名参同の思想にいたって専制君主（始皇帝）の恐怖政治に奉仕する法思想となった。名と実、あるいは、シニフィアンとシニフィエの厳格な一致を求める思想が権力と結びついた場合の極端な事例である。

また、文学とは本来、シュールリアリズムに限らず、現実と言語表象との巧妙な取り違えを糧として生産されるものではないか、という問題もある。現に、スターリンという権力者と結びついた社会主義リアリズム論は粛正の理論として機能した。

中野の「正名」がこうした危険を免れているのは、一つには、それがあくまで言説的批判・抵抗の方法だったことによる。もう一つには、中野が、ある現実に適切な言語表現を見出すことがいかに難しいかを熟知していたことによる。いいかえれば、中野が正銘の文学者だったことによる。中野は「ねちねちした進み方の必要」でこう書いている。「桶を桶と言い、桶にたいして桶という言葉を見だすためには、われわれは往きつ戻りつをいやがらずにねちねちと行かねばならぬのである」。

中野の抵抗はほんとうに「ねちねち」していた。それはいさぎよくもかっこよくもない。たとえば平凡社ライブラリー版『中野重治評論集』の編者・林淑美による解説は、中野の言説的抵抗の方法を簡潔に描き出して説得力に富むよい文章だ。だが、「解説」として書かれたことを別にしていえば、それは幾分かっこよすぎる。私はむしろいさぎよくもなくかっこよくもない中野重治にこそ興味がある。

転向後に言説的抵抗の方法として自覚的に獲得された中野の「正名」は、強権を背景にした圧倒的に強力な敵の言説に対して、つねに受け太刀を強いられている。その抵抗は終わりのない後退戦の様相を呈する。そしてしまいにそれは、儒家的概念の反対物・老荘的「狂言」にまで接近する。具体的には、「わからない」という「愚者」の言説が頻出しはじめる。そして、同じことが、晩年の共産党からの除名後にも生じる。『甲乙丙丁』は、党の言説に対する批判としての「正名」と、世界も自分も見通せなくなったという愚者の嘆きとが入り混じっている。これが中野の「正名」の最も独特なところだ。

私は、この問題について、以前一度書いたことがある[*1]が、あまりうまく書けなかった。もう一度[*2]、今度はもう少しうまく、書きたいと思っている。

ところで、中野重治の「正名」は、「田舎者」または「百姓」の自覚と不可分である。中野自身、確かに農村の小地主の息子だったが、しかし、言説的抵抗の根拠として「田舎者」であることを積極的な自覚へと転じたのは、やはり中野の転向後のことである。この自覚が、モダニズムを批判し、観念的な急進主義を批判する。この際、モダニズムとはこの国の近代史そのもののことであり、観念的急進主義とはこの国の革命運動そのもののことだといってよい。

田舎者とはまた、文化と政治と経済の全般にわたる「後衛」のことでもある。中野重治は、革命を志向する「前衛」であると同時に、「後衛」のまなざしを持ち続けた数少ない人物だった。私は、中野の著作の中で、『斎藤茂吉ノオト』が一番好きだが、それは、そこで日本の近代の総体が、「田舎者」のまなざしによって徹底的に吟味されているからにほかならない。
さて、私自身、まぎれもない「田舎者」であり「百姓」であるのだが、「桶を桶という」のはほんとうに難しいし、そのために「往きつ戻りつをいやがらずにねちねちと」進むことはもっと難しいのである。

「言語文化」第16号／一九九九年六月

＊1 「田舎者の桶――中野重治の『正名』」（「批評空間」第Ⅱ期第二号／一九九四年七月）
＊2 「中野重治――愚者の正名」（「群像」一九九九年五月号／後に『批評の誕生／批評の死』所収）

追悼・江藤淳

江藤淳の評伝『小林秀雄』は、学生の私に文芸批評というものの魅力を教えてくれた重要な一冊だった。

そこでは、過剰な自意識という病に苦しむ一人の知識青年が、詩でもなく小説でもなく、学問でもなく哲学でもなく、文芸批評という独特なスタイルに自分の表現を発見するにいたるまでの精神のドラマが、実に生き生きと描かれていた。私は、自分もまた、知性のドラマを社会背景とともに描くこういう評伝を書いてみたい、とさえ思った（もっとも、私はまもなく、自分が実生活や具体的事実というものになんの興味も抱いていないことを覚ってあきらめるのだが）。

江藤淳の最良の仕事は評伝にある、と私は考えている。『小林秀雄』やライフワークとなった『漱石とその時代』だけではない。勝海舟を描いても（『海舟余波』）、西郷隆盛を描いても（『南洲残影』）、そこには、精神のドラマが過去という動かしがたい「もの」のたしかな存在感とともに浮かび上がって、しかも、歴史のなかで人はなぜ悲劇を強いられるのか、という大きな問いと連接している。

もちろん批評家・江藤淳の仕事は、狭義の文芸批評の枠を超えていた。しかし大事なことは、文学と同様、政治を語るときも国家を語るときも、彼の批評はいつも、彼のなまなましい肉声を失うことがなかったということだ。彼の文章は、憤りを発するときにさえ艶やかだった。

これは稀有なことである。ことに今日、批評が理論や研究へと接近し、批評言語がますます抽象化していくとき、江藤淳の死は批評の世界に決定的な喪失をもたらすことになるかもしれない。私たちはもうだれも、江藤淳のように語ることはできない。

江藤淳の批評が肉声を保持できたのは、彼の批評が私的モチーフによって貫かれていたからである。たとえば、「無条件降伏論争」、占領政策研究とつづく一連の彼の「戦後批判」は、祖父の世代(明治)が作り父の世代(大正・昭和)が滅ぼした家(国家)を子がいかに再興するか、という日本国家と江藤(江頭)家三代のドラマとを重ね合わせた物語によって支えられていた。

むろん、母なる自然の「喪失」を確認することで、子は孤独な父として「成熟」しなければならない、と語る『成熟と喪失』が、四歳にして母親を失った江藤自身の精神の閲歴と不可分だったことはいうまでもない。

私的モチーフに即して社会をも国家をも批判すること。それを江藤自身は「私情」と呼んだ。「私情」はそれ自体では「正義」でも「真理」でもない。だが、「私情」は「心情」でもあり「真情」でもある。江藤淳の批評は、この「真情」としての「私情」を、徹底的な論理によって鍛え上げることで行われたのである。それはたしかに、戦後的言説の急所を打った。

「毎日新聞」一九九九年七月二十六日夕刊

「治者」の孤独――江藤淳『成熟と喪失』

『成熟と喪失』は一九六六年から雑誌連載され、一九六七年に刊行された。講談社文芸文庫版『成熟と喪失』（一九九三年刊）には、文庫版刊行時に書かれた短いエッセイ「説明しにくい一つの感覚」が付されている。そこで江藤は、この作品の執筆モチーフが、それに先立つ二年間のアメリカ滞在で身にしみた体験と切り離せないことを強調して、「それは、人はこの国（アメリカ）では孤独であることが許されている、とでもいうような感覚である」と述べている。

さらに、「〝母〟の崩壊と〝父〟の不在という、一九六〇年半ばには文学作品の作品空間にだけ描かれていた虚構上の現象は、以後ほぼ三十年のあいだに日本ではごくありふれた一般的社会現象となり、定着した」ことを確認した後、彼はこう締めくくる。

「だが、だからといってこの国（日本）に、人は孤独であることが許されている、という感覚がいささかでも定着したというわけではない。繰返していえば、それはいかなるイデオロギーとも無縁な、人が瞬時も忘れることのできない、ある深い哀しみのような感覚である。それはこの国には存在しない。今後もまた存在することはないだろうと思われる。」

「人は孤独であることが許されている」というときのその「孤独」、「人が瞬時も忘れることのできない、ある深い哀しみのような感覚」だというその「感覚」。今回読み返して、本文の後ろに添えられたこの一節がいちばん胸にこたえた。むろん、私の胸中に、江藤淳自殺の報が引き起こした波紋が残っていたからである。

　妻の死から自殺にいたるまで、江藤淳の堪えなければならなかった孤独とはどんな性質のものだったのか。そもそも彼の自殺は、孤独であることを人に許さない国が彼に負わせた心理的な負荷のせいだったのか。それともそれは、孤独であることが許されていない国で、人がなお孤独でありうることとの自由と権利を証明するための最後の行為だったのか。さらにさかのぼって、江藤淳が、妻と営む「子」のいない「家」において、「治者」としてふるまいつつ感じていた孤独とはどんなものだったのか。それは彼がアメリカで身にしみて知った「瞬時も忘れることのできない」孤独とどう似ていてどう異なっていたのか。またそれは、彼が『成熟と喪失』の末尾で庄野潤三の『夕べの雲』の主人公に託していう、あたかも超越的な「天」があるかのようにふるまうことを強いられている「父」なるものの孤独と、どう通底しどうちがっていたのか。そんな思いが去来したのである。

　たしかに『成熟と喪失』はすぐれた書物だ。だが、このすぐれた書物は決定的な分裂を孕んでいる。事実認識と当為の主張とのあいだの分裂である。

「母」なるものの崩壊も、「父」なるものの不在も、戦後日本の、高度経済成長期以後にあられもなく露出した事実である。この事実が生み出すドラマを、江藤はいち早くとらえ、個人の心理と文化論的・文明論的背景に即して、近代日本の歴史を展望しうるパースペクティヴのなかで見事に語ってみせた。江藤淳のすべての書物についていえることだが、とりわけ本書において、著者の語り口はなめらかである。

安岡章太郎『海辺の光景』小島信夫『抱擁家族』遠藤周作『沈黙』吉行淳之介『星と月は天の穴』庄野潤三『夕べの雲』といった「第三の新人」たちの作品を事例に、いくぶん長めの、勘どころを押さえた引用を配しながら行使される作品分析は的確で説得力に富み、ことに長大かつ詳細な読みを施された『抱擁家族』についていえば、読者は（少なくとも初読時の私自身は）ほとんど『抱擁家族』という小説そのものを読み切ってしまったような錯覚さえもつ。いわば読者は、本書それ自体が知的な語り口によって統御された一編の長篇小説であるかのように読むことができるのだ。この語り口は、引用も分析も論理も主張も、もちろん感覚も情緒も統合して、齟齬を含まない。

とりわけ本書がこのなめらかな語り口を成就させたのには二つの理由がある。

一つは、分析装置として機能する論理が、父／母、社会／自然、アメリカ／日本、といった二項対立によって構成されていることにある。ここにはさらに、人工／自然、近代／前近代、遊牧民／農耕民、娼婦／母、西洋／日本、公／私、天／大地、儒教／道教、明治／大正・昭和、といったおびただしい二項対立が幾重にも隠喩的に重合する。

世界を二項対立と隠喩によって読み解き語るのは物語の論理である。実際、ここには、冒頭のアメリカのカウボーイの子守歌と日本の子守歌との対比にはじまって、歌舞伎からは「重の井」の子別れの段、浄瑠璃からは『信太妻』、また折口信夫が日本神話に基づいて概念化した「妣が国」、さらには大地母神の殺戮と再生をめぐる文化人類学的な物語、というふうに、実に多くの母なるものをめぐる物語が導入されている。いうまでもなく、これらの物語は、すべて、核心にある父・母・子による近代家族のファミリー・ロマンスを装飾し強化する。講談社文芸文庫の解説で上野千鶴子がいうように、本書が「涙なしには読めない作品」であるとしたら、上野千鶴子が述べることとは多少意味をずらして、それは本書が、母子関係をめぐる知的なメロドラマとして語られているからだ、といってもあながちまちがいではないのである。江藤淳は、まぎれもなく物語の人だった。

もう一つの理由は、本書の母子関係をめぐる心理分析が、江藤自身の切実な自己分析に基づいていることによる。

たとえば江藤は、葛の葉子別れの物語を例に、「『母』の拒否は子のなかにかならず深い罪悪感を生まずにはおかない」という（Ⅶ章）。だが、「私が母を亡くしたのは、四歳半のときである」と書き出す『一族再会』において、母にかかわるもっとも深く心に刻まれた記憶として彼が語るのは、二つながら、母親への甘えが「拒否」された出来事の記憶であり、しかもその二つの出来事によって植え付けられた「罪悪感」がいつまでも薄らがぬということなのだ（『一族再会』は『成熟と喪失』連載完結直後に連載を開始された）。

また同じく彼は、『抱擁家族』の主人公・三輪俊介の心理を分析して、「時子の背後にお乳の人重の井や葛の葉がいるということについてはすでにのべたが、その記憶の奥底をたどって行けば、私はあるいはあの『妣の国』のイメイジにまで、南海の溢れる光とその水底の薄青い安息のないあわされた世界にまで行くのかも知れない」と書く（XV章）。むろんそれは母子相姦的欲望にほかならない。だが、一九五二年、生徒会雑誌に発表したメルヘン「フロラ・フロラアヌと少年の物語」の冒頭をこう書き出したのは、十八歳の高校生・江頭敦夫自身だった。

「フロラよ、お前がどこに生れたのか、誰も知らない。それは高い火山がその峯の端にうっすらと雪をのこし、なにかわたしののぞみのようにたゆとう夕べの霧が、一しおさびしげに暮れかゝった五月の空をいろどる、そんなひなびた谷間の村だったかも知れない——それとも、永遠の母のように、なにもかもを抱きとってゆったりとゆりかごの歌をうたう碧い南の海のほとりだったろうか。……」

作品分析が同時に自己分析であり自己剔抉でもあることによって、本書の論理は生動する感覚と情緒の裏付けを手に入れ、語り口は説得力をもって生き生きとなめらかになる。この母子関係の心理は江藤自身の内部に見いだされた事実である。それは分析対象の作品のなかにあり、近代日本人誰しもの心の中にもある事実だ、と江藤はいう。その説得は成功している。

だが、江藤はこの事実から当為を導き出そうとする。つまり、高度成長が決定的に露出させた母なるものの崩壊を、「子」なるものの「成熟」の契機に意志的に転じようとする。むろんこの当為もまた、幼くして母親を失った江藤自身にとって切実なモチーフに貫かれている。しかし、ヨーロッパの哲学者の誰やらが昔いったように、事実認識（「である」）から当為（「べし」）は導き出せないのだ。分裂はそこにある。

この分裂は、『成熟と喪失』の行論のなかでは、「第三の新人」に対する評価から批判への転換としてあらわれる。「第一次戦後派」が「父」に反抗する「子」の文学だったのに対して、「第三の新人」は反抗するに値する「父」なるものもなく、甘えるに足る「母」なるものも崩壊してしまった荒涼たる現実を描きだすことに成功したが、彼らの成功は、彼らのなかに「父」という機軸が欠けていたことの結果にすぎない、「彼らは昭和三十年代の産業化がもたらした具体的な解体現象をとらえ得ても、その先にある問題を、つまり内にも外にも『父』を喪った者がどうして生きつづけられるかという問題をとらえ得てはいない」（XXIII章）というふうに。

そういって、『抱擁家族』への密着した寄り添いぶりから身を引き離した江藤は、つづいて遠藤周作『沈黙』と吉行淳之介『星と月は天の穴』とを全面否定した後、庄野潤三『夕べの雲』に、「治者の文学」の可能性を見いだして終わる。だが、作品論として読めば、『沈黙』や『星と月は天の穴』に対する否定は、不当ではないが、明らかに倫理的にすぎる。

『成熟と喪失』における事実認識と当為との分裂と私が呼んだものは、いいかえれば、江藤淳自身における存在（「である」）と倫理（「べし」）の分裂にほかならない。むろんこの分裂は、彼がデビュー作『夏目漱石』で、漱石のなかに見いだした分裂と同じものだ。彼は、先に引いた初期作品「フロラ・フロラアヌと少年の物語」の一節に明らかなように、少年の自分が身をひたしていた堀辰雄的・立原道造的な抒情と感傷の世界を扼殺するようにして、漱石という主題を発見したのである。

「治者」になること、「母」なるものの崩壊と「父」なるものの不在によって生じた不定型な世界に「他者」を導入して「成熟」すること、それは江藤淳の当為であり倫理である。だが、この倫理を実践するために、彼は自分の内なる存在を全否定しなければならない。倫理の要請が強ければ強いほど、否定もまた強引になる。実際江藤は、後の『昭和の文人』で、己の内なる堀辰雄を否定するために、ほとんど非論理な強弁さえも辞さなかった。

で、ひるがえって再び問う。江藤淳が堪えねばならなかった孤独とはどんなものだったのか、と。

「新潮」一九九九年十月号

書評から（マイナー文学）

多和田葉子『三人関係』——紙の上の歩行失調

「かかとを失くして」の「私」は、表題からして当然のこととはいえ、冒頭から歩行失調者として登場する。レヴィ＝ストロースの「証明」が正しければ、「脹れた足」の持ち主だったというエディプスの歩行失調は、大地という起源に過度に拘束されていた徴ということになるのだが、それならその反対に、かかとを失った現代の日本女性の歩行失調は、拘束するものの過度の少なさの徴ということになるだろうか。

「私」はどうやら書類結婚で異国の町を初めて訪ねたのであるらしい。作中の「私」の歩みは、「かかとがなけりゃ寝床にゃ上がれん」という子供たちの歌う童謡《わざうた》が予示している。つまり「私」は、紙（書類）の上から現実へと跨ごうとしてつまずき、よろけるのだ。その結果、「私」の異文化体験は「私」の夢遊体験に似通う。十全には解読不能な異なる文法世界に投げ出されながら、にもかかわらず体験の全体がリアルな拘束感を欠いているという意味でも夢に似ているのだし、さらに、その納得のいかない浮遊感の全体から逃れられないという意味でも夢の中に似ている。いわば、この「私」にとって、拘束のないことだけが唯一の、しかし逃れ難い拘束なのである。

　そして作者は、この状態を明らかに、拘束のない場所で小説を書くということの微妙なアレゴリーに変換しようとしている。それは、現代の若い書き手がほとんど例外なく置かれている状態のはずであるにもかかわらず、イメージや物語や抒情に依存することでほとんど例外なく回避されていた困難な書き方なのだ。何より、「私」の歩行失調を紙の上でそのまま実演してみせようとするかのような文章が魅力的だ。

　「三人関係」の「私」が提唱する「三人関係」とは、「つかみどころがなく、ぼんやり、ゆったりとした関係。誰が誰と結びついているのか、わからないような関係。いつも、ふたりで、残りのひとりの噂話をしているような関係。おしゃべりから成り立っている関係」なのだそうだ。それはエディプス的三角形ならぬ三角関係の拘束力を迂回して、「私」の想像世界の内側で、つまりは紙の上で、とめどもなく横滑りし、増殖する。そして、他者を消去した場所に生じるその横滑り、その増殖は、いつまでも貪りつづけたい快楽の誘惑であるとともに、歯止めのきかない不安と失調を呼び寄せもする。拘束のない場所で書くという行為が招き寄せてしまう快楽と不安が、こんな風に自覚的に描き出されたことに私は驚く。

　小説世界をそれらしく構成するために選んだ枠組みとしてのアレゴリー――「イカ」や「複写機」その他の微妙ならぬ露骨なアレゴリー――に小説自体が足を取られてしまう場面もあるが、この書き手が今後どんな風に紙の上を歩んでくれるかは、きわめてスリリングな見物のはずだ。

「新潮」一九九二年六月号

笙野頼子『説教師カニバットと百人の危ない美女』『時ノアゲアシ取リ』

笙野頼子の長編『説教師カニバットと百人の危ない美女』と短編集『時ノアゲアシ取リ』を読んだ。『説教師カニバットと百人の危ない美女』の末尾は、こんなふうに書かれている。

「部屋に戻ると、鳴りっぱなしだったファクシミリのディスプレイから『ジュシンチュウ』の文字が消え時刻が出ていた。まだ九月になってない。この間の家計簿の日付をどうしようか、と思いながら、起きてきた猫にしがみついた。獣臭い事が愛しい首筋や何かをまぶしたような足の裏や、溶けたアイスクリームのようにくちくちと体液に濡れた鼻に接触した。猫を嗅いで触れ、猫と並び眺め、猫と煮干しを分けて喰らい、猫の尾に打たれ、猫を暖めた。」

なんとも見事な文章だ。ことに最後の一文は、そのまま、やがて書かれるかもしれない現代文学史の一節にきちんと引用されてしかるべきほどのものだ。

ここにはたしかに「純文学」がある。だが、この「純文学」に到達するために、読者は、二六〇ページ分の騒然たる言葉とイメージの乱痴気騒ぎにつきあわなければならない。それが、笙野頼子が自称「ドン・キホーテ」として奉仕するところの「純文学」である。あるいは、それが、現代の「純文学」が置かれている言葉の環境である。

笙野頼子の仕事をわかりやすく分類すれば、私小説系と幻想小説系の二系列に大別できるだろう（両者は「私」の紡ぐ「幻想」として、また、「幻想」を紡ぐ「私」として、混融する)。それはある意味で、笙野の敬愛する藤枝静男に似ているのだといってもよいが、しかしむろん、もはや藤枝のように書くことはできず、筒井康隆のように書かざるをえない、というのが笙野の強いられた境遇であり、かつ、自覚的な選択であるようだ。

私小説を支える経験的な私生活は、一方で、マンションの一室でワープロに向かってキイをたたく動作にまで縮減されるとともに、他方では、そこそこ快適な消費生活を営む都会の単身者というカタログ的マス・カルチャー的一般性にまで稀薄化してしまっている。そして、幻想小説的側面の方は、物語という共同性の基底を上げ底されて、私的な妄想として過激化するか、さもなくばオカルト的(カルト的)パターンに依存して「社会化」するしかない。

いくぶんの単純化を承知でいえば、藤枝静男的な「妄想する私」が筒井康隆的書法によって「社会化」をはかる、というのが、いまのところ、笙野頼子の書き方の基本のように思う。『レストレス・ドリーム』も『二百回忌』も『母の発達』も『太陽の巫女』も、そんなふうに書かれていた。

筒井康隆的書法とは、『説教師カニバットと百人の危ない美女』の場合なら、「美女」と「ブス」というそれ自体ステロタイプな社会的二分法を過激にデフォルメする手法のことだ。たとえばここでは、「結婚こそ女の幸福だ」と説く(らしい)説教師カニバットなる通俗文筆家の教説に私淑する百人の結婚しそこねた五十歳代女たちが、「ブス」のくせに単身生活に満足している「純文学」作家「八百木千本」に、ファックスを使って猛烈な罵詈雑言の攻撃を仕掛けてくる。

しかし、カニバットや百人の「美女」たちに対するデフォルメがどれほど過激でグロテスクであろうと、またそれがどれほどスラップスティックなC級ホラー風イメージで読者への「社会化」をはかろうと、結局のところ読者は、単調と退屈の感を免れない。この表面的な過激さは、もともと紋切り型の二分法イメージに依存せずには成立しないのであって、諷刺や諧謔を装いながらかえってその二分法を温存するだけのものだからだ（筒井康隆という作家において「差別性」がとりわけ問題になったのはそのためだ）。

むろん、小説のドラマは、カニバットと百人の「美女」たちの方ではなく、「ブス」である「私＝八百木千本」の自己批評と自己認識のドラマの方にある。だからこそ、このドラマは、末尾の「純文学」にまでたどり着く。だが、私には、「純文学」はあくまで筒井康隆的「社会性」と抱き合わせでなければならない、と決意しているらしい笙野のかたくなな信念こそ興味深い。

それは一面では、今日の「純文学」言語がサブ・カルチャー言語の洪水に呑まれかかっていることの自覚である。しかしまた一面では、『説教師カニバットと百人の危ない美女』の場合に引き寄せて、多少強引に、こんなふうにもいえるだろう。つまり、二分法に依存した過激化という筒井康隆的手法は、どんなに乱痴気騒ぎを演じてみても、決して「祝祭」にはならないのだと。いいかえれば、二分法が廃棄されて相反するものが一致する両義性には到達できないのだと。

だからここでは、美と醜が反転し、美が醜であり醜が美でもあるような「浄福」は禁じられている。作中の急所のような場面で泉鏡花の名が出てくるが、鏡花的な物語の「浄福」は笙野にはない。それが、笙野の小説が「醜く」あらねばならない理由である。

しかし、この「醜く」あらねばならぬことの自覚において、たしかに笙野は、今日の「純文学」の自覚の先端にいる一人である。

その自覚を、短編集『時ノアゲアシ取リ』から認識として取り出せば、『凄絶』などという言葉は私の使用範囲にはない」（「人形の正座」）ということになろうし、「ああもう私は日本語界の流れ者だ、どこに住んでも言葉は通じない」（「一九九六、段差のある一日」）ということにもなろう。「凄絶」という言葉が使えないのは、それがあまりに「文学」であり「美」であるからだし、「私」が「日本語界の流れ者」なのは、「私」の言葉の真正性を唯一保証するべき「純文学」が、「文学＝美」を拒絶することでしか維持できないものだからだ。

また、同じ自覚を体感として取り出せば、たとえば、「発作のように、急に腹の底から、勝手に痛い痛い痛いと叫び始めるのだ。痛いの原因はごく些細な事で、例えば鼻の中が乾いていて少しチクチクするというだけの事だ。詰まらない事に託つけてよく出てくるなと思って呆れ無視していたら、始終それは叫びだすようになった。皿に夕食を盛り過ぎるとこんなに食えるか馬鹿馬鹿わあんわあんと叫ぶし、ちょっと嫌いな電話でもかかってくるとまた死ぬ死ぬ死ぬ死ぬ死ぬ、と叫ぶ」（「蓮の下の亀」）ということになる。

始終叫び出す「それ」は、引用部で省略した文脈に挿入すれば、「私」の「心」というものなのだが、「心」はすでに「私」の内部のいうことをきかぬ「他者」なのだ。そして、この「心」が「純文学」という「妄想」を生み言葉を生むというのなら、「純文学」とは「私」が孕んだ「醜い」異物のことである。

「週刊読書人」一九九九年二月二十六日号

室井光広『キルケゴールとアンデルセン』

キルケゴールとアンデルセン、片やひどく気むずかしくて憂鬱症的な実存の思索者、片やいささか涙もろい「婦女子向け」の童話作家、二人の名前がこんなふうに並べられて、しかもそのために一冊の書物がささげられようとは、思ってもみなかった。しかもこの本は実に実に新鮮な刺激に富んでいる。

二人は十九世紀初頭、前後してデンマークに生まれ、青年時代、ともに同じ文学サークルに属していた。キルケゴールは一代で富を築いた金満家のどら息子、アンデルセンはろくろく教育も受けられなかった貧乏な靴直し職人の小せがれ、しかし彼らはヨーロッパの「片田舎」ともいうべき小国で、濃厚に圧縮された知的・文学的な問題意識を共有していたのだ。そして、一八三八年、キルケゴールが初めて書いた本は世界最初のアンデルセン論だった。――これは驚くべきことではないか。

ひょっとすると、こんなことに驚くのはこの私が無知なせいであって、キルケゴールやアンデルセンの愛読者・研究者には周知の事実だったのかもしれない。しかし、「知っている」ことなどたいした意味をもたない。大事なことは「驚く」ことだ。「驚く」ことだけが人に新鮮な発見をもたらす。「知っている」だけで「驚く」能力を欠いた知的おしゃべりにはもう誰だってうんざりしているはずだ。

著者が驚いたのは学生時代のことだったらしい。爾来、二十年にわたってその驚きを更新しつづけてきた。このこと自体、室井光広という作家・批評家の瞠目すべき才能だというべきだろう。更新する、とは、著者がキルケゴールの「反復」という概念をほどいていうところの、「受け取り直し」の作業のことにほかならない。

だから、本書の方法は、「驚き」と「受け取り直し」なのだといってもよいのである。著者はキルケゴールとアンデルセンのテキストを読み、読み返し、そこに思いがけない「コレスポンデンス（照応）」や「コウインシデンス（偶然の一致）」を発見し、「エコー（木霊、言霊）」の響きを聴き取ろうとする。著者がこういう独特な用語に託していおうとしているのは、「読む」という行為そのものが、「驚き」と「受け取り直し」の体験でなければならぬ、ということだ。

たとえば、著者の「驚き」という方法は、冒頭、こんな発見を提示する。

Der var engang en Prinds, han …

Der var engang en Mand, han …

前者はアンデルセンの「えんどう豆の上のお姫さま」の、後者はキルケゴールの「おそれとおののき」の、それぞれデンマーク語原文の書き出しだという。前者はふつう、「むかしむかし一人の王子様がおりました」と訳され、後者はふつう、「かつて一人の男があった」と訳される。なぜ二つの文はこんなにもよく似ているのか。

日本語に移すと「驚き」は消える。だが、たぶんデンマークでも、誰も驚きはしないのだ。前者は童話であり後者は哲学だというジャンルの区別意識が読者にあらかじめ作用して、「なぜ？」という疑念を抑圧してしまうからだ。

しかし、ほんとうに、いったい「なぜ」なのだろうか。著者の「驚き」は私を立ち止まらせる。いや、読者はすべからく、著者のように、私のように、立ち止まり、「受け取り直す」べきである。

もちろん、ただ一度青年期に、火花が内に籠もる性質の謎めいた交錯をし、そのまま決定的に決裂してしまった二人の比類ない「独身者」の軌跡において、キルケゴールが若いころ抱いた童話への強い関心をもちつづけていたこと、アンデルセンがキルケゴールの書くものに最後まで関心を示しつづけていたこと、というのは一つの回答である。だが、それだけだろうか。ここには、キルケゴールとアンデルセンという特異な個性の問題にとどまらない、言葉によって考えること、言葉によって表現することにつきまとう、なにか不思議な「コレスポンデンス」、不可解な「コウインシデンス」、ひょっとしたら言葉というもの、人間の思考というものの本質、その隠された深淵の消息を伝える「エコー」が響いていはしないか。

本書はいわば、この二つの酷似した、しかし決定的に隔てられた、二つの文章のかけら（「欠け端」）のあいだをいくども往復しながら、自ら両者をつなぐ「架け橋」たらんとする試みである。

著者はいかにして、「架け橋」たらんとするか。言霊には言霊をもって――というのが、無手勝流の著者の携えるもう一つの方法である。これも一例だけ紹介する。

デンマーク語の響きと我が東北弁（著者の母語）の響きとの共鳴に耳を澄ます著者は、「夏の阿呆、冬の馬鹿」（季節に先駆けて、雪のあるうちに咲いてしまう花のデンマークでの呼び名だそうだが、アンデルセンは童話に作り、キルケゴールの偽名著者の一人は自分自身をこう呼んだ）たる二人のデンマーク人のあいだに、こんな言葉を置いてみせる。

Ora Orade Shitori egumo

これはデンマーク語ではない。「オロオロ歩ク夏ノデクノボー」になりたいと願った日本の童話作家、これも比類ない「独身者」だった宮沢賢治のうら若い妹が、死の床でつぶやいたズーズー弁だ。そして、キルケゴール的実存も、煎じ詰めればこのズーズー弁の一言なのだ、と著者はいう、あるいは、言い張る。

世界的思想家の「深遠な」思想を東北の田舎娘の一言に還元すること、こういう「翻訳＝受け取り直し」はばかげているだろうか。だが、ズーズー弁での「受け取り直し」に堪ええないような知性こそばかげた知性だということを思い知るべきである。

だから、著者の方法を「田舎者」の方法だといってもよい。しかし、デンマークがヨーロッパの田舎であり、著者が日本の田舎の出身だから、というのではない。

世界はいたるところ田舎だらけなのだ。世界のいたるところが田舎であるとは、世界のどこにも中心などないということだ。だからこそ、世界（テキスト）のあちこちで、田舎（断片としての「欠け端」）同士が勝手に交信しあうのであり、その交信、その思いがけない「エコー」に耳傾ける能力の所有者を指して真の「田舎者」と呼ぶのである。

この「田舎者」の架ける「架け橋」はけっして固定したものであってはならない。それは、テキストのあちらこちらで「架け端」同士が交信するそのたびに、結び合わされまたほどかれる、そういう自在な運動としての「架け橋」でなければならない。本書は、キルケゴールとアンデルセンを結んではほどく魅力的な「欠け端＝架け橋」としてのテキストである。

「図書新聞」二〇〇一年一月一日号

車谷長吉『白痴群』――いのちを看取る（見取る）こと

「武蔵丸」という短篇がある。相撲の横綱のことではない。ともに五十歳近い初婚の夫婦が、夏の公園でつかまえて飼いはじめた兜虫の雄々しさを愛でてそう名付けたのだ。

夫婦はこの虫に西瓜を与えメロンを与えして溺愛するが、秋が深まるにつれてめっきり衰弱の気配が忍び寄る。十月半ば過ぎ、彼らは保温のために電気絨毯まで引っぱり出して万全を期す。「これで一ト安心である」と思ったとたんに異常が起こった。武蔵丸が発情したのだ。

武蔵丸は「朝となく、昼となく、夜となく、腹の尻に近いところから男根を突き出し、牝を求めて籠の中を徘徊し、時には新聞紙の重ねたのを六本足の爪で引っ掻いて、穴を開け、その中へもぐり込んで、丼鉢を被せた籠を引き摺り歩く」。困惑した「私」が籠から出して左手の指に止まらせると、彼は「私」の中指を足で抱くようにし、「中指の爪と肉との間の窪みを、牝の女陰《ほと》の割れ目と勘違いして、己《おの》が男根をその指の割れ目に猛烈な勢いで挿入し、軀全体、口髭までを烈しく顫わし、痙攣させるのだった」。

この数日にわたるもの狂いの中で、彼は前足一本を骨折し、十グラムあった体重を九グラムに減少させる。体重の一割分の精液を無益に使い果たしたのだ。そして、さらに二度目の暴発が起こる。彼はもはや精液も出ないまま狂いまわり、残り五本の足のうち四本の先っぽを失う。自然界の兜虫がすべて死滅した後に、歩行も小便もままならぬぼろぼろの身でなおも生きながらえる武蔵丸を、夫婦は最期まで看取ってやることになる。

むごく、また哀れなことだ。自然のなかで生き死にすべきいのちを人工的な環境で延命させたことも、一匹の虫けらにそうまで注がれた子のない夫婦の情愛も、すべてのいのちを突き動かす性というもののすさまじさも、そのすさまじさの一部始終を見届け書き留める行為も。

いずれにせよ、夫婦はこの虫けらのいのちを看取った。そして作家は、自分が確かに看取ったもの、見て取ったものをこうして文章に書き留めた。

人間のいのちであれ、鳥や獣、さては虫や魚のいのちであれ、書くことはいのちを看取ることである、いのちというものがあらゆる有情に共通の姿を呈するまで、深く食い入るように見て取ることである――そういう考え方が私小説の伝統にはある。「武蔵丸」は、その伝統に連なるまぎれもない名作だと私は思う。

だが、人間のいのちは「自然」を全うできないように仕組まれている。そして、おそらくは自分の「狂い」を「狂い」として自覚することすらできなかったであろう武蔵丸とちがって、人間は自分が「自然」からずれていること、狂っていることを知ってしまう。しかも、そのずれ、その「狂い」こそが自分を他ならぬこの自分たらしめている何かなのだ、というふうに思ってしまうタイプの人間がいる。彼は自分の「狂い」をそのように摑む、あるいは、自分の「狂い」にそのように摑まえられる。車谷長吉が看取りかつ見取るのはそういうタイプの人間たちだ。

今回の作品集でいえば、町の伯母の家に預けられたために自分が居場所もないはずれ者であることを思い知らされた少年（「白痴群」）、また、上司を殴って一流商事会社を退社し故郷の町の高校の教師になった男（「狂」）。「私」の恩師であるこの高校教師について作者はこう記している。「この時、立花先生の生は狂うたのである」。「恐らくこの時はじめて、先生の中で『精神。』という『物の怪。』が息をしはじめた」。

「精神。」とは、その「狂い」の自覚とともに生じる何かだ、というのである。そして、私小説というものが、「私」という「物の怪。」に取り憑かれた人間が書く小説のことだとすれば、もちろん、その「私」もまた、この「狂い」の自覚とともに生じるのである。私小説とは、私生活をジャーナリズムにさらしてみせることなどでは、けっしてないのだ。

こういう「私」は、世俗的には、ねじ曲げられゆがみひねこびて暗くわだかまった姿を呈するだろう。私小説とは、この暗くわだかまったものが「救い」を求めて描く軌跡でもある。

山口二矢（浅沼稲次郎を刺殺した右翼少年）の親友であり三島由紀夫にもかわいがられたという若者との交流を描いた「一番寒い場所」では、そうした「狂い」に引き寄せられる作者の資質が美的な死の観念と結びつく様子が記されていて興味深い。たぶん、美と死は「救い」への道筋のようにあらわれるのである。だが、「救い」があるとすれば、美でもなく死でもなく、ただ自分自身をどこまでも看取る（見取る）こと以外にない、というのが私小説作家の覚悟である。

「波」二〇〇〇年十二月号

III

散乱する暴力の時代に

2001—2010

未成年の思考——埴谷雄高

ひとりの田舎育ちの未成年だった私が、自分というものを作り上げるためにはどうしても「文学」と呼ばれる領域の言葉が必要だ、と自覚したのは、一九七〇年代の入り口のことだった。

もっとも、それを「七〇年代」などと呼ぶのは今日からふりかえってのことだ。当時はそんな同時代意識など私にはかけらもなかった。私はむしろ、「同時代」などというものが不快でたまらなかった。（いまでもそうだ。私はたぶん、いつでも、「同時代」というものが不快でならないようなたちなのだ。）

私の周囲は政治の言葉で自己形成しようとする青年たちばかりだったが、文学は私から、政治や社会について語る言葉を奪ってしまった。文学の言葉は、私に、お前は何ものか、お前はなぜそこにいるのか、というような回答不可能な——それゆえ当時は「根源的」と思われた——問いを突きつけ、この問いに答えられないうちはお前自身以外の何ものについても語るな、お前自身が根底をもたないかぎり、お前の言葉はすべて虚偽にすぎないから、というような極端な戒律を私に課した。しかも私は、そういう理不尽な戒律を、自分が何ものかになるためにどうしても通過しなければならない苛酷な儀礼のように思いこんでいた。

私はただ、毎日毎晩、地方都市の路地から路地を選んではあてもなく歩きつづけ、疲れきって安アパートの部屋に帰るとノートを開いた。けれども、歩行の途次に蒐集した印象や思念の断片をいくらつなぎ合わせてみてもまとまった文章を書くことはできなかった。私は自分を閉じこめる不可能の意識に困憊していた。そして、奇妙なことだが、この困憊の意識こそが文学であり、この困憊を手放したところに文学はない、とさえ思っていた。

私はたしかに、文学の言葉によって自己形成しようとしていた。だが、ありていにいえば、私はただの失語者であり吃音者であった。

私が『死霊』の既発表分を読んだのはそのころのことだ。敗戦後まもなく、日本文学に類例のない相貌を一瞬のぞかせたまま消えてしまったというそれは、私の世代には、すでにものものしくまた神秘的な伝説の光暈に包まれていた（第五章が発表されるのはなお先のことだ）。

私は何を読んだのか。私はたぶん、屋根裏部屋の孤独な不眠症の若者、あるいは、霧のなかであれ闇のなかであれ疲れきるまで歩きまわらねばやまぬ歩行中毒症（たしかに私には一時期そんなところがあった）の青年の物語、として読んだのである。つまり、私は『死霊』を、自分自身に引きつけて、自分とよく似た「未成年」たちの物語として読んだのだ。

なるほどそれは稚い読み方だ。だが、幼稚な読者にも言い分はあった。

私の文学の言葉は、ドストエフスキイ、小林秀雄、秋山駿、といった系譜でできていた。埴谷雄高という作家もしくは思索者はこの系譜に近い位置にいるはずだと思っていた。けれども私には、「虚体」だの「存在の革命」だのといった観念は、どこかよそよそしいもの、私の必要のなかには数えられないものに感じた。

そもそも私にとっての問題は「自同律の不快」ではなかった。「私が私であることは不快だ」と『死霊』の青年たちはいう。私はそれを理解できる。すべての「未成年」はそれを理解できる。これは「意識」の問題であったり「存在」の問題であったりする以前に、「生活」という自分を固形物化してしまう怪物の領域に踏み込むに際して、なおもあらゆる可能性を留保しておきたいと願う「未成年」たちの共通の渇望の表現でもあるのだから。

だが、私の問題はそういう形をしていなかった。「私が私でしかありえないことをいかに引き受けるか」――それが私の問題だった。私の問題は彼らとはまるで逆の方向を向いていたのだ。

私はそうやって埴谷雄高の観念の世界とは出会いそこねた。

けれども私は、この「未成年」たちが好きである。「未成年」たちはいつでも極端なことを考える。だが、大事なことは、「未成年」たちの観念の行きつく果てまでを書こうとした埴谷雄高自身は、けっして「未成年」ではなかったということだ。彼はただ、「未成年」の極端な思考を生涯持ちこたえようとしたのである。それは稀有のことだ。

この国では、作家たちは、自分の生理年齢と歩調を合わせて「未成年」の思考を忘れてしまう。ほんとうは、老年の作家たちこそ「未成年」を生き生きと描く資格をもつはずだのに。いや、それは資格ではなく義務なのだといおう。ドストエフスキイが小説『未成年』を書いたのは五十四歳のときだった。

持ちこたえられなかった「未成年」の思考などろくなものではない。私は昔のノートを棄ててしまった。

『埴谷雄高全集19』月報／二〇〇一年三月／講談社

ヴァニティを粉砕せよ

高橋勇夫が「群像」新年号の「批評季評」で、近年批評が低調だが、これは八〇年代以降「文学嫌い」の批評家が増えたせいだ、といってこう書いている。

「むろん『文学嫌い』が横行するのには、それなりに正当らしい条件があることはあった。思いつくままに羅列すれば、主体の曖昧化であり、政治的主題の風化であり、情報の横溢による価値の多元化であり、消費社会の進展による倫理的ドライブの希薄化であり、それらすべてをあたかも必然のように触れ回る『理論』の横行であり、そうした諸理論をサーフィンするブント、ニューレフト世代の批評家たちの覇権であり、それを受験勉強さながらに学習した、抽象的・原理的思弁に長けた新人批評家たちの簇生である。ともあれ、かつて文学の中核にあった『私』や『真実』や『倫理』や『感傷』がことごとく昔日の輝きを失い、冷笑、嘲笑の対象にすら成り下がってしまったのである。」

そうして彼は、論の結びをこう結ぶ。「かくして批評家と作家・作品が何かしら宿命的な因縁を帯びて見える、そんな批評は姿を消してしまうのである。」

私はここで高橋の述べている情勢認識をおおむね承認する。その上で、私自身はこんなふうに考えている。

私は昨年「批評の言説／言説の批評」の連載を終えたが（実は手直しが遅れていてまだ単行本になっていない）、言説（平たくいえばものの言い方）という観点で要約すれば、批評とは価値判断にかかわる言説であり、「私は……と思う」という言説である。この「思う」は「感じる」（趣味判断）から「考える」（理性的判断）までを含んでいる。

「私は」という一人称の実践であることによって、それは古典的な「真理」の言説を批判する機能をもつ。宗教や哲学といった古典的な「真理」の言説は、普遍妥当であり客観的であること、すなわち主観性に左右されないことを標榜する言説だからだ。もちろんそんな「真理」は「制度」によって護られた言説にすぎない。

実は、ディコンストラクショニズムとかポストモダニズムとか呼ばれた諸思想は、いずれも、古典的な「真理」の言説（プラトニズムおよびキリスト教と結託したヨーロッパ形而上学、ロシアマルクス主義）の制度性を批判するための思想だった。その意味で、日本の今日の「文学嫌い」の批評家たちが学んだ「理論」は、いずれも批評的なのである。だから、八〇年代以降は批評の時代なのだといってもよいのだ。

にもかかわらず、その批評の時代にあって、文芸批評だけが奇妙な窮地におちいっている。なぜか。それは文芸批評の二重の特性にかかわっている。

一つには、文芸批評が文芸についての批評だからである。文芸（純文学）が社会的に地位低下すれば文芸に依存した批評も地位低下せざるをえないのは当然だ。

もう一つには、文芸批評が文芸としての批評だからである。いいかえれば、文芸批評はそれ自体文芸の一ジャンルだからである。これは他の分野の批評にはない文芸批評だけの特性だ（たとえば音楽批評は音楽ではない、政治批評は政治ではない）。

「文学嫌い」の連中が文学を離れたのは、純文学と地位低下の運命を共有したくなかったからだ。事実、彼らの「教祖」たる柄谷行人の批評は純文学作品よりよく売れている。彼はむしろ文芸批評の地位を高めたのだ。

つまり柄谷は、第一の特性にかかわる問題は見事にクリアーしてみせた。しかし問題は、それがなお文芸としての批評たりうるか、ということだ。

では、文芸とは何か。乱暴を承知で、あえて私なりにその核心だけを定義すれば、文芸とは言葉によって謎を作ることである。文芸を読む者はその謎の魅惑を体験するのだ。あたかも人が人生という謎を生きるように。「読む」ことが「生きる」ことのメタファーたりうるのは根本的にはそういうことだと私は思っている。

ところで批評は謎を解く作業のようにみえる。そこで批評もまた文芸でなければならぬとは、批評がそれ自体謎でなければならぬというに等しい。文芸批評は謎を解きつつ同時に謎を作り出すものでなければならない。少なくとも、真に魅力的な文芸批評はそういうものでなければならない。これがあらゆる批評のなかで文芸批評だけが担わされたパラドックスである。

このパラドックスを、このジャンルの創始者（あるいは自覚者）たる小林秀雄はよく承知していた。彼は、小説家にもならず詩人にもならず批評家になった。だが、彼は批評もまた文学たりうることを身をもって証明してみせた。小説にも詩にも批評にも共通する謎の本質、それを彼は「宿命」と呼んだのだった。

文芸批評には「理論」が必要である。小林秀雄も「理論」を貪欲に学習した。しかし彼の決定的な自覚は、文芸批評家の「理論」は最終的には「宿命の理論」でなければならない、という点にある。

私のいま手直し中の文章は「批評の言説／言説の批評」と題されている（ひょっとすると単行本ではタイトルが変わるかもしれない）。「言説」とは、「文学嫌い」で「理論好き」の連中ならたちどころにミシェル・フーコーの名を思いうかべるであろう言葉だ。私はむろんそのことを承知している。しかし日本語としての「言説」は、私が確認しただけでもすでに大正時代にはその用例があり、「ごんせつ」と訓めば仏教語にまでさかのぼる言葉である。私の用法はその伝統に則っている。

私は終始言説という観点から小林秀雄以来、柄谷行人にいたるまでの批評家の仕事の意味を考えたが、同時に私は、彼らすぐれた批評家たちの理論をあくまで彼らの「宿命の理論」として読み解こうとした。つまり、文芸批評もまた、その核心に批評家の「宿命」という謎を刻み込むことで文芸たりうる。それが私が、なお文芸批評を擁護する理由である。

中原中也が小林秀雄について書いている。

「この男は嘗て心的活動の出発点に際し、純粋に自己自身の即ち魂の興味よりもヴァニティの方を一足先に出したのです。」（「小林秀雄小論」）

中原が「魂」といっているのは「宿命」のことだとみなしてよい。「ヴァニティ vanity」とは虚栄心、見栄のことだが、ここでは当然、「理論」への関心を指す。つまりは知的虚栄心、ありていにいえば、頭がよいと思われたい、という見栄のことだ。ちなみに、桶谷秀明の『昭和精神史』によれば、「頭がよい／悪い」というのは小林や中原の青年期、昭和初頭のモダニズムの時代から流行りはじめた人間分類法だそうだ。

もちろん中原は「魂」の人である。自分を何によっても、知性によってさえも武装しないまま、ただ赤裸の「魂」にだけ忠実であろうとした詩人である。これは中原の、小林に対するもっとも辛辣な批評なのだ。実際、青年には前のめりになっても敢行しなければならない知的発情の一時期があり、小林秀雄はそういう季節を生きていた。

だが、中原はつづけて書いている。「所がヴァニティの方が魂のことの方より少しゝか先に進まなかつたので、そして両方大きかつたので、或時期に至つて魂のことの方が先になつたのです、晩熟しました」。これは小林に対する最大の評価である。

私のみるところ、柄谷行人の批評は彼自身の「宿命の理論」の展開である。だから、柄谷行人の批評はなおも文芸としての批評たりえている。しかし、柄谷行人の仕事には、エピゴーネンたちを文芸としての批評から無自覚に遠ざけてしまう一面がたしかにある。そのことの柄谷行人の仕事に即しての解明はまたどこかで書くこととして、ここではただ一言だけいっておこう。おそらく、柄谷に対して小林秀雄における中原中也の役割を果たしていたのは中上健次だった。中上健次の死によって日本の文学がこうむった痛手はほんとうに大きいのだ、と。

ところで高橋勇夫は、「抽象的・原理的思弁に長けた新人批評家たち」と書いていた。これが誰々を指しているのかは不明だが、一般論としていえばこれは過褒である。「理論」の習得能力など、基本的には、特殊な術語とその用法の問題だから、言語ゲームの習得能力とかかわりはないのだ。言語ゲームというものは、そのゲームのなかに放りこまれれば、赤ん坊だっておのずと覚えてしまうものだ。「新人批評家たち」が参加しているゲームなど、赤ん坊の投げ込まれた自然言語というゲームに比べればきわめて限定されたものにすぎない。彼らに欠けているのは、何が自分をそのゲームの習得へと熱狂させているのか、そしてどんな条件がそんな浮世離れしたゲームに熱中できる条件を彼らに保証してくれているのか、ということの反省である。彼らが書いていることよりは、そういう反省の方にこそほんとうの批評はあるのだ。

「理論」を欠いては批評はできない。しかし、批評家が批評の「理論」を「宿命の理論」たらしめるためには、まず自分自身のヴァニティを打ち壊さなければならない。ヴァニティの批評は文芸批評の滅びを招来するだけだ。

たんに文芸批評が文芸としての批評でなくなるから、というだけではない。ヴァニティ熱に浮かされた批評が知的な言語ゲーム内にとどまっているかぎり、彼らが早晩アカデミズムに打ち倒されてしまうことは眼に見えているからだ。

同じ用語とルールを共有する仲間内でしか通用しない知的言語ゲームとは、まぎれもない「制度」である。

「制度」を批判しながらそれに気づかないのはただの間抜けだろう。文芸ジャーナリズムの「制度」は自堕落だし、たいがいの編集者は不勉強だから、彼らはまだ見くびっていられるのだろうが、アカデミズムの「制度」はよっぽど堅固だ。限定されたゲームの習得能力を鍛え高度化させるためには、「制度」

は堅固な方が効果的であるに決まっているのだ。

「反地球」第四号／二〇〇一年三月

＊『批評の誕生／批評の死』と変えて単行本化した。

川嶋至が忘れられている

今年の七月初め、川嶋至が亡くなった。私はそれを新聞の死亡告知欄で知った。たぶん、知ったのは七月五日だったと思う。

たぶん、というのは、手元に新聞がないからだし、日記をつける習慣もないからだ。ただスケジュール表に記入したいくつかのメモから記憶をたぐって推測して書いている。だから日付は一日ぐらいまちがっているかもしれない（以下も同じ）。私はいま、そういうことをきちんと確かめるゆとりのないいま書いているので、かんべんしてもらいたい。

死亡告知が載ったのは七月五日の朝刊だが、死亡したのは二日だった。しかも葬儀は「近親者のみで三日に済ませた」旨が記されていた。それは、他人の形式的で儀礼的な弔問など不要だと言外におわせているようで、いかにも川嶋至（と川嶋夫人）の人柄をしのばせる性質の死亡告知だった。

それはまことに小さな告知だった。もちろん通常の告知記事と同じサイズだったのだが、それをいかにも小さいと感じたのは、同じ紙面にロシア文学者の江川卓の死が大きく報じられていたからである。日頃新聞を丹念に読む習慣のない私がたまたま川嶋氏の告知に気づいたのも、江川卓の死亡記事に目を引かれたからにほかならない。川嶋氏は私の勤務する大学（東京工業大学）の同じ部局の先輩だったが、江川卓も東工大の他部局での勤務経歴をもっている（私は江川氏とは面識がない）。

私は川嶋氏には心中深く感謝していることがある。そのことをいうために、私は自分の愚行の一つをさらさなければならない。

私は八七年の三月に、十年間勤めた高校の教師を辞めたあと、予備校や学習塾の講師をして食いつないでいた。その私に、東京工業大学で半年間「文学概論」の非常勤講師をしないか、と誘いがかかったのは、八九年の年末だった。江藤淳が突然東工大を辞して慶応大学の藤沢キャンパスに移ることになって、その穴を埋めるための暫定措置だった。大学人に何一つつてをもたない私が指名されたのは、たぶん、その年の秋口にたまたま私が、「批評する『私』」と題したやや長めの江藤淳論を雑誌「新潮」に発表したばかりだったからだろうと思われる。

非常勤講師は九〇年の四月初めから七月末までの仕事だった。最後の授業が終わった日の晩、川嶋氏が助手の女性と自由が丘で一席設けてくれた。私は機嫌よく酔っぱらって記憶をうしなったが、翌日はちゃんと自宅で目覚めた。見知らぬ町の真っ暗な夜道をさまよっている場面だけが脈絡もなくよみがえる（その見知らぬ夜の町が、東工大から自宅までのあいだにいくつかある乗換駅の一つであることに気がついたのは、それから十年もたったついこの間のことである）。

当時の私は、酔って記憶をなくすのはしょっちゅうのことだったので、それ以上は気にとめなかった。なにしろ無事に帰り着けば問題はないのだ。あらためて電話で礼を述べようともしなかった。そういうことをするのはかえって仰々しくてわざとらしい、というのが私の私的な礼節感覚である。だからそれっきりで時間が過ぎた。東工大との関係もそれっきりで終わるはずだった。ところが、その年の秋になって、川嶋氏から電話があった。君を教員として採用したいが、受けるか、とのことである。むろん私に否やはない。こうして私は、九〇年の十二月、東京工業大学に採用された。

記憶をなくしてから私が何をしたかを教えられたのは、採用された後である。それも、川嶋氏からではなく、助手の女性からではなかったか。実はいまとなっては笑い話だが、といったニュアンスで教えられたのだが、早い時間から日本酒でピッチを上げていた私は、何がきっかけだったやら、突然、目の前の二人を、川嶋氏のみならず助手の女性をも、バカヤロウ呼ばわりしはじめたらしいのだ。二人はわけもわからずとまどうばかりで処置のしようもない。ともあれお開きということになる。ところが会計をしているあいだに私は姿を消してしまう。あわてて後を追うと、なんと東急線の線路の上をふらふらと歩いている。危ないからと声をかけると、またしても振り向きざまに、バカヤロウ、ついてくるな。

――これがあの晩の真相だというのだ。

こうして書いていても赤面の至りだが、たしかにそれはほんとうのことだったろう。酔っては人を（心理的に）傷つけたり自分が（心理的にも肉体的にも）傷つけられたりする。あのころの私はそんなことばかり繰りかえしていたのだ。

酔っぱらいに責任能力はない。だから、酒席での他人の言動を醒めてからあげつらってはならない、というのが私のモラルだ。などというと立派だが、このモラルの裏には、だから酔った私が何をいおうとしようと許されるべきだ、という手前勝手な願望が貼り付いている。たいがいのモラルは利己心を潜めている。

だからこそ私は川嶋氏に感謝している。十分な仕事をした年輩者が、縁もゆかりもない、しかも同業者を名乗る若造に、わけもわからず罵倒されて心中おだやかでいられるはずはない。しかも川嶋氏は、おそらく私にかかわる人事の責任者だったろう。人事はむろん秘密だから、私はいまも自分の人事の過程について知らないが、文学関係者が川嶋氏しかいなかったのだから、東工大に勤めて以来知った慣例から推しても、この推測は正しいはずだ。

私は東工大の自分の部局で行われる人事の（相対的な）公正さは誇るに足るものだと思っているが、それにしても、無責任な酔っぱらいたる私に示された川嶋氏のこの公正さは、あくまで私的な、それゆえ誰からも要請されない公正さである。私はその公正さに、深く深く感謝している。そして、川嶋氏がこの公正さを示された背後には、川嶋氏自身、かつて、飲んでは荒れた一時期があったのではないかと、これは川嶋氏に対して失礼ながら、勝手に推測もしているのである。

ところで、厳密には、川嶋氏は「文学」の教官ではなかった。彼は「日本語・日本事情」という留学生教育を担当するポストの教官だった。どうしてか、ということからこの小文の本題にはいる。

川嶋至は七〇年代の初めに、「事実は復讐する」と題した評論を江藤淳が主宰していた雑誌に連載したが、それが原因で文壇からパージされたのだ、というのはひと頃よく知られていた逸話だった。

彼の評論は、戦後に発表された私小説やモデル小説について、事実関係を調べ、ときにはモデルにされた人物に直接取材もしたうえで、小説がいかに作者の都合にあわせて事実をゆがめているか、そのことがいかに小説の欠陥となっているか、ということを、大岡昇平、三島由紀夫、安岡章太郎、吉行淳之介、阿部昭といった文壇の権威ともいうべき錚々たる作家たちの作品を取り上げて論じたものだった。権威たちの隠しておきたい「恥部」に触れたその過激な反権威主義が文壇のスキャンダルになった。川嶋至が某作家の女との密会現場を押さえるために双眼鏡をもってその作家の仕事場周辺に張り込んでいるなどというまことしやかな噂が流れたらしいし、川嶋の俎上に載せられた作家Yが、文芸評論家のKを川嶋と間違えて、あるパーティの席上、小柄なKを押し倒して馬乗りになりぐいぐい首を絞めた、というはなしもある（これが事実であることはK氏本人に確かめた[*1]）。

こうして、文壇の権威たち、権威たちと結託した編集者たち、またそれに同調する無自覚な「文学主義者」たる一般文壇人たちによって川嶋至は排除され、書く場所をうしなった。責任を感じた江藤淳が、東工大に留学生教育のポストを獲得してそこに川嶋至を招いた、というのが私の聞いているいきさつだ。（これはいろんな人の話から私が組み立てたストーリーだ。私は川嶋氏とはこの話はしなかった。）

スキャンダル扱いされた「事実は復讐する」も長いこと出版されなかった。それは、八〇年代も終わり近く、やっと、論創社というほとんど個人経営の小さな出版社から、タイトルも『文学の虚実』と変更されて、ひっそりと刊行された。（論創社は私の最初の評論集『物語論／破局論』を出してくれた出版社でもある。私の本の方がわずかに早かったと記憶する[*2]が、これも奇しき因縁だ。後で聞いたが、論創社の社長の森下氏は以前から川嶋氏と知り合いだったのだそうだ。）

　六年前、川嶋氏が東工大を定年退官する際に、私は、富岡幸一郎と紅野謙介両氏にも出席してもらって、川嶋氏を囲んで、『文学の虚実』の意義をめぐっての座談会を開いた。それは「比較文化雑誌」という、江藤淳が東工大で創刊し、私が川嶋至退官記念号をもって終刊させた雑誌に載っている。そのときわれわれ出席者の意見は、川嶋至の仕事は、「文学」という権威によって一方的に表象される対象としての地位に甘んじていた「事実」や「モデル」の側から「文学」に異議申し立てをしたものであり、書くという行為が根本的に内在させている暴力性・権力性に疑義を突きつけたものだった、という認識で一致した。それゆえそれは、「文学批判」がようやく共有されはじめた九〇年代以後の場面で、もう一度顧みられるべき仕事なのである。

　川嶋至の仕事の意味に早くから最も敏感に反応していたのは、実は中上健次だった。このことはその座談会でもいい、講談社文芸文庫の『蛇淫』（だったと思う）の解説にも記したのだが、なにしろいま手元に何の資料もないので、記憶のまま書き付ける。

　中上は、「事実は復讐する」が雑誌連載されている頃、あるエッセイのなかで、「批評の最も過激な方法が『事実は復讐する』であるならば、小説の最過激の方法は『事実に復讐する』でなければならない」という意味のことを書いていた。「初期・中上」の時代に訣別し、いよいよ、自らの出自たる被差別の問題と正面から向き合おうとしていた時期の中上の、なみなみならぬ覚悟を表明したものだ。

私の批評の方法は川嶋至の方法とはまるで異なる。そもそも私は、データとしての事実には何の関心ももてないたちの人間だ（私は自分の人生の細部にも関心がない。私は記憶をうしなっても平然としている）。だが、川嶋至の方法の過激さの意味はわかるつもりだ。「事実」が「恥部」であるのは中上健次だけにかぎらない。選ばれたる想像力と才能の産物だと言い張りたがる「文学＝作品」にとって、出自たる「事実」はいつでも隠蔽したい「恥部」なのだ。だから、「恥部」が何かものを言い出すたびに、取り澄ましていた「文学」は動揺し、スキャンダルが出現する。

私はいま、三十年前に川嶋至を排除した文芸ジャーナリズムのなかで、柳美里の裁判を機に、事実と虚構との関係がまたしてもスキャンダル化していることを知っているし、文芸誌がそれをめぐって特集を組んだり多くの評論を載せたりしていることも、それがまた伊丹十三をモデルにした大江健三郎の小説の評価とも連動したりしていることを知っている。知っているが、どれ一つ読んでいない。読んでいないのは、今日の文学に対する私の一種絶望的な倦怠感のせいだが、また、こういう問題に対して簡単に決着が付くはずがないとも思っているためだ。

だが、私は先日編集者に問い合わせてみた。一連の特集や評論のなかで、川嶋至の仕事に触れたものはあったか、名前だけでもいい、川嶋至に言及したものがあったか、と。ない、というのが回答だった。川嶋至が忘れられている。

私の知っている川嶋至は何一つ書かない人だった。いわゆる文芸評論も書かなかったが、紀要のたぐいにも書かなかった。彼は書く意欲も失っていたのかもしれない。それは私には徹底した隠遁にみえた。

しかし、東工大を退官して昭和女子大学に移った後、彼は六年間にわたって、日本文学科の学科長という激務を勤めつづけていたのだそうだ。私はそれを東工大時代に照らして意外なことだと感じたのだが、その持続する責任感・義務感は、川嶋氏のなかに燃え残っていた文学に対する責任感であり義務感だったのだろうか。もしかすると、それこそが、彼に突然の死をもたらした一因だったのかもしれないのだが。

「反地球」第六号／二〇〇一年十一月

＊1　もう「時効」だろうから書くが、Yは安岡章太郎、Kは川村二郎である。

＊2　記憶違いだった。『文学の虚実』は一九八七年五月十五日発行、『物語論／破局論』は同年七月十五日発行。

戦争が還暦を迎えた

朝空高くそびえ立つ高層ビルディングに、悠然と飛んできた飛行機が体当たりしてオレンジ色の炎が燃え上がった。日本人である私は、その映像を、太平洋をはさんで遠くはなれた国のテレヴィの画面で見ていた。

不意の攻撃を受けた世界唯一の超大国の国民は、そのとき、「パール・ハーバー」のことを思い出していたという。大日本帝国の飛行機がハワイの真珠湾を攻撃したのは一九四一年。六十年前のことだ。十干十二支で数える暦はちょうど一巡したのである。アメリカの大統領は、「これは新しい戦争だ」といった。

その意味では、講談社文芸文庫の「戦後短篇小説再発見」シリーズの第八巻『歴史の証言』に収録したのは、もはや還暦を迎えた「古い戦争」の記憶と、その「古い戦争」に敗北した後の日本人の生活を描いた小説だということになる。だが、あの戦争のいったいどこが「古い」だろう。

それは神々の加護を受けて不義を伐つ「聖戦」だったし、国民の一人一人が死を覚悟する「総力戦」だったし、核爆弾という「最終兵器」が使用された唯一の戦争だった。

武装解除された日本は、「悠久の大義」に殉じることなく、アメリカ型「民主主義」による国家改造を従順に受け入れた。飢餓に苦しむよりも信念を放棄する方を選んだのだ。私は、今のアメリカの傲慢な強硬姿勢を支えているのは、いわば「日本原理主義」をあっけなくぶっつぶした占領政策の成功を踏まえた自信なのではないかとさえ疑っている。

それならば、還暦を迎えた戦争と、敗戦後の日本の諸相を描いた小説を読むことは、ちっとも古くない。むしろきわめてアクチュアルな、今日ただいまの問題を考えるためにも必要なことではないか。

そこで質問する。あなた方はたとえば、敗戦の年の春先のある日、高崎駅のプラットホームにぞろぞろと降り立った盲目の中国兵たちのことをご存じだろうか。ご存じなければ平林たい子の「盲中国兵」を読んでほしい。また、戦中の日本がどんなに比類ない「教育国家」だったかご存じだろうか。ご存じなければ富士正晴の「帝国軍隊に於ける学習・序」を読んでほしい。どちらも『歴史の証言』に収めてある。

「IN・POCKET」二〇〇二年一月号／講談社

世界を巻き添えにしないこと——橋川文三『柳田国男論集成』解説

橋川文三が『日本浪曼派批判序説』を刊行したのが一九六〇年の二月、本書に収めた柳田国男関連の最初のエッセイ「未来を愛すべきこと」を発表するのが一九六二年の一月、「保守主義と転向——柳田国男と白鳥義千代の場合」が掲載された『共同研究・転向』の下巻が刊行されるのが一九六二年の四月、以後、本書所載の諸論文がつづく。つまり、自身の日本ロマン派体験を思想的に総括したあと、橋川が次に向き合うべき大きな相手として選んだのが柳田国男だったと考えてよいだろう。『日本浪曼派批判序説』がそうだったように、本書にまとめられた柳田国男論もまた、まっすぐに、戦時下の青年だった橋川自身の体験につながっている。その意味で、「未来を愛すべきこと」は、柳田への持続する関心の出所を語って、短いが心に残るエッセイだ。橋川はこう書いている。

こうした、本質的には倨傲さにみちた心情をいだいていたころ、その心の邪悪さを深く切りさいてみせたのが柳田国男であった。そのころ、『日本の祭』が本になっていたが、それを読んで私は途方にくれる思いを味わった。私はそれ以前に、一時的に日本ロマン派に心酔し、日本の病める「近代」を脱却する筋道をさぐろうとしていた。しかし、柳田の教えたものは、そうした日本ロマン派の志向そのものにひそむイロニイにみちた悪の要素にほかならなかった。柳田は、出征する青年の日章旗に「未来を愛すべきこと」と端的に書き与えている。それは、己の魂の救いを求めるという奇怪な美意識——倒錯した亡びの意識とはまるで異質の教えであった。私はその「未来」が何であるかはわからなかった。ただ、日本ロマン派にはその未来がないことだけは感じられた。

日本ロマン派の語る「日本」は、空無の上に描かれた美的な夢想である。それがどこにもない夢想であるからこそ、その「日本」はイロニイとしてしか保持されない。だが、それがイロニイであるかぎり、この夢想はどんな現実によっても傷つかないのであって、かえってそれは、あらゆる現実の卑小さを侮蔑することを可能にする。——私は、戦争によって死ぬことを既定の運命として勘定に入れなければならなかった青年が、その運命を受容するために、そうした観念にすがろうとする心事を理解できる。それはいわば、死を受容するために必要とした観念的な自己欺瞞、もしくは倒錯である。「彼らは、歴史や民族を考えるよりも、何よりも、まず自己の魂の救いを求めて戦さに近づいてゆく」。

戦争をも自己の運命の関数に変換してしまおうとするこの観念の「倨傲さ」、そこにひそむ無自覚な「邪悪さ」を柳田の著作が深く切りさいてみせたのだ、と橋川はいう。「途方にくれる思いを味わった」という述懐に嘘はあるまい。おそらく、柳田の書物は、この青年に、イロニイとしての「日本」という観念の虚妄さを暴露し、彼が「自己の魂の救い」のために、どういう人々のどういう暮らしを巻き添えにしようとしているかを、具体的に、ありありと見せつけたのである。

実をいえば、日本ロマン派の中心人物たる保田與重郎の文学と柳田の民俗学とは、微妙な接点をもっている。それは両者が、ドイツ・ロマン派と国学という思想的水脈を共有していることによる。

民間伝承の採集によってナショナルなものの特性を闡明しようとする柳田の方法の先蹤が、ドイツのグリム兄弟の仕事であったことはいうまでもない。彼らの仕事は、近代の波に洗われて姿を没しようとするフォークロアの救出を主要な動機としつつ、近代国民国家のナショナリズムを基底で支える役割を果たした。また、キリスト教によって駆逐されたローマの神々の哀れな末路を語ったハイネの『諸神流竄記』が、妖怪は零落した神々だという柳田のヴィジョンに大きな影響を与えたことは、柳田自身が語っている。グリム兄弟もハイネもいわゆるドイツ・ロマン派の中心ではないが、民族（民俗）精神の表現としてのフォークロアへの関心はロマン派に共有されている。

国学についていえば、柳田の父親は平田派国学に心酔して廃仏毀釈を文字どおりに実践しようとしたり、「復古」の理想を放棄した維新の現実に心破れて一時は狂気のふるまいもあったほどのいわゆる「草莽の」国学者の一人だった。また、柳田が少年時から指導を受けた歌道の師・松浦萩坪も平田派国学を信奉していた。平田派の教えによれば、顕界と幽界はぴったり重なりあっている、つまり、こちら側の目には見えぬが、あちら側の幽冥のものたちは、この世界のいたるところに存在する。平田篤胤は、文献主義者だった本居宣長とちがって、天狗だの神隠しだのといったフォークロア的なものに関心をもったが、昭和十年代、柳田は自らの学問を「新国学」と名乗るようになる。

もちろん、二つの水脈を共有しつつも、保田と柳田が決定的に異なることはいうまでもない。保田がフリードリヒ・シュレーゲルから学び、国学者・富士谷御杖のいう「倒語」のうちに類似の観念を発見したイロニイの精神は、柳田にはまったく無縁だったし、柳田の「経世済民」は保田的な「勤皇の心」

とはまるで別のものだった。保田の精神はむしろ折口信夫に近く、柳田には遠いといわねばならない（保田のエッセイ「当麻曼荼羅」が折口の「死者の書」の着想をインスパイアしたともいわれる一方、保田は「鳥見のひかり」の末尾に宣長の名と並べて折口の学恩に謝辞を呈している）。

しかし、次のように書くとき、保田は明らかに、柳田から学んでいる。保田のエッセイ「風景観について」（一九四一年）の冒頭を引用する。

風景観といふのは、結局歴史であるといふことが、他の一般のことゝは別に、風景自体の鑑賞から言へるやうになつた。私は以前から文学を求めることは、つひに歴史にゆくことであると考へたが、風景そのものさへ今までの私の経験と智識からして歴史であると言へようと思ふ。

眼前の風景を、人々が自然と交渉しつつ形成してきた営みの累積として見るまなざしは、柳田が『雪国の春』（一九二八年刊）や『秋風帖』（一九三二年刊）に収めた紀行文で創出したものだ。むろん、柳田の主眼が地方の「無名」の風景の発見にあるのに対して、保田のまなざしはなお潜在的には、京・大和中心の編成をひそめているという違いはある。だが、目に見える風景としての「日本」の背後に目に見えぬ歴史としての「日本」を透視するまなざしは、柳田の民俗学なしにはありえなかったのである。

では、保田と柳田を決定的に隔てている根本のものは何か。私は、橋川が、「心の邪悪さ」といい「イロニイにみちた悪の要素」ともいっていることを興味深く思う。おそらく橋川は、保田のなかに、己の文学のために世界を巻き添えにしてしまうような近代的な自意識の病を見ているのである（この病の極点には、ドストエフスキイが描いた「地下室の住人」の邪悪な独白——俺がいつでも紅茶を飲めるなら、世界なんか破滅したってかまうもんか——がある)。

たしかに、保田の近代批判は徹底していた。たとえば「現代美文論」(一九三九年)では、「我国の近代文学が、言文一致体の建設に急で、つひに文章を作らなかつたことが、一つの遺憾と思はれるといふことを私は昨今考へてゐた」、「思想や文芸学規範を放念して、おのづからにしておほらかな文章をかく必要がある。もはや神経衰弱と邪推を近代心理文学の方法と考へることは揚棄せねばならぬのである。さらに極言すれば『近代小説』を書かうとする心持など返上して、まづ斬新の『美文』をかくことを考へるべきである。『思想』をかくまへに一大芸能を表現すべきである」とさえいう。

言文一致体とは、透視図法における視点のように、孤立した一点としての認識主観(自我)のパースペクティヴによって世界を構成し表象するための近代的な装置である。それはいわば、世界を「私」の関数として構成し表象する装置であって、その意味で、それは世界を「私」の巻き添えにするのだ。

言文一致体を放棄せよと迫るとき、保田の近代批判は透徹しているのだといってよい。だが、保田のイロニイが現実に対して主観を無傷のままに保つ技術であるかぎり、彼の近代批判は、近代の「頽廃」に対する極端な反動であり、反動であるかぎりにおいて、「頽廃」した近代に拘束されている。実際、保田は主語の在り処も定かならぬ朦朧たる「悪美文」(美文にして悪文)を書いたが、それは主観の消滅を意味しない。むしろ主観の遍満を示すものだ。

一方柳田は、旧友・田山花袋らの自然主義文学に終始不満の意を隠さなかった。『遠野物語』(一九一〇年刊)は、花袋らの自然主義が言文一致体を定着させた時代に、あえて文語体で、つまり保田のいう

「文章」で書かれている。柳田は、その文章において、生涯、近代以前的な側面をうしなわなかった。いいかえれば彼は、近代的な自我意識にもなじまず、もちろんその「頽廃」としての自意識という病とも無縁だった。私はそれを、彼の文章意識が、桂園派の、つまりは近代短歌によって否定された「旧派」の歌によって培われたことと関係があるだろうと思っている。「旧派」は「新派」とちがって、歌を個我の表現とはみなさない（柳田は晩年の松浦萩坪から歌道の後継者となることを期待されてもいた）。柳田の文章は、世界を「私」の巻き添えにしないのである。

柳田は「私」を中心に世界を見ていない。これは大事なことだ。国家は「現在生活スル国民ノミ」で構成するのではない、「死シ去リタル我々ノ祖先モ国民ナリ、其希望モ容レザルベカラズ、又国家ハ永遠ノモノナレバ、将来生レ出ヅベキ我々ノ子孫モ国民ナリ、其利益モ保護セザルベカラズ」という、橋川が「柳田国男――その人間と思想」で引く彼の国家観も、また橋川が同じ論文で強調する柳田の西欧中心主義批判も、世界を「私」の巻き添えにする態度への批判なのだ。

橋川は、「柳田国男――その人間と思想」のエピグラフとして、『民間伝承論』（一九三五年刊）から引いた次の一節を掲げている。

人は動物だが賢い動物である。考えてどこ迄も其社会を改造して行ける動物である。神を懐い死後を信じ得る動物である。そうして其以外の何物でもない。

橋川はこれを「生活・思想・学問」と題した講演で紹介し、こう解説している。「神を信じるということは、中江（丑吉）さん流にいえば、人類、ヒューマニティです。これを信じるということと同じであると思います。そして死後をまた思いうるということは、人間の歴史に対する信頼です」。

出征する若者の日章旗に、柳田が、端的に、「未来を愛すべきこと」と書き与えたことの意味を、生き延びた橋川は考えつめ（橋川は「学徒出陣」のための臨時徴兵検査で胸部疾患が発見されて徴兵をまぬがれた）、この解釈に到達したのである。橋川の解釈が正しいなら、柳田はその若者に、戦争終結後の「未来」に「君」はいないかもしれない、それでもなお、「未来」を愛すること、それが「歴史」を信じることだ、といいたかったのである。

「柳田国男――その人間と思想」で、橋川は柳田を「世界の知識人」の一人として提示してみせた。残念ながら、橋川のこの見解は今日に受け継がれているとはいいがたい。今日の柳田論の主流は、その学問の共同体的性格やその人柄の高級官僚的側面への批判になっているように思われる。そうした批判が、今日の知的課題に応じたものであることを私は認める。だが、私自身はそうした論の大半に退屈している。それらの論者は、今日の「正義」の立場から過去の「限界」を指摘するという、この国の近代に飽きるほどくり返されてきた図式的な論法におちいっているのであって、論法自体の凡庸さに気づいていないからだ。あるいは、橋川が「日本保守主義の体験と思想」で引くマンハイムの用語でいえば、彼らは「当為」によって「存在」を裁いているだけだ。彼らはたんに、学問における無自覚な現代中心主義者、「私」中心主義者にすぎない。

ナショナルな思想家としての柳田をインターナショナルな可能性へと開こうとする橋川の論の要は、自分の学問を「一国民俗学」に限定した柳田の意図の大胆な読みかえにある。通常それは、世界史的交通という視点を排除した視野狭窄とみなされている。しかし橋川は、比較民族学（エスノロジー）というものが、植民地主義と結びつくヨーロッパ中心主義の所産であること、たとえ観察者がヨーロッパ人でなくとも、記述や分析に無自覚に観察者の視点が持ちこまれがちであること、要するに、自民族中心主義による他民族（たいがいの場合それは政治的にも経済的にも劣位に置かれた少数民族である）の表象支配に終わることへの根底的な批判が柳田にあったからだ、というのである。それゆえ柳田にとって、民俗学は「内省」の学問でなければならぬ。

私には、橋川の解釈はきわめて魅力的にみえる。ことに、橋川が最後に引く『青年と学問』（一九二八年刊）の一節は、「抱負」というより、せつない祈りの言葉のように聞こえて美しい。

独り大切なる人間成育の法則発見に付てのみは、日本が幸いに一通り片付いたとすれば、隣には支那があり馬来《マライ》と印度《インド》との、三世に亙った大問題がある。其間々を点綴して、南亜細亜の曠漠の山地には、衣食の主要なる点に於て我々と若干の類似を有するシャンが住みカーレンが居り、その他ミヤオとかリーとかローローとか、名前さえも列記し得ないほどの色々の種族がいる。顧みて南に海の路の跡無きものを辿るならば、台湾呂宋《ルソン》から先々の島の人、殊にミクロネシヤの若き弟たち、其又隣のメラネシヤ・パプアの見分け難い沢山の種類が、何れも日本の学問が明るくなるならば、少しは自分たちのどうして貧しく又哀れであるかの、隠れた原因が知れるであろうかと、待って居るらしき様子が見える。

柳田は、「貧しくまた哀れ」な地位を強いられている世界の少数民族が、自分たちの暮らしと文化の意味を内省し、内省によって自立した諸民族がゆるやかなつながりにおいて連帯する、そういうかたちで、インターナショナルな「未来」の世界を思い描いていたのである。それは、一元的価値による制覇とはまったく異なるかたちで構想されたインターナショナリズムである。

だが、柳田がそれを書き記してからすでに八十年にちかい。戦争という大規模な「交通」や「国民国家」への組み込み、さらには世界資本主義による強力なグローバリズムの波に洗われて、「シャン」「カーレン」「ミャオ」「リー」「ローロー」その他「名前さえ列記しえないほどの色々の種族」と柳田が記した小さな種族は、また彼らの小さな神々は、いまも生き延びているだろうか。彼らは一度も世界を巻き添えにしたことはなかったが、世界は彼らを巻き添えにしつづけてきたのである。

橋川文三『柳田国男論集成』作品社／二〇〇二年九月／解説

高校生に「近代文」を教えよ

以前高校の国語教員だったし、いまも縁あって高校の国語教科書編集にたずさわっている。そこでときどき思うことを書いてみる。

近年の国語教育は、「表現」、つまり、聞く・話す・読む・書くのうちの話すと書く、ことに「話す」能力の涵養に力点を置いているようにみえる。人前で自分の意見を整然と述べられる人間を作ろうというわけだ。それはおそらく、英語教育における話せる英語の重視と同じく、背景には、国際的な競争市場で自分を売り込むことのできる日本人、というような人物像があるのだろう。だとすれば、これも大学での文系学問軽視と連動する「実学」の勧めの一端であり、明治以来何回目だかの「開国＝国際化」といったかけごえ（私には日本人の強迫観念のようにみえるが）と同根のものだと思われる。たしかに、「学問（＝実学）のすゝめ」を書いた福沢諭吉は、英語の speech を「演説」と訳し、仲間たちとしきりに演説の練習会を開いたりしていたのだった。

もちろん、話すことの教育自体が悪いはずはない。だが、それがたんに自己主張型の人間を作ろうとするものであるならば、まちがっている。少なくとも、力点の置き場所がまちがっている。

おしゃべりはだれでもできるが、話すことには教育が必要らしい。なぜか。両者の根本の違いは、おしゃべりが親密な仲間内の関係を前提としているのに対して、話すことが「人前」での行為、つまり他者との関係を前提にしていることにある。だから、話すことを話すこととして成り立たせるためには、少なくとも二つの条件がある。聞き手を自分とは異なる価値観、異なる意見をもつ他者として尊重することが一つ、そのような他者に自分もまた一個の人格として尊重してもらうべく自分の見識や思想を高めるために努めることがもう一つである。要するに、話すことは、人間が異質な他者として出会い、相互に対等な人格として遇しあうために必要な技術なのだ。人間同士が互いに他者として出会う場所を「社会」と呼ぶなら、その「社会」を維持するために必須な技術なのである。

事実、福沢諭吉が話すことを重視したのは、外に国際社会の一員としての認知を求めるという国家的課題があったことはいうまでもなく、内に日本史上初めて、身分や門閥を打破して「社会」を創出しようとする課題があったからにほかならない。むろん福沢の思想の中心には、欧米列強の現実をも批判しうる「文明」という高い理念があった。

私の目には、日本の若者たちはすでに十分に自己主張的に映るのだが、しかし、しばしば、他者の尊重と自己陶冶という二つの条件を欠いたまま自己主張的であるようにみえてしまう。空疎な自己主張はただの身勝手であり、身勝手は聞き手である他者への尊重を欠いている。他者意識なき言葉の垂れ流しはおしゃべりにすぎない。おしゃべりと自己主張が結びつくのは下品である。

空疎な自己主張が下品なのは、言葉が無用に大げさに、無用に刺激的になるからだ。凡庸な内容しかもたないものが、他の無数の凡庸に対して自己を目立たせようとするときのふるまいである。週刊誌の見出しやテレヴィで垂れ流される言葉を思いうかべればよい。自己主張型の大衆社会で、言葉はとめどなく下品になる。

私の身を置く文学や文芸評論の世界も例外ではない。文学書が売れなくなった時代に売ろうとすると、タイトルがどんどん下品になる。知人が去年『打ちのめされるようなすごい小説』という本を出した。近代文学の代表的作品の魅力を紹介しようとする真面目な意図の本なのだが、このタイトルは下品である。また、『世界の中心で、愛をさけぶ』という小説がベストセラーだそうだが、このタイトルもひどく下品である。他人の下品は不快なだけだが身内の下品はいたいたしい。（まったく、他人事ではないのだ。）

さて、現代に必要なのは、むしろ聞くこと・読むこと、特に読むことの教育ではないか、と思っている。聞くことは、それ自体、相手を尊重する姿勢である。読むことも同じだ。小説であれ何であれ、読むということは、他者の言葉の秩序を受け入れ他者の観念に身をゆだねる体験である。主人公の身の成り行きが自分の期待に反するからといって勝手に書きかえるわけにはいかないのだ。読むことにおいて人は、他者によって拘束される徹底的な受動性をまず引き受けなければならない。しかし、その異質なものへとさらされた受動性を通してしか精神は自己の世界を変革できないのだし、またこの受動性を介してしか精神の主体性というものも確保できないのである。（受動性の時間をもたない精神にはただの刺激と反応しかあるまい。すぐに「キレ」たり「ムカツイ」たりするのはその典型例である。）

読書するとき人は、自分孤りの時間のなかで他者を受けとめる。そして、いまの子供たちには、そもそも、その孤りであることへの耐性が欠けている。

では、何を読ませるべきか。

高校国語教科書編集で私が担当しているのは現代文領域だが、現代文の編集はなかなかむずかしい。

スタンダードがないのである。

小説の方では「定番」と呼ばれる教材がいくつかあるにはある。芥川龍之介の「羅生門」（一年生）、中島敦の「山月記」（二年生）、夏目漱石の「こころ」（Kが自殺する前後の抄録、たいていは二年生）、森鷗外の「舞姫」（三年生）といったところだ。どれも立派な作品であるにはちがいないが、なぜ他の作品でなくこの作品でなければならないのか、ほんとうのところはだれにもわからない。それでも、たとえば「羅生門」の代わりに「鼻」を入れたりするとたちまち採択率が激減するのである。最終的には、何度も扱ったことがある、という教員の側の一種の安心感の問題ではないか、とさえ思う。

評論や随筆（両者の区別も曖昧だが）となると、こちらはもう完全なアナーキー状態。なにしろ言語論や文化論から遺伝子操作問題、地球環境問題、市場経済論、自由論、ナショナリズム論、メディア論と、あらゆる問題領域を含むのだ。適度な短さ、適度なわかりやすさ（適度なわかりにくさ）、適度な穏当さ（適度な意外性）、等々といった条件があるので好まれる筆者がいることはたしかだが、基本的には、教材候補の地平は無際限に開かれている。そんな状態で、編集スタッフは、とにかく生徒が関心をもって読んでくれる文章をみつけようと、たいへんな苦心と工夫を重ねているのである。

その苦心と工夫は別にして、高校の国語教科書というものがこれでよいのか、という疑念がつねに私にはある。

高校は義務教育ではないが、ほとんど全入に近い進学率になっている。ということは、高校教育がいわば「国民の教養」の最低線を決定するということだ。にもかかわらず我々は、福沢諭吉も内村鑑三も読んだことのない日本人を日々生産しているのである。

高校の国語教育の主眼は、日本語の文章遺産の継承であるべきだと私は思う。事実、古典（古文、漢文）はその趣旨で編まれている（古文はあまりに文芸に偏し、漢文は日本人の思想的漢文を排除しているのが私には不満だが）。ところが現代文はそうなっていない。近代の文章遺産を継承する場がどこにもないのである。

そこで提案するのだが、高校三年生を対象に「近代文」という選択科目を作ることはできないか。私の理念からいえば必修にしたいところだが、なにしろ生徒たちの読む能力の低下という厳然たる事実はあるわけで、まずは選択科目からとする。けれども高校の国語という教科の全体を組み替え、授業のあり方も組み替えれば、必修化も不可能ではないと考える（本文は総ルビで組んだってかまわない）。「近代文」が扱うのは原則として明治から昭和の敗戦まで。詩歌小説ではなくいわゆる評論文中心。そこにはたとえば、福沢諭吉、内村鑑三、中江兆民、幸徳秋水、柳田国男、平塚らいてう、大杉栄、山川菊江、河上肇等々、錚々たる文章家・思想家の文章が並ぶのである。もちろん、北村透谷から小林秀雄まで文学に関わる文章があってもよいし、出口ナオの「お筆先」のような文章があってもよい。それは近代文章史であると同時に、近代思想史、近代の日本人が何を考えてきたかの歴史でもある。生徒にとっては、まったく異質な、しかし確実に我々の現在へと力強い波動を伝えてくる過去との対話になるだろう。

四、五年たてば鮮度の褪せる、たいして毒にも薬にもならない（失礼、しかし教科書が自主規制的に求める「適度さ」は、ともすればそういうものになりがちなのだ）文章を読ませるよりは、後発近代国家の途方もない矛盾を精一杯に引き受けて思索した先人たちの文章を無理にも読ませる方が、よっぽど本質的な国語教育ではないかと思うのだが、いかが。

「学士会会報」二〇〇四年四号／二〇〇四年七月

＊文科省はとうとう、「国語」を「論理国語」と「文学国語」に分けて選択制にするなどという愚行を始めた。「実学」志向の極みである。

文学は亡び芥川賞は残る

ここ十年の芥川賞について何か書けないか、と永野さんから打診があったのだが、どうも期待に添えそうもない。私は芥川賞の選評を一度も読んだことがないし、選者の名前も人数も知らない。もちろんこんなことは「文芸評論家」という肩書きを使用する者としては怠惰以外のなにものでもないが、私はこの怠惰を恥じるつもりもまったくない。それは野間新人賞や三島賞の選者の名前を覚えていなかったり選評をいちいち読まなかったりすることと何の変わりもないことだ。

野間新人賞も三島賞も、文芸誌が募集する新人賞の一ランク上の賞だという点では芥川賞と同じである。受賞者の顔ぶれで判断すれば、野間新人賞や三島賞の方がよっぽど文学の新動向に敏感であったり新しい才能をきちんと評価したりしている、ということさえできるかもしれない。にもかかわらず、マスコミは芥川賞は大々的に取り上げても野間新人賞や三島賞はほとんど無視する。マスコミにとっては芥川賞しか存在しないのだ。

マスコミにとっては仕方がないとして、紛う方なき文学的ミニコミである「群系」までが芥川賞を特集する必要はないだろう、というのが私の率直な感想だ（どうやら永野さんはそういう批判も承知の上でこの企画を立てたらしいが）。

ひょっとすると、「蹴りたい背中」と「蛇にピアス」が大当たりしたことがきっかけなのかもしれない。だが、どちらもかろうじて雑誌新人賞レベルの作品である。「蹴りたい背中」の作者には心理の機微をうがつ技術はあるがテーマがない、「蛇にピアス」の作者にはテーマはあるがあられもなく通俗な技術しかない。（「蛇にピアス」の作者の第二作には、聞くところによると、「チンコ」「マンコ」なる言葉が頻出するそうだが、技術がないままテーマの風俗的新しさだけで走ろうとすればそうなるしかないのである。）

たしかに両作には、年若い女性たちの今日的な人情・世態・風俗が描かれている。しかし、人情・世態・風俗で文学を測るのは坪内逍遙的文学観にすぎない。いまだに坪内逍遙では文学史が泣くだろう。たとえば現代的人情・世態・風俗を素材にしながら、伊藤整賞を受賞した阿部和重の長篇『シンセミア』には、作家の構想力（思想）の作業がある。阿部和重は野間新人賞は受賞したが芥川賞は受賞していない。

というわけで、芥川賞は文学の問題ではなく文学の社会的存在形態の問題である。なにしろそれは、「文學界」にではなく「文藝春秋」という総合誌に発表されるのだ。つまり芥川賞は、文学賞が市場社会と接点をもつ唯一の賞である。それはけっこうなことにはちがいない。だが、それは同時に弊害ももち、私にはその弊害が不快である。

「文學界」には、「新人小説月評」といって、二人の批評家が各一ページで前月の文芸誌の「新人」たちの小説を網羅的に批評する欄がある。この欄の「新人」の基準は芥川賞未受賞者である。要するにそれは芥川賞候補の下読みみたいなものだ。これは芥川賞の傲慢ではないか。しかも一ページで十人近くを取り上げるので大半は二、三行で撫で切りされる。評者たちの口調もひどく居丈高だ。これで「新人」たちが怒りの声を挙げぬのが私には不思議である。たぶん彼らは我慢しているのだろう。だが、大塚英志『サブカルチャー文学論』にならっていえば、芥川賞ほしさのためにするそういう我慢は「さもしい」。（この欄がはじまったころ、私は数度執筆の依頼を受けたがそのつど断った。「新人」の基準も二、三行で撫で切りするスタイルも、私の批評の信条に反するからだ。私はそうやって世間＝市場を狭めている。たぶん私はバカなのだ。）

中上健次が死んだとき、新聞各紙の見出しは「戦後生れ初の芥川賞受賞者」だった。なるほど不特定多数に伝えるためには「芥川賞」は便利だ。読者の文学離れが進むほど、マスコミは芥川賞という名を使うしかなくなる。マスコミが使えば使うほど、他の各賞の名はかすんで、芥川賞という名だけが大きくなる。

読者の文学離れと芥川賞一人勝ちとの相乗効果、というより悪循環は、近代文学における漱石の一人勝ちに似ている。大学などで教えていると実感することだが、近代文学なぞ読んだことがない、作家の名さえほとんど知らない、といった学生たちとの接点を持とうとすると漱石という名前の認知度に頼らざるをえなくなるのだ。かくして自然主義作家たちは消え、鷗外山脈も陥没し、漱石の名前だけが、千円札の肖像画とともに流通する。(念のために言いそえるが、私は漱石が嫌いなのではない。漱石という名前の社会的存在形態が不快なのだ。芥川賞についても同様である。)

文学はますます衰退の一途をたどるだろう。しかし、文学が衰頽すればするほど芥川賞という名前は大きくなるだろう。これは確実な予言である。

「群系」第十七号/二〇〇四年十月/群系の会/「文芸思潮」第一号(二〇〇五年一月)に転載

田舎者の福音——山浦玄嗣『ケセン語訳新約聖書』

山浦玄嗣《はるつぐ》という人が訳した『ケセン語訳新約聖書』(イー・ピックス)を手にして深い感銘を受けた。その感銘を記しておきたい。

「ケセン語」というのは、氏がそこで育ち今もそこで暮らす岩手県気仙地方の言葉のこと。氏は、開業医としての仕事のかたわら、この突拍子もない、大胆きわまる、そして文字どおりラディカル(根源的かつ急進的)な、この仕事を成し遂げた。なにしろ、公認された日本の文字では正確に表記できない「ケセン語」ゆえ、新たに「ケセン仮名」まで創案してのことだ。

イエスはガリラヤの田舎大工だった、と山浦氏はいう。ガリラヤは僻遠の北方地域で、ガリラヤ人は訛がひどいために蔑まれて聖書(旧訳)の朗読を禁止されたし、イエスの出身地たるナザレという村など、「ナザレからろくな者が出ない」という諺があるほどどうしようもない田舎の村だった。つまりイエスは、日本でいえば東北の気仙地方の大工の若者だったのだ。神様に取り憑かれたこの若者が、貧困や病気に苦しむ下層の人々に語りかける。その言葉が荘重な文語体や上品な「標準語」だったはずはない。彼は生《き》のままの「ズーズー弁」で語ったはずだ。

このイエス像をけっして手放さぬこと、これが翻訳作業を通じての山浦氏の根本原則である。そして、日本語の既訳に依存せず、一語一句ギリシャ語原典に当って、腹の底から得心が行くまで考え抜くこと、また、田舎者の暮らしに縁遠い漢語は絶対に使わないこと、この二つが実践規則である。

そうやって訳出された福音書の一節を引用してみる。マタイ伝から、「山上の垂訓」としてよく知られた一節だ。

《其方等《そなだアど》も聞《き》いでだ通《とォ》り、「隣人《となりびど》ォ大事《でアず》にすろ。敵《かだぎ》ば憎《にぐ》め」って語《かだ》らィでる。んだども、自分《おら》ァ語《かだ》っておぐ。敵《かだぎ》だっても大事《でアず》にす、吾人《われひと》ォ苛《せアな》む者《もの》のために良《よ》がれど祈《いの》れ。そうすて、天《てん》のお父様《どっざま》の子《こ》になんべす。》

（ほんとうは、この訳文中、すべての「す」は「し」と「す」の中間音を表すケセン仮名で、ひらがなの「す」の横棒のない形。「大事」のルビ中の「ず」も同様、「じ」と「ず」の中間音なので同じケセン仮名に濁点。「お父様」のルビ中の「ざ」は本当は「さ」に濁点でなく半濁点、「ツァ」と発音する。）

「ケセン語」に通じていない読者には初めは読みにくいかもしれない。だが、四福音書には著者朗読のCDが付いている。私の手元にあるのはマタイ伝のCDだが、深みのある声で心地よい朗読だ。不思議なもので、「ズーズー弁」を母語としない私だが、少し朗読を聞いていると、やわらかくて温みのある抑揚がすぐにこちらの身体になじんでくる。その呼吸さえつかんでしまえば、あとはCDなしでも、文章として読めるようになる。

これがどんなに立派な訳文であるか、たとえば「新共同訳」と比べてみればよい。

《あなたがたも聞いているとおり、「隣人を愛し、敵を憎め」と命じられている。しかし、わたし

は言っておく。敵を愛し、自分を迫害する者のために祈りなさい。あなたがたの天の父の子となるためである。》

「ケセン語」訳には生き生きとした律動があって、それが田舎者たるイエスの肉声のようにも思われ、深い情愛のあらわれとも感じられる。それだけではない。上品な「標準語」訳はどこか体裁ぶってよそよそしくて力もなく、かえって、柳田国男のいう「笑われる語、匡正したくなる語」（「仙台方言集」）たる野卑な「ケセン語」訳の方にこそ、真の気品もあり格調もある、と感じられるはずだ。

　これはほんとうに奇妙なことだ。近代日本語の百年を超える歴史を閲してなお、「標準語」はいまだにしらじらしい人工性を払拭できていないということか。それならこれは絶望的な事態だ。あるいは、「新共同訳」に結集した聖書学者たちの言語感覚が、「神の子」の言葉がもつべき気品と格調を上品らしさととりちがえる程度のものだったということか。それならそれは嗤えばすむ。しかしまた、文体というものがそのまま思想の姿でもあるからには、事はたんなる言語感覚の問題にとどまらず、根本の思想にかかわってくる。

　山浦氏はここで、汝の敵を「愛」せよとはいわず、「大事」にしろと訳している。敵とは本来、愛せないからこそ敵である。その敵を愛せよとは無用に人を混乱させるいい方だ。敵は愛せなくとも、「大事」に、「大切」に扱うことはできる。山浦氏がこう訳すにいたった思索の背景は、エッセイ集『ふるさとのイエス』（キリスト新聞社）で読める。山浦氏の思索は、ギリシャ語の原語と日本語の「愛」の語義をめぐって、またイエスという人の思想をめぐって、実に行き届いている。またそれは、大国の傲慢な暴力と虐げられた人々の自棄的な暴力とが対抗しあう現代に、不可欠の思索なのでもある。

そして私は、中野重治が『斎藤茂吉ノオト』で用いた「『田舎者』の自己樹立」という言葉を思い出す。美的表象や知的意匠にうかうかと誘惑されることなく、その一つ一つを、粗野でもあり卑小でもあるこの現実に擦りつけて吟味しようとするような「野暮な」態度を指して、中野はそう述べたのだった。それだけが、外来思想を真に自分のものとするための唯一の方法であり、近代世界に遅れて参入した「田舎者」たる日本人のたった一つの「自己樹立」への道なのだと、私はこの言葉の意味をそう受けとめている。中野のいう「田舎者」は、それ自体が独自の思想である。私は山浦氏の仕事に同じ思想を見いだす。

山浦氏の仕事はまことに反時代的である。しかし、流行と新奇ばかりを追いかけるこの国では、反時代的であることでしか本質的な仕事はできないのかもしれないのだ。その意味で、山浦氏の仕事は私を励ます。文学だって同じことかもしれないからだ。

「季刊文科」第二十九号／二〇〇四年十一月

＊二〇一八年末、朝日新聞の「平成の30冊」というアンケートに際して、私はこの『ケセン語訳新約聖書』を一位に推した。

「中学生式」文学の行方

先ごろ、北海道・稚内で十六歳の少年が自分の母親の殺害を中学時代の同級生に依頼したという事件があった。この構図自体が通俗ミステリーの筋書きめいてひどく荒唐無稽な印象を与えるものだったが、加えて先日の報道では、実行したその友人は依頼者の少年が「殺人組織の人間」だと信じ込まされていて、断れば自分の身が危ないと思ったと供述しているという。それなら彼らの連帯は、まぎれもなく荒唐無稽な物語を共有することで成り立っていたのである。

短い新聞記事でしか知らぬままいうのだが、問題の根が母と息子の関係である以上、そこには最も濃密な関係の中に閉ざされた少年の強烈な心理的リアリティがあったはずだろう。その濃密な現実感が、破裂して外に現れたときには、まるで架空の、ばかばかしく空疎な虚構的なものにすりかわってしまっている。しかもこの架空で空疎な虚構的なものが、凶悪な、とりかえしのつかない暴力として現実化してしまう。それが私をとまどわせる。

現実と虚構を混同していたのは友人で、少年はその友人を利用しただけだということか。だが、少年自身、息苦しいまでのリアリティと向き合うことに耐えられないから虚構にすがりついたという一面はなかったか。

たぶん、そういう物語を彼に提供したのは、マンガとかテレビドラマとかいったメディアである。このステロタイプで空想的な物語に友人が感染する。それは、彼らの「世界」がメディアの物語に侵食されて抽象化してしまっていることを示すだろう。その一方で、少年が友人に約束した三十万円という報酬額は、妙にけちくさくて現実的だ。彼らの意識のなかでは、現実と虚構とが相互の水準を区別して確定できないまま、浮動しながら混在しているようなのだ。

当然、彼らの精神鑑定は慎重に行われなければならない。だが、そのこととは別に、これは時代のリアリティというものの変容を象徴する事件の一つなのだと思う。何かが「変」なのだ。そして、いま、いくつかの突出した少年犯罪は、その「変」の指標のようなものとして出現しているのではないか。リアリティ、虚構、物語……私はあえて文学用語を使っている。文学は、そういうリアリティの変容に最も敏感に反応すべきジャンルだからだ。

実際、近ごろの文芸誌の前面に、若い作家たちによる暴力を主題にした小説が並ぶようになった。もっとも、こうした現象はマンガやアニメや映画ではとっくの昔からのことであり、文芸誌がそうなったのも、文芸誌が「若者向け商品」への衣替えを図るなかで、舞城王太郎、佐藤友哉、古川日出男といったミステリー系、ライトノベル系の書き手を起用し始めた結果にすぎないともいえる。しかし、だからこそいま、小説はどこで「読み物」で終わり、どこから「文学」になるのか、というけじめが問われるのだろうと思う。

それらの小説の暴力は、かつて大江健三郎や中上健次が描いたような暴力とは、その性質も書き方も大きく変わっている。大江のいう「壊れ物」としての人間の受苦性の代わりに攻撃性が突出し、関係の過度の濃さから生じた中上の暴力と反対に、関係の過度の希薄さが暴力を呼ぶ。さらに乱暴にくくっていえば、言葉は描写に奉仕する粘着性をうしなって断片化し記号化し、物語は過激化する一方で、しかしどこかで読んだり観たりしたような既視感をともなって複製めいている。いわば現実感（リアリティ）が稀薄に浮遊したまま凶暴化しているのだ。そして、そのあり方が、奇妙に、いくつかの少年犯罪から受け取る印象にダブルのである。

私は近著『暴力的な現在』（作品社）で、この現象を少年犯罪と関係づけて「中学生式」と呼んでみた。「中学生式」によって文学の世界が活気づいたのはたしかである。なにしろ、「なぜ人を殺してはいけないの」と問うのが「中学生式」だ。それは常識の底板を平気で踏み抜く過激さをもつ。文学にとってこういう「中学生式」は大事なものだ。たとえばドストエフスキーの小説の主要な登場人物たちは、みんな「中学生式」の問いを問う人物たちだった。

だが、近年の「中学生式」に対しては不満もある。それはまだ、小説が言葉というものを潜るときのその潜り方が浅い、と感じる。そして、暴力という主題が突きつける「意味」を正面から十分に引き受けきれていない、とも感じる。当面、この「中学生式」の行方を注視したい。

「読売新聞」二〇〇六年十月三日

暴力の変容、文学の変容

「いま、文芸誌は〝若者向け商品〟たらんとしてあわただしい模様替えを図っている。そうした中で、サブカルチャー的なものが前面に押し出されつつあるのは当然として、もう一つ、暴力的な主題が目につく。（中略）男たちの描く暴力は攻撃的で〝通り魔〟的で記号的で、女たちの描く暴力は性を介して受苦的で自己解体的で……という違いはあれ、久しく主題を喪失していた小説は、やっと暴力という主題を手に入れてにわかに華やぎ活気づいているかに見える。」

拙著『暴力的な現在』（作品社）のなかで、私はこう書いた。

私はそこで、中原昌也、阿部和重、舞城王太郎、佐藤友哉、中村文則といった若い書き手たちを中心に、藤沢周、村上龍、村上春樹まで、今日の小説の暴力の描き方を分析しつつ現代文学の帰趨を論じたのだが、その一方で、一九九七年の「酒鬼薔薇聖斗」の事件を初めとする少年犯罪の特質に言及するという方法を採用した。若い書き手たちによる現代文学の動向と突出した少年犯罪の傾向はよく似ているのである。私はそれを「中学生式」と呼ぶことにした。

もちろん、文芸誌に暴力という主題が蔓延していることの背景の一つには、近年の文芸誌が、舞城や佐藤や古川日出男といったミステリー系、ライトノベル系の書き手を重用しはじめたということがある。

ミステリーやライトノベル、さらには広く、映画、アニメ、マンガ、ゲームといった若者向けサブカルチャーはとっくの昔から暴力漬けの状態にあるし、「意味」を問う必要のないそういうジャンルの暴力表現は、もともと記号的で攻撃的で、視覚や聴覚への直接刺激をエスカレートさせてきた。それが文芸誌に持ちこまれたのだといえばそれまでだ。だが、その根底には、小説本来の分厚い描写や「意味」を問う執拗な思弁を「かったるい」と感じてしまう感覚の変容がある。この感覚の変容は社会と文化の全域にわたっていて、たんにサブカルチャーの問題ではすまされない。

それを「中学生式」と呼ぶのは私のアイロニーである。つまり、総じてそこには未熟なものがある。しかし同時に、そこにはきわめて率直で本質的な問いかけがあるとも思っている。

「中学生式」とは、たとえば、「なぜ人を殺してはいけないの？」と問うことである。周知のとおり、この問いは、「酒鬼薔薇事件」に触発されたテレビの討論番組で会場の中学生から発せられた質問だった。そのときパネリストの大人たち（文芸評論家もいたらしい）が絶句したというので話題になったものだ。（私はその番組を観ていない。）

その後、雑誌「文藝」（九八年夏季号）がこの問いにどう答えるかというアンケート特集をおこなった。このアンケートには私も回答した。もっとも、こういう問いに指定された短い字数で十分に答えるわけにはいかない。私は回答を、こういう問いに対する「対話者を引き受けられるのは、ほんとうは、文学だけなのだ」と結んでおいた。

こう書いたとき、私の念頭にあったのはたとえばドストエフスキーの『罪と罰』である。ラスコーリニコフの思弁的で抽象的な動機による殺人の中心には、まぎれもなく、「なぜ人を殺してはいけないのか」という問いがあった。ラスコーリニコフにかぎらず、『白痴』のイッポリートにせよ、『悪霊』のキリーロフにせよ、『カラマーゾフの兄弟』のイヴァンにせよ、ドストエフスキーの小説の主要な人物たちは、みな「中学生式」の問いを問うのだ。むろん、その問いにどこまで深さと広がりを与えうるかは問う者の内省の能力にかかっている。

しかしまた、対話者たる文学をドストエフスキーだけにかぎる必要もない。文学作品を読むことは、他者の言葉の秩序による長時間の拘束を受け容れたうえで（これが大事だ）、登場する人間たちのドラマを「内から」（ここが小説と物語のちがいだ）追体験することを意味する。読むという時間そのものが、内的対話（しかし他者の言葉を介しての内的対話）の時間であり、この時間のなかで、問いはしずかに熟成し、深さと広がりをそなえるのである。「なぜ人を殺してはいけないのか」などという根本的すぎる問いに対しては、それがただの軽々しい口真似でなく、もしもまじめな問いであるならば、問い自体を熟成させること以外に真の回答があろうはずがない。

では、現代の「中学生式」の犯罪と文学は、問いを熟成させる過程を、その可能性を、含んでいるか。残念ながらそうは見えない、というのが厄介なところだ。「中学生式」は、なにしろあまりに性急なのだ。

現代の「中学生式」にはいくつかの特徴がある。

まず徹底したニヒリズム。

一九九七年に「酒鬼薔薇聖斗」と名乗った十四歳の神戸の中学生は犯行の二年前に大震災を体験している。大地の小揺るぎの巻き添えになって人間は大量に、無意味に死んだのだ。逮捕後の両親との面会の席で、彼は「人の命かて蟻やゴキブリの命と同じや」と言ったそうだが、それは別に家庭教育のせいでも学校教育のせいでもホラービデオのせいでもあるまい。人間はしょっちゅう、自爆テロで、テロを根絶すると称する「戦争」で、飢餓で、エイズで、事故で、自然災害で、大量に死んでいる。そもそも、大量死であろうがなかろうが、人はかならず死ぬ、という厳然たる事実のあるかぎり、ニヒリズムへの落とし穴は、いつでもわれわれの足もとに口をあけている。

また、二〇〇〇年の五月、豊川市で老女を殺した十七歳の少年（彼は「酒鬼薔薇」と同年齢である）は、取調べで、被害者に対しては「すでに死んでいるため謝っても仕方がない」が被害者の夫に対しては「生きているから謝る」と述べたという。死者は端的に無であり、無に謝罪するというのは不合理な擬人法にすぎない、彼はそう認識しているのだ。『人を殺してみたかった』（双葉文庫）でこのエピソードを記した藤井誠二は、「この唯物論的発想は私たちの想像を絶する」と書いているが、大事なのは、「この唯物論的発想」が近代という時代の極限の認識だということだ。彼らはたんに「異常」なのではなく、われわれがあいまいにやりすごしている問題を、徹底的に突きつめてみせたのである。

「唯物論」とニヒリズムは近代に普遍的な問題だが（ドストエフスキーがラスコーリニコフに託したのも同じ問題だった）、現代日本の「中学生式」には「現在」としかいいようのない特質もある。

神戸の十四歳の少年は、金づちとナイフで幼い少女二人を襲った夜、ノートにこう記していた。

愛する「バモイドオキ神」様へ
今日人間の壊れやすさを確かめるための「聖なる実験」をしました。その記念としてこの日記をつけることを決めたのです。（中略――二件の犯行の概要）自転車に乗り、家に向かいました。救急車やパトカーのサイレンが鳴り響きとてもうるさかったです。ひどく疲れていたようなので、そのまま夜まで寝ました。「聖なる実験」がうまくいったことをバモイドオキ神様に感謝します。

そして、一週間後、少女の一人が死に一人は回復に向かっているという新聞報道を読んだ日には、「人間は壊れやすいのか壊れにくいのか分からなくなりました」と書いている。

「実験」というのがいかにも「中学生式」だ。ここには人間への憎悪もルサンチマンもない。ほとんど純粋な好奇心だけがある。もちろん彼は、こういう好奇心が現実には許されないことを知っているから、別な文章では、自分の内部にいるもう一人の自分を「魔物」と呼んでいる（「酒鬼薔薇聖斗」というのはその「魔物」に彼が与えた名前である）。だが、虚心に読めば、これは無邪気にして無私な実験精神とでもいうべきものだ。

むろん、人間の生命に対してこの無邪気かつ無私な実験精神が可能なのは、生命が「唯物論」的に対象化されてしまっているからである。「死ぬ」のでなく「壊れる」のは人間というより物である。この物が生きているように見えるなら、それは機械仕掛けのロボットだろう。だが、彼は他人だけを物とみなしたのではない。バモイドオキ神というのは彼の自家製の神の名だが、それは「バイオモドキ」、つまり、生命もどきのアナグラムだという。彼にとって、自分自身を含めた人間の生命は、すでに一種の人工物、擬似生命にほかならないのだ。（それにしても、「バモイドオキ」とは、今日の生命科学が奉じる「神」の名でもあるのではなかろうか。）

豊川市の少年は動機を訊かれて「人を殺す経験がしてみたかった」と語った。部活が終った「退屈」のなかで決行された彼の殺人も、生命と死にかかわる純粋な好奇心に衝き動かされていたのである。

二〇〇五年には静岡県で十六歳の少女が母親の食事にタリウムという劇物を盛って、容態の変化を冷静に観察してはブログに観察日記を載せていた。娘による母親殺し（未遂）は、古典的にはエレクトラ・コンプレックスだが、日記は事件から予測されるような愛憎複合の濃密さをまったく欠いている。まるで化学実験のレポートのような観察記録には、どんな感情の波立ちもない。ここでは感情そのものが死んでいる。

彼女はブログの文章の中で「酒鬼薔薇」をライバル視する文章も書いているし、「本物」と題するこんな文章も残している。

《道を歩いていた野良犬を蹴ったら、キャンキャン喚きながら、地べたを這いずり回った。あはは、まるで本当の犬みたい。》

豊川市の少年や静岡県の少女には、「アスペルガー症候群」という診断が出ている。アスペルガー症候群というのは、おおまかにいえば、知的・言語的な発達障害を含まない自閉症である。つまり、言語の知的運用には障害がないが、他者との「関係」を自然なものとして了解できないのだ。彼らの犯行においてまっ先に死んでいるのは、他者との、世界との、生き生きとした「関係」である。

たとえばかつて中上健次は、自分の小説をギリシャ悲劇に見立てて、『岬』の主題は「エレクトラ」であり、『枯木灘』の主題は「オイディプス王」だと述べたことがあった。中上の暴力は、複雑に絡まりあった血縁関係の過度の濃密さのなかでコンプレックス（複合感情）の暴発として生じていたが、現代の「中学生式」の暴力は、むしろ関係の過度の稀薄さのなかで生じるのである。アスペルガー症候群という診断名は今後急速に社会的注目をあびるだろうと思われる。しかし、くりかえすが、彼らの「異常」はわれわれの「正常」と地続きである。関係が稀薄化し世界が抽象化しているのは、ほかならぬこのわれわれの時代の現実なのだから。

現にわれわれは、どこまでが自分の身体が知覚し関係するなまの現実であり、どこからがさまざまなメディア情報によって形成された現実であるか、明確に区別できなくなっている。身体を諸機械（電子的諸機械）によって代替された人間をSFにならってサイボーグと呼ぶなら、テレビやインターネットといった先端テクノロジーを駆使した諸メディア（電子的諸機械）によって深く侵食されたわれわれの意識は、ロボットとまではいわずとも、すでにいくぶんサイボーグ的である。

ところで、世界がニセモノ（擬似）化し、身体がサイボーグ（ロボット）化するとき、言葉もまた変容せざるをえないだろう。

神戸の中学生はいくつかの文章を残している。それらは現代の十四歳としては高度な緊張を保った文章である。だが、それらの文章は、彼自身が認めるとおり、マンガや猟奇犯罪を扱ったミステリー小説などからの引用のパッチワークでできている。（彼は一度見たものをそのまま記憶できる「直観像素質者」だといわれる。）もちろん、殺人を正当化するために彼の作った妄想的物語も通俗オカルトの模倣だし、聖なる儀式「アングリ」といった奇異な命名法はオウム真理教（地下鉄サリン事件が起きたのは九五年三月二十日、彼が体験した神戸の震災の二ヵ月後だった）の模倣だろう。（そもそもオウム真理教そのものが、キリスト教だのヒンズー教だの疑似科学的オカルティズムだのの臆面もない引用のパッチワークでできた壮大なサブカルチャー的宗教もどきだった。）

彼の思念ははげしく白熱しているのだが、いまだ十分に自分の言葉を展開することのできない彼は、犯行を意味づけ自己を意味づけるために、周囲に氾濫するサブカルチャーから物語や言葉の断片を拾い集めて切り貼りすることしかできなかったのである。文体というものが自己というものの形であるなら（文学はそう考える）、引用の切り貼りによってかろうじて統合を保っている彼の自己は、一種の未熟なキマイラ（ライオンの頭、ヤギの体、蛇の尾をもつギリシャ神話の怪物）みたいなものだろう。この統合は、いつばらばらに壊れないともかぎらない危うさをかかえている。

世界が複製化し生が複製化するとき、言語もまた複製化するのだ。そして、「中学生式」の犯罪が今日の変容するリアリティの根幹を抉っているのであれば（突出した暴力の光景はつねに時代のリアリティの根幹を抉る）、文学もまた、この断片化し複製化し記号化した言葉によってこのリアリティをとらえなければならない。だが、文学とは本来、最もなまなましい言葉によって作られる世界ではなかったのか。だとすれば、今日の文学はひどい「貧しさ」を強いられることになるだろう。

この「貧しさ」は、八〇年代以後の中上健次や大江健三郎が自覚的に追求した「貧しさ」でもあった。私は『危機と闘争――大江健三郎と中上健次』（作品社）でそう論じた。この「貧しさ」を引き受けられない文学は今日の文学たりえまい。しかし、引き受けは自覚的かつ方法的な引き受けでなければならない。自覚と方法を欠く表現は、どんなに刺激的にみえてもただの「現象」にすぎない。私は『危機と闘争』でも『暴力的な現在』でも、「あとがき」に同じことを書いた。――「私たちはこの『貧しさ』を引き受けるしかない。引き受けつつ抗うしかない。」

ある文芸誌の新人賞の下読みをしている知人から聞いたところでは、昨今の新人賞応募作品はうんざりするほど「暴力的」な主題ばかりだという。彼のいうことは、文芸誌にときどき浮上してくる作品からもおおよそ察しがつく。

おおまかにいえば、おそらく、男たちの書く攻撃的で記号的な暴力はライトノベルのできそこないみたいなものだろう。それらは、「自己表現」であるよりは「世界」を構築しようとする傾向が強く、しかしその「世界」はサブカルチャー系の物語の模倣でしかない、といった性質のものであるだろう。(物語批判を内蔵しないものは小説ではない。)一方、女たちの書く自傷的で受苦的な暴力は強い「自己表現」衝動に貫かれているだろう。しかし技術を欠いた「自己表現」は、まるで他人の排泄物を突きつけられたようなおぞましさなしに読めないだろう。(技術だけが表現に他者との共有可能性を与えるのだ。)

ところで、私はここで「中学生式」の事例として三つの突出した少年犯罪を引き合いに出したが、少年犯罪そのものは、「凶悪犯罪」も含めて、統計上はむしろ減少傾向にあるのだという説がある。たぶんそうなのだろう。

高度な管理システムの整備した社会にあって、総じて少年たちは従順である。だが、彼らの管理された従順さの裏面には学校でのいじめ問題がぴったりと貼りついている。(現代の若者たちは、かつていじめたことがある、いじめられたことがある、いじめをだまって見ていたことがある、のいずれかに分類される。)いじめは関係のないところに(歪んだ)関係を作りだす。逆説的に響くかもしれないが、いじめは関係を求めているのだ。(任意の一人を排除することで成員の結束を固めるというのは共同体形成の常道である。)

一方、関係への不感無覚を特徴とする「中学生式」犯罪は、いじめの対極にある。それは例外的な逸脱事例のようにみえる。しかしそれもやはり、高度な管理社会の(予期せぬ)産物にほかならない。

現代社会の管理は、東浩紀が「情報自由論」でいうように、もはや権威による規律訓練(の内面化)によってではなく、監視カメラや自動改札機から電子情報管理技術まで、高度なテクノロジーによって、われわれの行動(と物の流れ)を知らぬ間に制御するシステム化された管理になっている。つまりわれわれは、すでに半ば、精緻なシステムに操作されるロボットになっているのだ。その意味でも、「中学生式」暴力は現代のリアリティの根幹に触れている。

関係を求めるいじめが、人と人とのあいだに「諸機械」を挿入して関係を抽象化してしまうシステムへの(歪んだ)反動だとすれば、「中学生式」はむしろ、加速されたシステムが自己複製的に作り出してしまう暴力なのだといってもよい。システムそのものが必然的に生み出すシステムと相似の暴力であるがゆえに、それはシステムにとって制御不能である。その根本的な制御不能性こそが、高度に安全管理された社会をおびやかすのだ。これは統計数字とは関係ない。

文学の世界でも、権威による規律訓練(ミシェル・フーコー)は失効しつつある。(純)文学の世界をつかさどってきた「(純)文学」という超越的理念が死んだのだ。「中学生式」の文学は、「(純)文学」という規範を内面化しないままの文学だ。それは端的には、文学史意識の欠如としてあらわれている。乱暴に括れば、彼らは直接にサブカルチャー的環境から出現してくる。近代文学も戦後文学も「読まずに書く」。歴史を「教育」するはずの批評もほとんど失効している。

なるほど小説というジャンルはほとんどのことをやりつくしてしまった。二十世紀末に生じたのは、一つのジャンルが高度化したあげく行き場を失ったという事態だったともいえる。だから、大江健三郎や中上健次の八〇年代以後の仕事は、みずから高度化させた表現を自覚的に解体する作業としての一面をもっていた。だが、歴史を自覚して脱出の方途を模索することと、歴史を無視することとはまるでちがう。

かくして規律訓練なき者たちが躍り出る。むろん、文学の世界には精緻なシステムによる行動制御などない。したがって、彼らのふるまいは、意図するか否かにかかわらず、ほとんど「ジコチュー」（自己中心的）である。なにしろ共通の規範がないのだから。

だが、くりかえすが、「中学生式」文学には、半端に規律訓練されてしまったものにはない率直で本質的な力がある。彼らは日本の「（純）文学」によって「去勢」されていないのだ。（だが、「去勢」を知らないのはガキである。）この率直で本質的なものが、書きつづけるなかで、やがて文学史の総体に突き当たり、その重量を正面から受け止めたとき、刮目すべき成果を生む可能性はたしかにある。それゆえ私の態度はアイロニカルなのである。

「神奈川大学評論」五十五号／二〇〇六年十一月

きみはなし、花はなし

自分の生れる前の戦争を考えるために、私は二つの通路を通るしかない。一つは自分の父親という通路、もう一つは自分の仕事である文学という通路。ここでもそうする。

私の父は昭和十八年の十二月に応召した。満で二十歳になったばかりだった。派遣されたのは満洲国牡丹江省。そのまま敗戦を迎えたのだから幸運だったといわねばなるまい。(もっとも、四年間シベリアに抑留されることになるのだが。)

尋常小学校を卒えて以来五反歩の田畑を小作していた百姓の倅に、古代の軍事部族と同じ「海ゆかば水漬《みづ》く屍山ゆかば草生《む》す屍」の覚悟を強いるのは酷というものだ。まして、「大君の辺《へ》にこそ死なめ顧みはせじ」ともなれば、小作百姓の意識とは眩《めくら》むほどの距離がある。むろん、この眩《めくら》む距離を一挙に踏破せよと迫るのが、王殺しならぬ王の復位によって成立した近代日本のイデオロギーだった。

万葉の「海ゆかば」は文学だが、昭和によみがえった「海ゆかば」は文学であると同時にイデオロギーである。イデオロギーは、現実を言葉で隠蔽し、虚偽の意識を強制する。

戦時において、文学とイデオロギーとは、交錯し、かつ抗争する。たとえば火野葦平は、本気で「大君の辺《へ》にこそ死なめ」の精神に生きようとした数少ない作家の、しかも優れた作家の、一人だろう。しかしそのことで彼は、優れたイデオローグにもならざるをえなかった。(火野は「文学は兵器である」といった。)もちろん彼はイデオローグなどになりたかったわけではない。彼はただ日本の勝利を願っただけだし、彼の愛する「兵隊」とともに戦時を誠実に生きようとしただけだった。

「文学は兵器である」と書いた三ヵ月後、昭和十八年五月、火野が詩集『青狐』を上梓したとき、なかの一篇「兵隊」が検閲で削除された。それはこういう詩だった。

《一 兵隊なれば、兵隊はかなしきかなや、／ひねもすを、ひたぶるにいくさするすべをさめつ。／二 春なれば、兵隊はかなしきかなや、／時じくに花は咲けども、花の香を聴くやはろばろ。／三 夜なれば、兵隊はかなしきかなや、／おもかげを夢にみつ、いやましぬわがおもひかな。／四 雨なれば、兵隊はかなしきかなや、／抱けるはすずろなるすさまじき銃《つつ》。／五 月なれば、兵隊はかなしきかなや、／しかはあれ、いまはただ銃《つつ》のみにきみの香ぞして。／六 兵隊なれば、兵隊はかなしきかなや、／きみはなし、花はなし、いまはただ夢だにあだし。》

この「かなしき」兵隊は、火野の胸中深く蔵《しま》われていた兵隊の像だ。ところが、その像を謳ったとき、火野の文学は、公認のイデオロギーに抵触して抹殺されたのである。(戦後の火野は、少なくとも二つ、「悲しき兵隊」と題した文章を書いている。また戦後の彼は、インパール戦線末期の惨状に取材した小説「青春と泥濘」を書いた。インパール戦線からの退却路は文字通りの「草生《む》す屍」で埋め尽くされることになる。)

それにしても、なにゆえの削除か。この「かなしき」兵隊の像が戦意を殺ぐからか。だが、その程度の読み方は文学というもののおそろしさをわかっていない。

「きみはなし、花はなし」という、その「きみ」とは誰か。文脈上は、夜毎に夢に見る「おもかげ」の人、銃の代わりに抱きしめたい女性だろう。しかし、ほんとうにそうか。「いまはただ銃《つつ》のみにきみの香ぞして」という。「すさまじき」銃に女の香を嗅ぐことはできまい。木と鉄の歩兵銃で香に縁のあるのは、鉄に刻まれた紋章の菊だけである。ならばこの「きみ」は「大君」にほかならないではないか。その「大君」の「おもかげ」を夜毎の夢に見つつ、しかし、「きみはなし、花はなし、いまはただ夢だにあだし」というのである。ではこれは、戦場の死が決して「大君の辺《へ》」の死でありえぬことへの絶望の表明ではないか。

　もっとも、これが火野のこの詩に託した「真意」だといいたいわけではない。むしろ私の読みは火野の「真意」に反するかもしれない。だが、作者の「真意」などやすやすと裏切ってしまうのが文学というもののおそろしさである。イデオロギーもおそろしいが、文学もおそろしいのだ。

　ところで、シベリアで八年過ごした詩人・石原吉郎は、「日本がもしコンミュニストの国になったら(それは当然ありうることだ)、僕はもはや決して詩を書かず、遠い田舎の町工場の労働者となって、言葉すくなに鉄を打とう。働くことの好きな、しゃべることのきらいな人間として、火を入れ、鉄を灼き、だまって死んで行こう」(一九六〇年のノート)と書いていた。

　日本は「コンミュニストの国」にならなかったが、私の父は、寡黙な百姓として、やっと自分のものになった五反歩の田畑を耕しつづけた。それでは食えないから毎年五ヶ月は出稼ぎに出た。東京タワーの鉄骨も担いだ。戦争の話もラーゲリの話もしなかった。長年書きつづけた日記も死の直前に全部焼き捨てて「だまって」死んだ。

新保祐司編『「海ゆかば」の昭和』二〇〇六年十二月／イプシロン出版企画

大江健三郎——ユーモアという思想

先日、「三田文學」で、昭和戦後の小説のベスト10を選ぶというちょっと乱暴な（しかしそれは承知の）企画があり、私を含めた四人の批評家（秋山駿、富岡幸一郎、田中和生、井口）が各自ベスト5を持ち寄って議論した。私がリストアップしたのは、大岡昇平『野火』、深沢七郎『楢山節考』、武田泰淳『富士』、中上健次『地の果て至上の時』、大江健三郎『新しい人よ眼ざめよ』。

意外なことに、ベスト5に大江を挙げたのは四人のなかで私一人だった。編集部が事前におこなった読者アンケートの結果でも大江作品は少なかった。大江作品の不人気の原因は私にはよくわからない。

私の経験では、大江ファンだという人にはいくつかのパターンがある。ファンを分ける分水嶺は『個人的な体験』と『万延元年のフットボール』だ。『個人的な体験』は含まずにそれ以前まではよかった、という人。『個人的な体験』までは認めるが『万延元年のフットボール』にはついていけなかったという人。『万延元年のフットボール』はすばらしかったが、それ以後はちょっと、という人。大江のデビュー以来同時代的に読み続けてきた読者はたいがい、上記のパターンのどれかに属する。当然、『万延元年のフットボール』以後、七〇年代以後こそすばらしいのだ、という立場があるはずで、私はそういう立場なのだが、これは案外少数派だ。

こういう大江ファンの類型と似た分類が、もう少し単純なかたちで、中上健次ファンにも適用できる。中上ファンの分水嶺は『岬』と『枯木灘』である。『岬』まではよかったが『枯木灘』はちょっと、というタイプ。『枯木灘』には感動したが、それ以後はついていけない、というタイプ。『枯木灘』のあとの中上の試みこそすばらしいのだ、というタイプ。私はここでも最後の立場だが、大江の場合ほど少数派ではない。大江に比べて中上の活動が短期だったからだろう。

整理していえば、大江と中上の分水嶺は、一つは小説における「リアリズム」というものにかかわり、もう一つは小説における「現代」ということにかかわる。

小説におけるリアリズムは、基本的に、読者の感情移入可能性と結びつく。リアリズムとは「現実らしさ」であり、それは結局、作者と読者が現実というものの表象の仕方を共有していることにもとづくからだ。だから、大江の『個人的な体験』まで（『個人的な体験』自体は境界例的だが）は、主として読者と同時代を生きる主人公に読者が感情移入しながら読むことが可能だった。中上なら『岬』までがそうだった。

では、『万延元年のフットボール』または『枯木灘』以後、何が変るのか。主人公に対して「世界」が先行するのである。小説の「世界」は作家が思想によって構築するものだから、思想や観念が先行するのだといってもよい。しかもこの「世界」は単層でなく重層化されており、主人公も含めて人物たちはたんに個人であるのでなく、重層的な構造のなかで分節された「役割」をも担うことになる。たとえば『万延元年のフットボール』の安保闘争後の現在は同時に百年前の幕末の歴史と重層化し、蜜三郎と鷹四の兄弟は認識者と行動者として百年前の曾祖父兄弟の役割を反復する。『枯木灘』の場合も、父親・浜村龍造と息子・竹原秋幸の関係は、エディプス的な「典型」としての観念性を与えられ、類似の関係で類似の役割をもつ人物同士は「似ている」。つまりここでも、読者の前には、直接の感情移入では汲みつくせない観念構造としての「世界」が立ちはだかるのだ。

しかし、八〇年代以後から振り返れば、『万延元年のフットボール』も『枯木灘』も、その完成度において〝古典的〟と見えてしまう。両作ともモダン（近代）の突端でモダン（近代）を超えようとせり出した傑作だが、それを〝古典的〟と感じさせてしまうのが、ポストモダン（後期近代）という「現代」なのだといってもよい。

この時代、近代の産物としての小説は解体期に入る。私が中上の一作として『地の果て至上の時』を挙げたのはそういう意味だ。『地の果て至上の時』は『枯木灘』の「脱構築」、ふつうにいえば、『枯木灘』の〝壊れ〟である。中上はそこで、最後に、大江用語でいう「根拠地」としての「路地」を焼き払った。小説における「現代」がこうして始まる。

大江でそれに対応する作品は『同時代ゲーム』だ。『同時代ゲーム』は「根拠地」としての「谷間の村」の創建伝説から始まるが、不在の妹にあてて書かれた返事のない手紙という設定は、すでに、「根拠地」の不可能性を前提にしている。

しかし私は、『同時代ゲーム』ではなく『新しい人よ眼ざめよ』を選んだ。この作品は、モダンの解体＝脱構築としての「現代」とは異なる「現代」の課題を引き受け、しかも新たな可能性を提示している。

大江自身は、『同時代ゲーム』以後も、その語り直しとしての『M／Tと森のフシギの物語』や『燃えあがる緑の木』三部作等々、「根拠地」としての谷間の村を舞台にした長篇を書きつづけるが、それらは私には、一種の〝反動〟、もしくは〝勘違い〟の産物としか思えなかった。

しかし、八〇年代の大江が長篇と長篇の合間に書いた短篇連作はすばらしかった。私はそれらを日本近代文学史上まれに見る高度な達成だと思っている。そこでは、「読みつつ書く」という大江的生存そのものが方法化されている。「読みつつ書く」（つまり、過去のテクストから新たなテクストを作る）のは文学そのものの本質である、という意味において方法化されている。『河馬に嚙まれる』も好きだが、双璧はなんといっても『「雨の木《レイン・ツリー》」を聴く女たち』と『新しい人よ眼ざめよ』だ。二作のどちらを選ぶかで迷った。終末論という大江的主題に救済の潤いを与える「雨の木《レイン・ツリー》」のヴィジョンも棄てがたかったが、最終的に『新しい人よ眼ざめよ』を選んだのは、この作品のイーヨーと呼ばれる少年が体現するユーモアを、後期の大江健三郎が提出した最も重要な思想だと考えるからだ。

ユーモアを「思想」と呼ぶのは奇異に感じられるかもしれない。しかし、ユーモアは世界に対するときの主体の態度なのであって、それは、たんに認識的であるにとどまらず実践的でもあるという点で、通常「思想」と呼ばれる観念内容以上に「思想」と呼ぶにふさわしいものだ。『新しい人よ眼ざめよ』の作品分析に即してのユーモア論は『悪文の初志』所収の「オイディプスの言葉」で述べたし、それ以後の大江作品におけるユーモアの意味については『危機と闘争——大江健三郎と中上健次』の「二a　崇高とユーモア」の章で論じたので、詳しくはそれらを参照していただきたい。ここでは、ユーモアというものの現代的意義についてだけ簡略に述べたい。

フロイトはユーモアを論じて、死刑囚が処刑の朝のお茶に茶柱が立っているのを見て「今日はいいことがありそうだ」というのを例に引いている（この例は私がちょっと作り変えた）。「死刑囚のユーモア」というやつだ。死刑囚は自分が今日処刑されることを忘れたわけではない。彼の苦境に変化はない。しかし彼は、このとき、はるかな高所に移行して、眼下遠くのちっぽけな自分の苦境を突き放すことができている。この突き放しによって、死という苦境ですらなんでもない小さなことのようにゆるめられるのだ。彼が瞬刻移行したはるかな高所は、フロイト用語では超自我である。つまり、ユーモアとは超自我による自我へのゆるしである。別な言い方をすれば、ユーモアにおいて、自我は超自我の視線を一瞬獲得することで自分の小ささを受け入れ、肯定するのだ。

フロイトのいう超自我を、無限者、絶対者、「神」と呼んでもよい。ユーモアの心理機制において、心は超自我と自我とに二重化し、超自我の立場から自我としての自分を見るのだが、このとき、自我が超自我に同一化してしまうならそれはこの上ない傲慢である。ユーモアのユーモアたるゆえんは、あくまで自己の小ささの受け入れにある。それは傲慢と反対のものだ。

ユーモアとは、有限者にして相対者にすぎない自己の小ささを承認することで、世界に肯定の返事を返してやることだ。世界は不合理と悲惨を含んでいるが、そしてその不合理と悲惨は他でもないこの自分自身を襲いさえするのだが、それでも、微笑とともに、この世界を「よし」と肯定すること。それがユーモアである。カフカは、「世界と君との戦いでは世界に加担せよ」といった。私はこれをユーモアの精神として受けとめている。

冷戦終結以後、資本主義のグローバリズムが世界を侵食するなかで、宗教や民族の名による戦争がいたるところで露出しはじめた。民族や宗教の名において戦う者たちは超自我に同一化する者たちだ。彼らがそれぞれに強いられているかもしれない現実的な困苦（それはあくまで〝政治的に〟解決さるべき問題だ）を別にしていえば、無限者の意志を知りかつ体現できると信じることで彼らは傲慢者である。あるいは、彼らが神の言葉を聴きうるものだと主張するなら彼らは詐欺師もしくは自己欺瞞者である。

大江の八〇年代以後の長篇『燃え上がる緑の木』三部作も『宙返り』も、小説としては〝反動〟〝勘違い〟の小説だと敢えて私はいうが、しかし、そのテーマは、宗教的なものを、つまりは、無限なるもの、絶対なるものへの人間の希求を、いかにしてこの傲慢、この詐欺もしくは自己欺瞞から切断するかにあった。そして、これも『危機と闘争』で述べたことだが、その宗教批判を「伝達」と「翻訳」という言語思想の徹底において敢行したところに、大江健三郎の面目はある。

日本文学では、たとえば井伏鱒二のような最良のものにおいても、ユーモアは共同体的融和の笑いだった（私はそれを嫌いではない）。大江的ユーモアと同じ構造をもつユーモアは、私見では、椎名麟三だけだ。椎名麟三は自らを「神の道化師」と呼び、新約聖書のイエスの行為を神の「ゆるめ」として受けとめた。椎名はキリスト教をユーモアとして受けとめたのである。それは椎名のユニークな「神学」だった。

だからこういってもよい。ユーモアは大江健三郎の「神なき神学」である。

（なお、「三田文學」の座談会では大江健三郎を入れたいという私の意見はすんなり認められた。作品は『万延元年のフットボール』に落ち着いた。）

「群系」第二十号／二〇〇七年十一月

太宰治——「ひとでなし」の(メタ)フィクション

八〇年代以後のポストモダンの時代は文学的には太宰治の時代だった。

たとえば、商品が実質的な使用価値によってではなく記号やイメージとして購買され消費されるといった消費社会のライフスタイルは、太宰の小説の登場人物の一人によって、「ヴァイオリンよりヴァイオリンケエス」(「ダス・ゲマイネ」)と、どんなコピーライターよりも見事な表現を与えられていた。もっとも、太宰の方は、「ケエスそれ自体が現代のサンボルだ、中はうそ寒くからっぽである」とつづくので、この「うそ寒」さの認識の有無が消費社会的ライフスタイルと太宰治的スタイルの違いといえば違いだが、しかし、消費社会的快楽の背後にぴったりと空虚感が貼りついていたのも確かなことだ。

もちろんからっぽのヴァイオリンケエスは自己というものの空虚さのメタファーである。この空虚な自己は、他者に対するそのつどの「ポオズ」や「演技」として自己を提示するしかないのだが、そのとき提示される自己とは、サブカルチャー用語でいえば「キャラ」であり、抽象的な言い回しを採用すれば本質なき現象としての自己である。だから、この空虚な自己は、思想的には、本質主義批判や脱主体化といったポストモダニズムの課題とも連接しているのだ。そもそも太宰治はマルクス主義という「大きな物語」(リオタール)からの脱落者(転向者)だった。彼の言説を特徴づけるイロニー(アイロニー)

は、空虚な主体が世界に対して一義的なコミットメントを留保するための方法だが、「真理」を標榜する言説（「大きな物語」）を自己矛盾に追い込むことで非真理性を暴露しつつ自らはポジティヴな主張をなしえない「脱構築」もまた、きわめてアイロニカルな方法にほかならない。

ところで、この空虚な自己が自己を語ろうとすればどうなるか。

自然主義リアリズムにおいて確立し白樺派によって自在化された近代文学のリアリズムは、本来、世界を確定的に認識し解釈し判断し記述する主体の存在を前提としている。だが、認識と記述の対象が外的現実でなく自己自身であるとき、事態は複雑化する。自己は表象する主体としての自己と表象される客体としての自己とに分裂するからだ。このとき、空虚な自己は、世界に対して十全な表象主体たりえないと同様、自己自身に対してもそのような截然たる分裂（分離）を保持する主体たりえない。自己というものがそのつどの「ポオズ」や「演技」として提示されるフィクショナルな現象にすぎない以上、客体としての自己自体が確定不可能なのだ。

もっとも、こんな言い方は理屈にすぎない。一般論としての理屈は決して難所に逢着しない。難所に逢着するのは、語りえない自己をそれでも語ろうとする切実な動機にうながされた者だけだ。太宰治がこの難所に逢着したのも、鎌倉の海にいっしょに身を投げた女性を死なせて自分だけ助かったという心中未遂（自殺幇助）の体験を語る「道化の華」だった。

「道化の華」で、太宰は、自己の体験を「大庭葉蔵」という主人公に仮託して語りながら、語り手の「僕」がしょっちゅう顔を出しては評言を差し挟むという形式を採用した。「あ！　作家はみんなこういうものであろうか。告白するのにも言葉を飾る。僕はひとでなしでなかろうか。ほんとうの人間らしい生活が、僕にできるかしら。こう書きつつも僕は僕の文章を気にしている。」「告白」するということ、自己が自己の「真実」を語るということとの不可能性の自覚が、書くこと・語ることへのラディカルな懐疑と結びついている。

彼はそれが「日本にまだないハイカラな作風である」ことを承知していた。「しかし、敗北した。いや、僕はこの敗北の告白をも、この小説のプランのなかにかぞえていたはずである。できれば僕は、もう少しあとでそれを言いたかった。いや、この言葉をさえ、僕ははじめから用意していたような気がする。ああ、もう僕を信ずるな。僕の言うことをひとことも信ずるな。」とめどなく分裂し後退する自意識が語ることへの無際限の反省を生み出すのだ。

空虚な自己は自己をフィクション化せざるを得ず、かつ、安定したフィクションにとどまることもできないのである。太宰治的メタ・フィクションがこうして誕生する。

だが、私が強調したいのは、これが、自身の生身を斬り苛むようにして提出されたメタ・フィクションだったということだ。メタ・フィクションの手法の一般化もまた八〇年代以後の特徴だが、目新しい手法として採用されただけのメタ・フィクションなど、どれほど複雑であろうと、ただの物語いじりにすぎない。

「道化の華」で、しかし太宰は事実の核心には触れていない。メタ・フィクションは確定的な事実に触れないための方法的弁明といった機能も負っている。ここでは、強い自己告白の衝動と罪と恥の意識による自己韜晦の衝動とがないまぜになっているのだ。

この点で、たとえば「仮面の告白」という真偽決定不能なアイロニカルな表題を選んだ三島由紀夫や、短歌という私的詠嘆（心情表白）の器にフィクショナルな自己を盛った寺山修司は太宰治の同類だった。前者においてはホモ・セクシャルの性向が、後者においては特高の父と「オンリー」の母が、太宰における「裏切り者」意識に対応する。自己を特異なこの自己として形成した核心としてそれは語らざるをえず、しかし、語ることが社会的な死を招きかねないゆえに秘匿せざるをえない。彼らの自己は「仮面」として、フィクションとして現れるしかないのであり、かつ、ただのフィクションにとどまることもできないのである。いうまでもなく寺山はポストモダンの人だった。三島は古典主義者としてふるまったが、『豊饒の海』四部作などは、歴史という物語までも含みこんだ壮大なメタ・フィクションの試みとしても読めるだろう。

ところで、認識論的にはどれほど困難であろうと、リアリズムは認識と判断の確定的な一行を決然と書き記す。書くことは他者に向けての、あるいは他者としてのもう一人の自己に向けての行為であって、他者の面前で我々はそのようにふるまうしかないからだ。その意味で、リアリズムの一行を書き記すことは、それ自体倫理的な行為である。一方、世界と自己についての確定的な一行を回避する者は自己決定を回避する者であり、倫理的にも不決定であらざるをえまい。不決定なままの自己をまるごと他者（読者）に承認してもらいたいという欲望が、太宰治的「甘え」の根底にある。

むろん、太宰治は倫理的不決定者たる自分が「ひとでなし」であることを自覚していた。大東亜戦争開戦に際して、「新郎」と「十二月八日」を一対で発表した（二作併せてアイロニーとして機能する）のはこの「ひとでなし」のあざやかな芸当のひとつである。太宰治は徹頭徹尾小説家だった。

「図書新聞」二〇〇九年四月十一日

Ⅳ

大洪水の後で

2011—2018

それでも人は言葉を書く——大震災と文学

東日本大震災の中心的な被災地となった福島、宮城、岩手の三県は、その昔、松尾芭蕉が「奥の細道」の旅でたどったコースだった。

芭蕉はその五年前、「野ざらし紀行」の旅をしていた。富士川のほとりで三歳ばかりの捨て子が泣いているのに遭遇した芭蕉は、わずかな食物を投げ与えて立ち去った。その時の句。

《猿を聞く人捨子に秋の風いかに》

猿の泣き声が腸《はらわた》を断つほど哀れに響く、という古典の詩を踏まえて、秋風に泣く捨て子の声はもっと悲痛に人の心を責めるものだ、という意味である。

そして芭蕉は書く。「唯《ただ》これ天にして、汝《なんぢ》が性《さが》のつたなきを泣け」と。おまえが捨てられたのは天の定めた運命というものだ、おまえは父母をも誰をも恨んではならない、ただわが身の不運の生まれつきを泣け、というのである。

「汝《なんぢ》が性《さが》のつたなきを泣け」とは非情きわまりない言葉だが、これがぎりぎりに突きつめられた非情さであることはわかるだろう。現実倫理として自分にできることはしたうえで、その泣く声に深く胸を痛めたそのうえで、芭蕉はあえてこう書いたのだ。芭蕉の文学はこの非情さの上に立つ。

文学は現実の悲惨に指一本触れられない。直接に触れようとする文学は、現実の勢力と結びついて、スローガン（標語）になったりプロパガンダ（宣伝）になったりアジテーション（扇動）になったりしがちだ。

だから、文学は現実の拘束から自由でなければならない。自由であることは無力であることと裏腹である。しかし、無力を承知で、なおも言葉によって現実に向き合おうとする緊張の中でのみ、文学の自由は真に試される。

挽歌や鎮魂歌を詠むのは古来文学の仕事だったし、他者への共感と感情移入を教えたのも文学だった。だが、安易な共感を拒んで、他者というものが最終的に理解不能だと教えるのもまた文学である。戦場そのものを描写しようと苦闘するのも文学なら、源平の争乱を完全に無視した藤原定家の姿勢も文学である。さらに、人間に不可解で不条理な運命をもたらす何ものかに真率な抗議の声をあげるのも文学なら、若き日の坂口安吾のように、その不条理をただ嘆き恨むのでなく、ナンセンス（意味無し）の哄笑に、腹の底から天上にまで噴き上げる大笑いに変換して、人間世界を一挙にまるごと肯定しようとするのも文学である。

文学の声は多様なのだ。大事なことは、それがそれぞれにぎりぎりまで突きつめられたうえでの声の多様さであることだ。この多様な声の通路が封鎖されたり狭められたりするとき、文学は死ぬ。

津波に呑まれる三歳の子供を思えば誰でも声を失うだろう。傷ついて無人の地に変貌した故郷を思えば誰の胸も痛むだろう。それでも人は声をあげるし、言葉を書く。

失語の危機と背中合わせの場所で発せられた言葉は、かならず深く人の心を打つ。富士川のほとりで、芭蕉も一度は言葉を失ったはずである。

共同通信配信「新潟日報」二〇一一年十月五日ほか

井口時男が読む『野火』

1

大震災や原発事故について思いをめぐらしながら、いくつもの文学の言葉が心をよぎることがあった。大岡昇平のこんな言葉もそのひとつだった。

「事故によらなければ悲劇が起らない。それが二十世紀である。」

小説『武蔵野夫人』の中の言葉だが、初めて読んだ時から、小説の文脈を超えて、現代という時代を象徴する言葉のように思えてならなかった。

悲劇を悲劇たらしめるためには、人間の力を超えた「運命」という必然性の観念が必要だ。古代ギリシャの悲劇にせよ、我が『平家物語』にせよ、あるいは、平凡な男と女の心中を描いた近松門左衛門の浄瑠璃にせよ、人物たちはある瞬間、滅びにむかう自分の「運命」をはっきりと自覚して、歩き出す。「運命」を自分の生の必然として引き受けるのである。その姿が、私たちを感動させる。

しかし、「事故」という観念は必然性と反対のものだ。「事故」は不意打ちとして、偶然に、私たちを襲い、人間の生の持続をばらばらに寸断してしまう。大岡昇平はたぶん、現代人が「運命」という超越的な観念を失ってしまったといいたいのだ。

だが、それでも悲劇は起きる。起きつづけている。人間は、自分の生が無意味な偶然に翻弄されているという思いに耐えられまい。では、現代人はどうするのか。どうやって、生の内的な持続を再建できるのか。大岡の言葉は、つらくて苦しい問いを私たちに投げかけてくる。

大岡昇平はフィリピンの戦場からの生還者だった。現代の戦場はもう、英雄たちが名乗りを挙げて一騎打ちする古代や中世の戦場ではない。無数の銃弾が飛び交い、地雷が炸裂し、砲弾や爆弾が空から降る。かろうじて逃れても、飢えと渇きと病気が襲う。なぜ戦友は死に、自分は生き延びたのか。戦場からの生還者たちは、自分の現在の生はただの偶然の結果だという思いにさいなまれる。

「悲劇」と「事故」をめぐる大岡の言葉は、そういう彼自身の体験に深く根差した言葉である。そして、『野火』という小説もまた、その戦場体験を核にして、私たちに人間の生というものを根底から問いかけてくる。

「読売新聞」二〇一一年十月二十二日夕刊

復員してきた大岡昇平に戦場体験記を書くように勧めた小林秀雄は、「あんたの魂のこと」だけを書け、という忠告を付け加えたそうだ。無防備に接近してくる若いアメリカ兵を自分はなぜ撃たなかったのか、と内省しつづける『俘虜記（捉まるまで）』は、たしかに、自分の「魂のこと」だけを書いたものだった。

2

しかし、大岡はその冒頭に、「わがこころのよくてころさぬにはあらず」という『歎異抄《たんにしょう》』の親鸞の言葉を掲げていた。実際、彼が撃たなかったのは、彼のヒューマニズムという「こころ」の結果ではなく、たまたま、遠くの銃声によってアメリカ兵が進路を変えたからだった。それは幸運である。けれどもこのとき、彼の「魂」の内的持続は、「偶然」というものによって切断されている。

人は通常、偶然を受け入れて「魂」の一貫性を保持するが、受け入れがたいほど巨大で理不尽な偶然だったらどうなるか。

『野火』が扱うのは、追いつめられた兵隊の人肉食である。人間が人間であることの根本条件を侵犯するおぞましい行為だ。だが、その行為のスキャンダラスな性質ばかりに眼を奪われてはならないだろう。『野火』も復員した主人公の一人称の手記という形式で書かれている。なぜ彼は手記を書くのか。理由は末尾にはっきり述べられている。戦場で巨大な力に翻弄されて以来、自分の生はすべて偶然の結果になってしまった、だが、人間は無意味な偶然に支配されつづける生などというものを容認できない、自分が自分の生に意味を見出すためには、あの戦場と現在とを何とか必然の糸でつなげなければならない、だから自分はこの手記を書いているのだ、と。

『野火』もまた、「魂のこと」の記録である。この小説の比類なく緊迫したドラマは、主人公を襲う外的な事件よりも、むしろ、彼の内的な「こころ」のなかで生じる。戦場から帰還した彼は、いま、そのドラマを内省し分析し認識することで、巨大な偶然によって寸断されてしまった彼の「魂」の持続を修復しようとしているのだ。手記を書くこと自体が、「偶然＝無意味」を強いる何ものかとの、彼の新たなたたかいなのである。

「読売新聞」二〇一一年十一月十二日夕刊

3

大学生になったばかりの私は、圧倒的な力で『野火』の世界に引きこまれた。読書も人の「魂」を改造する。そんな体験は高校時代にドストエフスキーという熱病にとりつかれて以来のことだった。あの力はどこから来たのか。

『野火』の「私」は病気のために部隊からはぐれてレイテ島の見知らぬ自然の中をさまよう。彼はもう軍隊という社会からも脱落した孤独者だ。生きる意欲も喪失しかかっている。

世界は無数の記号で編まれた書物である。人は生きるという目的に照らして必要な記号を選択し、その意味を解読する。だから、道端の石さえ、時によって障害物ともなれば腰掛の代用品にもなるのだ。

生きる意欲が減退するとき、選択と解読の基準にくるいが生じる。

「私」の目に、野火の煙が見える。いくつも、何度も。彼にはそれらが謎の記号のように思われてくる。誰が、何のために、これらの記号を、この世界に、他ならぬこの自分に、送ってくるのか。野火にはどんな意味があるのか。

たしかに野火の煙は合図の狼煙《のろし》のようにも見えるだろう。だが、実際にはそれは現地の農民が耕作のために野を焼いているだけのことだ。その意味を謎として問う彼は間違っている。世界を読み解く基準がくるい始めている。問い自体が過剰なのだ。しかし、彼はこの過剰な問いにとらえられてしまう。

屋根の十字架に引き寄せられて入りこんだ無人の教会堂で現地の女を射殺してしまったとき、ついに彼は問う。誰が、何のために、この不可解で理不尽な「運命」をもたらしたのか、と。こうして彼の問いは、究極の「誰」としての「神」を呼び出す。同様に、常に敵の目におびえる彼の、誰かに見られている、という不安な意識も、その姿なき「誰か」を、究極の超越者にまで上昇させていく。

やがて飢えと疲労に追いつめられた彼は、ありありと異様な「神」を見る。そのとき彼はくるっている。だが、狂気に至る過程は厳密に論理的なのだ。論理をたどって狂気にまで至るそのプロセスが、大学生の私の「魂」をわしづかみにした圧倒的な力の源泉だった、といま思う。

「読売新聞」二〇一一年十一月二十六日夕刊

4

「私」は教会堂で、「デ・プロフンディス」という声が響き渡るのを聞いた。絶望の「深き淵より」神を呼ぶこのラテン語は、彼がかつて読んだ旧約聖書の詩句である。彼は自分の声を他者の声として聞いたのだ。彼の意識が分裂した最初である。

彼の彷徨はなおもつづく。いたるところに日本兵の死体が横たわっている。そしてとうとう、飢えの極みで、彼は死体の肉を切り取ろうと右手で剣を抜く。そのとき、その右の手首を彼自身の左手が握って止める。分裂が彼の身体にも及んだのだ。この時から自分は「他者」に動かされ始めたのだ、と彼は書く。生活と労働を引き受けて来た右手は、いわば肉体的生命維持のための触手である。その右手を止めた左手は、いわば汚《けが》れのない純潔な倫理の化身である。彼はその左手に「他者＝神」の意志の顕現を見る。

復員後も、彼はこの分裂した自己を統合できない。それなら、彼の狂気は、論理的であると同時に倫理的でもある。論理的かつ倫理的な狂気。『野火』以前に誰がこんな狂気を描いたろう。

ところで、『野火』が出版された二年後の昭和二十九年、武田泰淳が、やはり戦時中の人肉食事件に取材した小説『ひかりごけ』を発表する。そこで泰淳はこんなことを述べている。『野火』の主人公は「殺したが食べなかった」などと反省しているが、まるで、殺人は文明人も犯す高級な罪だが人肉食いは野蛮で低級で文明人の体面に関わるとでもいいたげではないか、と。武田泰淳らしい皮肉だ。

実際、仏教者・武田泰淳の描いた船長は「文明＝倫理」の境界線を踏み越えてしまう。彼は殺して食ったのだ。そして彼は、自分は生き物のいのちを食わねば生きられない人間の条件をただただ「我慢しているのです」と言う。

対して、『野火』の「私」は「文明＝倫理」の境界線の手前でかろうじて踏みとどまる。人肉食のタブーが人間が人間であるための根源的なタブーであるなら、彼は「人間」でありつづけるために、「神」に、「文明＝倫理」に、必死にしがみつこうとしている。だが、その代償として、彼は深い自己分裂と狂気とを引き受けなければならないのだ。

「読売新聞」二〇一一年十二月十日夕刊

5

伝統的な日本人の死生観では、人間同士が葛藤しあう社会の外に自然があって、社会の中で傷ついた者は自然に抱かれて最後の安息を得ることができた。『暗夜行路』の末尾のように。『野火』の主人公の眼にも、南国の自然が官能的な魅惑をはらんで現れることがある。だが、この自然は彼を救ってくれない。いつでも野火の煙が地平線に立ち上っているからである。野火の煙の下にはレイテ島の農民がいる。彼らは潜在的な「敵」である。つまり、この自然は社会に取り囲まれているのだ。逃れる場所はどこにもない。

小説は最後に、これが精神病院で書かれている手記であることを明かす。いったいこの知的で明晰な文章が「狂人」の文章であるか、そういう疑問も生じるだろう。だが、これでよいのだと私は思う。これは論理的かつ倫理的な狂気なのだから。

彼の記憶には、どうしても思い出せない最後の十日間がある。狂気の真因はその空白に潜んでいる。

だから、小説のほんとうのクライマックスは、記憶の空白を埋めようとして内省の死力を尽くす手記の末尾にある。そのとき文体は、パセティックな熱を帯びて一気に切迫する。

野火を見るたびにそこへ行ったと彼はいう。そこには「敵」がいるのになぜ行くのか。飢えていた彼になぜ銃を持って徘徊する体力が残っていたのか。

「敵」は「食料」でもあるからではないのか。「殺して食いたかった」からではないのか。実際に「殺して食った」のではないのか。「肉」を食おうとした右手を左手が止めて以来、自分は神の怒りを代行する「天使」になったのだ、と彼はいうが、それは彼の自己欺瞞ではないのか。彼はすでに「堕《お》ちた天使」だったのではないのか。

この自己欺瞞がある限り、彼は過去と現在とを必然の糸でつなぐこともできず、狂気から覚めることもできない。だが、覚めるためには、彼は、自分の為した恐るべき「深き淵」を覗きこまなければならない。それなら、狂気がかろうじて彼の「人間」を護っているのだ。

なんという逆説だろう。人の「魂」の極限にまで追いつめられた姿がここにある。この緊迫感には比類がない。


「読売新聞」二〇一一年十二月二十四日夕刊

大震災と文学——戦後文学から

東日本大震災から一年が過ぎた。

この一年、大地震と大津波と引きつづく原発事故は、戦争や原爆被災になぞらえて語られた。しかし、その言論のあり方もまた、戦時下と敗戦後とによく似ていた。

一方に政府と東京電力による「大本営発表」的な言説があれば、他方に自らを被害者の立場に置いての「告発」の言説があった。そしてなにより、郷土愛や日本人の連帯意識に訴える異口同音のスローガン的な言説が世を蔽った。戦中戦後とちがって権力（軍部、占領軍）による統制などどこにもないはずなのに、言論はみな、善意の「自粛＝自己検閲」によって漂白され脱色されていた。漂白された言葉に生きた真実は宿らない。

マスコミの「社会的な」言葉に対して、文学の「私的な」言葉が生きた真実を語るのは、それが偽善や自己欺瞞からもっとも遠い言葉だからだ。しかし、残念ながら、文学の世界の発言もたいていは似たようなものだった。現代の「ポップな」文学者たちがこんなにも隣人を愛し共同体を愛しているとは、私は知らなかった。「嘘をつけ！　嘘をつけ！　嘘をつけ！」（「続堕落論」）——私の内部に、戦後の坂口安吾の言葉がしょっちゅう反響していた。偽善と欺瞞からは言葉の生命も真実も生まれない。

文学の倫理は社会的な倫理とは異なる。社会倫理は上げ底の場合が多いが、文学の倫理はその上げ底を踏み抜いて人間の土台に立つのである。特攻隊員が闇市のチンピラになったり戦争未亡人が街角に立って通りすがりの男の袖を引いたりする敗戦後の風俗を「堕落」と呼ぶのは社会倫理だが、坂口安吾は、「堕落」してよいのだ、「堕落」することで日本人は「人間」として生まれ変わるのだ、と述べた（「堕落論」）。「生きよ堕ちよ」は文学の倫理である。その安吾はまた、文学の「ふるさと」は「絶対の孤独」なのだ、とも述べていた（「文学のふるさと」）。

善意の標語は耳に甘いが、社会倫理に反する言葉は耳に苦いかもしれない。しかし、その苦さによって、文学は欺瞞からの覚醒をうながすのだ。たとえば、人殺しは悪だが、ドストエフスキーの『罪と罰』をはじめとして、文学が好んで悪を描くのは、人間というものについての我々の視野を拡大し深化するためにほかならない。

私もまた、戦中戦後を思い出していたのだった。ただし、戦後生まれの私が思い出していたのは戦後文学である。敗戦後に出現した戦後文学には、未曾有の戦争と敗戦をもっとも深い場所まで降りてくぐり抜けた言葉がある。

戦後文学者の重要な一人である武田泰淳によれば、戦争というすさまじい暴力が終わって二年しかたたないというのに、スペクタクルに満ちた壮大な破壊や殺戮の場面に魅かれて、多くの日本人が（泰淳自身も）映画館に足を運んでいたという。「この映画見物者的な状態は何であろうか。」（「滅亡について」）

武田泰淳がそう書いてから六十年余り、映像の時代にふさわしく、震災直後から大量の映像が氾濫した。私もまた、テレビ画面やパソコン画面の前で、すさまじい津波の光景や原発建屋の爆発の映像に見入っていることが何度もあった。泰淳がいうとおり、「このように、自分の身体を安全な椅子にまかせて、大きな滅亡、鋭い滅亡のあたえる感覚をゆっくり味わうのは、近代人にあたえられた特権なのかもしれない」。

目を直接に刺激する映像というもののこの迫力に比べれば、文学が用いる言葉（文字）は間接的でまどろっこしくて、ほんの微弱な刺激力しかもたない。

映像は、これが真実だ、と目に突きつける。たしかに、映っているのは現実だ。しかし、映像が現実の一角を映せば外側は隠れる。表面を映せば背後は隠れる。映像は一角にすぎないもの、表面にすぎないものを全てだと思い込ませる。そして何より、映像は「意味」を映せない。「意味」を描けるのは言葉だけだ。

もちろん言葉も嘘をつく。しかし、虚構という「嘘」を通じて、隠されたもの、目に見えないものを描き出すことこそ、文学の言葉の仕事である。そもそも人の心は目に見えない。隠されている。

圧倒的な光景に接するとき、我々は思わず息をのむ。言葉をのむ。つまり、言葉は現実に対していつでも遅れてしまう。言葉の大規模かつ複雑な組織体である文学は、ことに遅れる。

しかし、遅れることは文学の弱点ではない。むしろ特権であり、希望である。遅れることによってのみ、人の思考は熟成し変容し、ヴィジョンは深化し拡大するのだから。仏教者だった武田泰淳は、「大きな慧知の出現するための第一の予告が滅亡である」とも書いていた。

震災と原発事故が文学の言葉を熟成・変容させるのはこれからである。

「聖教新聞」二〇一二年五月八日

書評から（震災文学）

辺見庸『眼の海』

大津波からちょうど半年後、仙台と石巻を訪れた。小雨模様の暗い風景の中、どの海岸でも、点在する背の高い黄色い花の群落だけがわずかな彩りだった。帰宅して花の名を調べた。「オオハンゴンソウ（大反魂草）」。「反魂」とは死者の魂をこの世に還すこと。私は調べ間違えたのかもしれない。だが、花の名は深く心に刻まれた。

本書は石巻出身の著者がうたう「反魂」の詩集である。「鎮魂」といいたくない。「反魂」といいたい。そう思わせる激しさが全編を貫く。貧血気味の現代詩からはるかに遠く、原初において叫びでもあり祈りでもあったに違いない詩というものの力が、沈黙の海の力に拮抗するように、うねり、渦巻いている。たとえば「ハマエンドウ」「ハマダイコン」「ハマゴウ」「ハマボウ」等々、植物たちの多くの名前が呼ばれ、海藻たちの名前が、小さな生き物たちの名前が、呼ばれる。彼らの名前とともに、海辺の町の少年の日の自分自身が呼び出され、死者たちが呼び出される。

言葉なき死者たちにささげる「繋辞《コプラ》」なき切れ切れの言葉としての名前たち。ここでは、言葉もまた、破れ傷ついているのだ。言葉は、かつて「骨の唖者になれ」という大海原の忠告を聴きながらも言葉を持ってしまった詩人の、そして人間の、業のようなものかもしれない。

「眼の海」とは、たんに眼に映る海ではない。「網膜のうら」にひそんでいた「ひとしずくの涙」が「いきなりわたしの眼からふきでて／こんなにも海となった」。涙から海へ、海からまた涙へ。そして、「骨から花へ／骨より花に」「骨から星へ／星から骨へ」。俗で猥雑で愛すべき人間世界を包み込むこの痛苦に満ちた宇宙論。慟哭と悲憤の終末論。

震災は人間の命も奪ったが、言葉も奪った。この詩集には、震災後の、震災に抗して立ち上がった、最も緊迫した言葉たちの姿がある。

共同通信配信「愛媛新聞」二〇一二年一月八日ほか

池澤夏樹『双頭の船』

東日本大震災から二年、作家の想像力が、軽快で、しかもスケールの大きな物語を紡ぎ出した。

ふわふわと日々を過ごす若者が登場する。判断に迷うたびに「フリーズ」して、誰かの指示がないと動けないタイプの若者だ。恩師からの電話の指示で乗り込んだフェリーでの彼の仕事は、停泊地で積み込まれる中古自転車を修理すること。自転車の「真空地帯」となった土地に届けるために、瀬戸内から乗員七人で出発した船は、途中で大量の自転車と二〇〇人のボランティアを乗せて、大津波に破壊された三陸の港に到着する。

野生の臭いに感応する行動的な女性や、一〇〇匹の犬を連れた獣医師、津波に呑まれて生還した寡黙な若者、鬱屈した情熱を抱えた中年男など、ユニークな人物たちがやって来る。船名も「さくら丸」と改称した船上には五〇〇戸近い仮設住宅が建ち、二〇〇〇人近くが暮らす町ができる。住民の中には死者たちの姿も交じる。

小さなフェリーは、今や、大洪水の後に癒しと希望の種子を運ぶ巨大な「箱舟」めいてくる。被災地支援という現実のモチーフが神話的想像力へと展開するのだ。

あらゆる神話は、荒唐無稽なイメージや物語の中に、人間世界の悲惨と希望に関わる洞察を含んでいる。現代の小説「双頭の船」も、文明と自然に関わる作者の認識をさまざまなエピソードに託して、いわば、被災の現実から出航して宇宙論的なビジョンへと航海するのである。

末尾、船は二つに分かれ、半身は自由な大航海へと船出し、残る半身は船であることをやめて「さくら半島」になることを選ぶ。港を津波の脅威から保護するかのように。「ボランティア」という行為を考え抜いた作者の思想の表現だろう。

そして、自転車修理をつづけた若者は、自分にも「歴史」ができた、と思う。これは、空っぽだった若者が、支援活動を通じて、ついに自分の「歴史」を持つに至る物語なのでもあった。

共同通信配信 「下野新聞」二〇一三年四月七日ほか

佐伯一麦『還れぬ家』

冒頭、父親がアルツハイマー型認知症だという宣告を受ける。子供らが誰も寄りつかない家で病状を悪化させる父親。介護に疲弊する母親。同じ仙台市内に住む「私」は、妻とともに彼らを支援し始めるが、「私」の心には父母に対する根深い葛藤がわだかまっている。そういう日々が、私小説的に、丁寧に分厚く叙述されていく。

老いるとは厄介なことだ。老い呆けていく親を看取るとは難儀なことだ。身につまされる読者は多いだろう。だが、それとは別に、この小説には劇的な出来事が刻印されている。

父親が認知症の宣告を受けたのが二〇〇八年三月十一日。本作の雑誌連載が始まったのが翌二〇〇九年三月発売の四月号。父親は発売直後の三月十日に死亡する。そして、連載がなおも、衰えゆく父親の姿を丹念に叙述しているさなかの二〇一一年三月十一日、東日本大震災が起こる。

そのとき、小説の叙述に緊張が走り、劇的な変化が生じる。「小説に段差が生まれる」。作者はあえて、その「段差」を露呈させる書き方を選んだ。書かれた回想の時間に書く現在が介入して、小説が一気に深さと広がりを獲得する。

三月十一日という日付から始まっていたのは何という暗合だったことか。作者は、高校生の「私」が女川原発に反対して家族と対立したときの日記も引用していたのである。そして何より、震災は実に多数の人々に「還れぬ家」をもたらした。私的な不幸としての心理的に「還れぬ家」の小説が、大量の悲劇としての物理的に「還れぬ家」に遭遇するのだ。三月十一日は、最も私的なはずの私小説の時空を、突然、最も公的な時空と交差させたのである。

あたかも現実を先取りしていたかのようなこの事態を、昔のロマン派なら、作家の「呪われた栄光」と呼んだかもしれない。

書くという行為には時々こういう予期せぬドラマが起こる。私的体験に密着した私小説であるにもかかわらず起こるのではない。私小説だからこそ起こるのだ。私小説は、書かれた過去の「私」の背後に書く「私」の現在がぴったり貼りついた小説だからである。

「日本経済新聞」二〇一三年四月七日

辺見庸『青い花』

敗戦直後、坂口安吾や太宰治は「無頼派」と呼ばれた。「無頼」とは、どんな権威にも頼らず、あらゆる集団的思考に抗って己れの文学を貫くその生き方のことである。辺見庸は、東日本大震災以来、偽善と欺瞞を憎み、最も気骨ある発言をつづけてきた。いわば現代の「無頼派」である。

その辺見庸が震災と原発事故をモチーフに小説を書いた。といっても、近未来、大地震や大津波に繰り返し襲われた後の三陸を思わせる地域。どうやら原発事故も繰り返されたらしく、そのうえ近隣国との戦争もつづいている。終始、暗い夜の線路を歩きつづける男のモノローグで語られていて、状況を明視しにくい。それがかえって、地獄めいた終末の感触をなまなましく喚起する。

作者は、大震災に引きつづく日本社会の様相の延長線上にこの終末図を思い描き、そこに自分の意識を投げ入れて歩かせてみたのだろう。つまり、この近未来小説を駆動しているのは、この国の歴史と現在に対する強い憤りである。

現在と記憶が交錯し、近未来と敗戦後の体験が重なる。危機感による意識の励起と疲労による衰弱とが交互に訪れて、男の思考は持続力なくあちこちに飛び、言葉も切れ切れに寸断される。強烈な憤りのエネルギーを帯びた言葉の錯乱は、ときにはグロテスクな笑いを誘い、ときには詩にも接近する。なんとも卑俗で猥雑な詩だが、卑俗で猥雑なものこそ生命の根源なのだ、と作者はいうだろう。

タイトルはドイツ・ロマン派のノヴァーリスの作品を思い出させる。あれは主人公が夢の中で見た花だった。こちらの「青い花」も男の記憶の中に咲く花、内界の花である。だが、この「青い花」は不可能な神秘のシンボルではない。男は思う。すべての人の心の底には「青い錯乱」がある、と。この「青い花」はその「青い錯乱」に通じている。

作中で男の記憶の中の狂女がつぶやく。「もう、夜なのに……」。我々はまだ昼間だと思っているが、「もう、夜」なのだ。あらゆる終末論的ヴィジョンを凝縮した言葉である。闇の中の終末図は異様な迫力で読者に迫る。

「日本経済新聞」二〇一三年七月十四日

天童荒太『ムーンナイト・ダイバー』

津波に襲われ、放射能に汚染され、五年目を迎えてもなお立入り禁止の地域の海。月の夜、煌々たる照明が「建屋」を照らす〈光のエリア〉の近く、闇に紛れて、その禁忌の海に小さなボートがひっそり浮かび、ひとりのダイバーが海中に潜る。海底には、いまは「瓦礫」や「ゴミ」と目されているが本来は人々のかけがえのない生活の断片であった大量の物たちが沈んでいる。ダイバーは秘密の組織の依頼を請け負って、小さな物を少しずつ回収しているのだ。

大震災と原発事故に触発された小説は多いようだが、この設定にはドキッとする。

私は、タルコフスキー監督の映画『ストーカー』を、その原作となったストルガツキー兄弟のSF小説『路傍のピクニック』を、思い出した。一九七〇年代前半に発表され、後のチェルノブイリ原発事故を「予言」したかのように喧伝されたこともあるあの小説も、立入り禁止の「ゾーン」に侵入して高度な科学文明の残した危険な「ゴミ」を、しかし人間にとっては貴重な「宝」でもありうる物を、持ち帰るという設定だった。

だが、『ムーンナイト・ダイバー』はSFではない。悲惨な現実を踏まえているがゆえに、作者は細部まで徹底的にリアリティにこだわっている。

海に潜る主人公も被災して肉親を亡くした漁師なのだし、依頼する秘密の組織も十人ほどの遺族たちの会であり、会を立ち上げたのもやはり肉親を亡くした平凡な公務員だ。彼らは皆、思い出の品や死者の「遺品」や行方不明者の運命を知る手がかりが回収されることを願って集まった。

ただ、禁を犯した行為として処罰されかねないので、会は厳格なルールを作って秘密を守らなければならない。このルールは、子ども用の安価なティアラさえも、貴金属目当ての盗み目的だと誤解されないために、持ち帰ることを禁じている。

しかし、納得し合ったはずの非情なルールは、彼らを突き動かしている切実きわまりない願いと時に矛盾する。会員に関わる何かが発見された時にこそ、その矛盾は噴出するのである。会員はダイバーとの接触を禁じられているのだが、とうとう、主人公の前に会員の女性が現れ、ドラマが動き始める。ドラマはなにより、当事者たちの心のドラマだ。

生者は生者だけで生きているのか、生者は死者の記憶とどう向き合い、どう折り合えば前に進めるのか。小説の問いは読者にも突きつけられる。

「日本経済新聞」二〇一六年二月二十八日

齋藤愼爾句集『陸沈』

山川草木悉皆瓦礫佛の座

私はこの「佛の座」に圧倒され、ほとんど慄えた。

有季定型句の春（新年）の季語である「ホトケノザ」が、字義通り（それはこの小さな草花の命名の語源通り、ということでもあるのだが）仏の座す形而上の場として、またそこに座す仏として、廃墟の風景のただなかにいきなり顕《た》ち現れる。その異様な生々しさ。

直前に〈身に入みて塔婆と原子炉指呼の間〉があるから、五年前のあの大津波と原発事故に取材した句だ。このとき、「陸沈」というタイトルにまで大津波のイメージがかぶる。それなら仏は多数の死者たちかもしれず、墓所を波に攫われて居場所を失った無数の先祖たちの霊も加わっているかもしれぬ。「悉皆瓦礫」のあちこちに咲くホトケノザの小さな葉群の一つ一つを己が蓮座とする無数の小さな仏たち。

だが、もっと前には〈記紀の山青し佛の座より見て〉があった。世界を「見る」この座は一つ、真の覚者の占める唯一の場であろうか。それなら、記紀以来の青山河がいま「悉皆瓦礫」と化したこの景を眺めるのも、やはり唯一の覚者としての単独の仏なのかもしれない。永劫を見渡し真理を見通すその眼差しに、では、この地上の悲惨はどう映っているのか。

むろん背後には耳に馴染んだ「山川草木悉皆成仏」が響く。有機有情の人や生き物のみならず、無機非情の自然界までが仏性を宿し成仏するのだという。日本仏教独特の成句だと聞くが、自然の救済力に信倚し、自然との融即に安らぐ日本人好みの汎神論（汎仏論）だ。

しかし、「山川草木悉皆成仏」が真理なら、仏性は「瓦礫」にも宿り、セシウムもプルトニウムも成仏する。それなら成仏などというものは本来人間の「救い」などとは何の関わりもあるまい。そもそも自然も宇宙も人間などを必要としていないのだ。仏教の覚知とはそういう非情なものだと私は思う。その非情の観念を背中で怺えつつ、「悉皆瓦礫」と詠む作者の有情の眼は濡れているようだ。

「佛の座」の眼差しは彼岸からの眼差しである。この句に限らず、句集『陸沈』は此岸と彼岸を自在に往還している感がある。その昔、市井の大隠を「陸沈」と呼んだ荘子が胡蝶と化して夢と現世を往還したように。齋藤愼爾の幽明の境はゆらぐのだ。

「俳句四季」二〇一六年十二月号（句集『をどり字』に収録）

ケレンと（しての）暴力——芥川賞と大震災

以前私は、若い作家たちの傾向について、「文学の世界はまるで癒しがたい暴力に席捲されているようにみえる。また逆に、久しく主題をうしなっていた文学が、暴力という主題を手に入れて華やぎ活気づいているようにもみえる」と書き、「男たちの描く暴力は攻撃的で〝通り魔〟的で記号的で、女たちの描く暴力は性を介して受苦的で自己解体的」だ、とも書いた（『暴力的な現在』二〇〇六年）。

この現象は、表層的には、文芸誌が「若者向け商品」へと模様替えを図る中でライト・ノベル系の書き手を使い始め、サブカルチャー的な想像力が流入してきたこととの結果である。また現実世界との関係でいえば、バブル崩壊後の若者たちのフラストレーションの蓄積や、いじめや虐待や通り魔的少年殺人の続発といった社会現象に対応している。もっと巨視的に、革命や国家間戦争という「大きな暴力」に代わってテロという「小さな暴力」が蔓延し始めた世界情勢の反映なのだといってもよい。

実際、『少年殺人者考』（二〇一一年）で書いたことだが、二〇〇一年九・一一アメリカ同時多発テロの実行者たちが民族や宗教といった「大きな物語」に殉じたのに対して、九七年に「酒鬼薔薇聖斗」と名乗った神戸の中学生を先駆けとする日本の少年殺人者たちは、各自が自己流のオカルト的な物語を犯行の駆動力にしていた。彼らの物語はどれも稚拙で妄想的で、誰とも共有できない「小さな物語」だった。

「大きな物語」なき日本の彼らは、そういうゴミやクズみたいな自家製の物語に、不条理な運命への絶望的な抗議や生命への深甚な疑惑を、つまりは幼いニヒリズムの正当化を、託すしかなかったのである。

こうした中で、長く近代文学の根底を支えて来たリアリズムの根幹が変質し始めた。

リアリズム（写実）が狙うのは現実そのものの再現ではない。漱石の「吾輩（猫）」がいうとおり、「二十四時間の出来事を漏れなく書いて、漏れなく読むには少なくとも二十四時間かゝるだらう」。だから、リアリズムは、「これが現実だ」と社会の大半が認知している「現実らしさ」の再現を狙うのだ。つまりそれは、間主観的に共有された現実感に依存している。

日本文学を支えつづけた間主観的な現実感は、「日常」というものに基礎を置いていた。人間は誰も、日々を生活しているかぎり、日常というものを分厚く纏《まと》っているものだ。「人間はどんなことにでも慣れられる存在だ」と書いたのは、シベリアの流刑地体験を省察した『死の家の記録』のドストエフスキーだった。人間が生きつづけるかぎり、どんな「非日常」も日常化してしまう、という意味である。人間とは日常的な存在なのだ。だから、「私小説」「心境小説」から「第三の新人」や「内向の世代」まで、日本文学は日常というものの分厚さや、その裡面に潜む無気味さを、ずっと描きつづけてきたのである。

しかし、ライト・ノベル系の想像力、私の用語でいえば「中学生式」想像力には、その日常というものへの耐性がない。こらえ性がない。「中学生」はまだ日常というものの無気味さも分厚さも知らないのだ。

だから、文学におけるリアリズムの変質は、「大人」の現実感が「中学生式」の現実感に浸食され始めたことを意味するともいえる。

しかし、それは事態の一面にすぎない。「大人」もまた、その現実イメージを、テレビや新聞やネットからの映像や情報によって形成している。かつて日常とは、自己の身体が直接触知しうる範囲を中心に営まれる生活の実質を指していた。だが、現代人の日常は、すでに深く、メディアの提供する「二次的現実」に浸食されている。

また、たしかにリアリズムは、「これが現実だ」という相互承認された間主観的な現実感に基づくが、ここには深刻な逆説がある。人が「これが現実だ」という思いを新たにするのは、日常の中ではない。むしろ、安全・安心感と引き換えに繰り返しの単調さを受け入れている日常というものが、不意に破れ、異様な、思いがけない危機に直面した「非常」の時においてである。もう取り返しがつかない、もう逃げ場がない、という焦燥や不安とともに、「これが現実だ」という強烈な思いは襲う。つまり、日常的な現実感の「底が割れた」時に、人は初めて、「これこそが現実だ」「これこそがリアルそのものだ」、という思いを抱くのである。

リアリズムは、現実的なものに、リアルなものに、迫ろうと欲するが、リアルはリアリズムの破れ目にしか出現しない。これが逆説である。

不意に出現する暴力は、日常的な現実感の「底を割る」。若い作家たちが欲望しているのはそのひりつくような感覚だ。それなら、現代文学における暴力という主題の席捲は、リアリズムが「底割れ」し始めていることの兆候ではないか。

その意味で、リアリズム系の田中慎弥と反リアリズム系の円城塔が同時受賞した今年上半期の芥川賞は興味深い。

文学的には、円城塔の授賞の方が話題になるべきだった。かつてSF作家・筒井康隆が直木賞も取れなかったのに対して、この若きSF作家は芥川賞で「純文学」として認知されたのだから。安部公房以来のことだ（ただし、安部公房は受賞してからSFを書き出した）。円城塔の「純文学」はSFというより綺想に満ちたメタ・フィクションというべきだろうが、徹底して反リアリズムを貫いている。リアリズム主流だった芥川賞が、おずおずと、リアリズム離れを起しかけているのだ。

もちろんこれは、現実そのもののSF化に対応している。かつてハイデガーは宇宙空間から撮影された地球の写真を見て、人間の「無根化」が始まった、と嘆いたが、我々はいま、テレビの天気予報でも宇宙からのまなざしを平然と受け入れ、臓器移植によってカニバリズムのタブーを踏み越え、遺伝子を操作し、半減期二万四千年の放射性物質とさえ同居し始めている。SFは、この身体が触知する日常性の根幹に深く喰い入っているのだ。そして、自己というものを運命的な単一の実存として引き受けるのでなく、着脱可能な物語と演技の効果にすぎないかのように見るメタ・フィクション的認識も、ネット上の匿名や仮名の言説という形態で、ありふれた認識になっている。世界はすでに十分SF的でメタ・フィクション的である。

だが、実際には、芥川賞の話題は記者会見での田中慎弥の「都知事閣下と東京都民各位のためにもらっといてやる」という発言にさらわれた。その結果、田中の受賞作を表題とした単行本『共喰い』は数十万部売れたという。文学という活字商品を売るために作家のパフォーマンスが必要な時代が来たのである。

「ケレン」という言葉がある。「外連」と漢字を当てる。元は義太夫で、伝来の型を破って自己流の偏った節回しで歌うことを意味した。なぜ「外連」と当てるのか不明だが、『大言海』は、「外ノ者モ、ソレニ連レテ真似ル意ナリト云フ、イカガ」（傍点井口）と書いている。江戸末期には歌舞伎用語に転じて、宙乗りや早替りといった大掛かりで派手派手しい演出を指す言葉として広まった。ドラマの内的必然性よりも、強烈な視聴覚刺激によって大衆の関心を引こうとする演出法だと思えばよい。つまりは今日の「パフォーマンス」のことである。

「ケレン味」といえば趣味判断用語になる。『広辞苑』は「俗受けをねらったいやらしさ。はったり。ごまかし」と説明する。もちろん、「ケレン味のない」芸が良い芸であって、「ケレン味のある」芸は悪い芸である。

だが、大衆はケレンが大好きである。ケレンは「外ノ者」も「連レテ真似ル」波及性を持つ。ケレンに満ちた過激な演出が江戸末期の爛熟した町人社会で生まれたように、大衆社会で目立つためには、ケレン味たっぷりの演出（パフォーマンス）が必要だということだ。

田中の受賞作「共喰い」に私はケレン味を感じる。活気を失った川べりの田舎町という舞台設定も、性交時に女を殴る男というDV問題も、暴力的な父親の「血＝遺伝」に脅える息子という男性中心的悲劇をフェミニズム的結末へと転じる物語構成も、現代性に媚びた感じですこしあざとい。主題群だけでなく、川を女性器の「割れ目」になぞらえ、鰻という男性器のシンボルを対置し、経血時の穢れを忌む神社を中心に置く性的シンボル群の配置も目立ちすぎる。その一方で、人物たちは輪郭線は際立つものの、十分に書きこまれているとはいいがたい。いわば、リアリズムの不足を派手なケレンが代償しているといった印象なのだ。

要するにテーマを盛り込みすぎて細部が書けていない。だから、「次から次安手でえげつない出し物が続く作品」で、「長編にまとめた方が重みがますと思われる」という「都知事閣下」石原慎太郎の選評は的を射ている。

しかし、皮肉にも、おそらくはこのわかりやすいケレン味こそが、実力のあるこの作家を過去四回落選させながら今回受賞させた最大の理由だろう。選考委員の「社会的な」嗅覚がこのケレンに反応したのだ。

ちなみに、もう長いこと、芥川賞選考委員に批評家はいない。多数の選考委員はみな作家である。文藝春秋が作品批評よりも作品の「商品価値」に対する作家の嗅覚を優先していることを示すものだ。しかし、批評が消えるとき、大衆の嗜好への迎合が始まる。大衆社会のポピュリズムは政治の領域だけに限ったことではない。大衆社会はやがて、「ケレン味のない」を貶し言葉、「ケレン味のある」を誉め言葉に変えてしまうかもしれない。

リアリズムはいま、世界のSF化と大衆社会に媚びたケレンと、両方から挟み撃ちされている。

さて、「これが現実だ」「これこそが現実だ」という思いに襲われた東日本大震災から一年が経った。震災は、いじめも虐待も少年殺人も、「小さな暴力」がみんな吹っ飛ぶような巨大な暴力だった。まさしく現実の「底が割れた」。

映像の時代にふさわしく、臨場感あふれる映像が氾濫したその惨状は、戦争や原爆被災になぞらえられた。だが、震災と原発事故をめぐる言説のあり方もまた、戦中と敗戦後を無自覚に反復していた。一方に「大本営発表」があれば他方には自らを被害者としての「告発」があり、「自粛」と背中合わせに共同体的でナショナリズム的な善意の歌の「起立斉唱」があった。

マスコミ内部の若い知人が、マスコミは「善意の躁状態」なのだとつぶやいていたが、「善意の躁状態」はまた、「善意」による「自粛」や「検閲」、つまり「善意の鬱状態」でもあったろう。個の表現に徹し自由な表現に徹すべき文学の世界も似たようなものだった。つまりまるでダメだった。なぜか。戦争と敗戦という「非常」の体験を最も深く潜り抜けた戦後文学が、八〇年代以来長く忘却されてしまっていたからである。

忘却されたのは戦後文学だけではない。大衆社会は日本文学の伝統そのものを忘却させた。

その昔、富士川のほとりで泣いている三歳ばかりの捨子に出会った「野ざらし紀行」の松尾芭蕉は、喰い物を投げ与えて立ち去った。それが、通りすがりの旅人である彼の現実倫理である。

そしてこう書いた。「唯《ただ》これ天にして、汝《なんぢ》が性《さが》のつたなきを泣け。」

いかにも非情だ。しかし、これが芭蕉の文学である。

芭蕉はこのとき、「猿を聞く人捨子に秋の風いかに」という句も詠んでいる。古来中国で「腸《はらわた》を断つ」ほど悲痛なものとされた猿の啼き声よりも、冷たい秋風に泣く捨子の声はいっそう胸に迫る、という意味だ。しかし、いかに悲痛に胸を痛めようと、捨子の運命を背負いきることができない以上、文学は、「唯《ただ》これ天にして、汝《なんぢ》が性《さが》のつたなきを泣け」というしかないのだ。そして、敢えて「なけ」と命令形で突き放すところにこそ、芭蕉の文学の覚悟を読まなければならない。この突き放しは、何よりも、文学を維持したまま善意にも媚びを売ろうとする自分自身の未練たらしさをこそ切断しているのである。

芭蕉は現実倫理と文学の倫理とを峻別している。文学の倫理は現実倫理からすれば非情だろうが、この非情なしに芭蕉の文学、すなわち「風雅の誠」もない。

文学であることの非情さに耐えられない半端な善意が、文学を現実の役に立てようとする。そのとき文学は、標語（スローガン）や宣伝（プロパガンダ）や煽動（アジテーション）と狎《な》れ合うだろう。もちろん中途半端で及び腰の善意による表現など、標語や宣伝や煽動としても半端なものにしかならない。そのことは戦時下に実証済みだ。

震災後に、島田雅彦や奥泉光といった多くの作家たちが集まって、自著の在庫本にサインを入れて販売し、売上金を被災地に寄付するというチャリティを行なった。いかにも大衆社会の作家たちらしいパフォーマンスだ。

だが、著名人の行なうチャリティは、慈善と裏腹に、かならず、売名という効果がつきまとう。だから、彼らの善意にもいかがわしさがつきまとう。芭蕉の厳しい省察も切断もないままに、彼らは文学者のまま大衆社会の「善人」でもありたいのだ。

福島県在住詩人・和合亮一のツイッターを使っての詩が話題になった。従軍作家の前線ルポルタージュみたいなものだ。もちろん和合は、徴用された従軍作家たちとはちがい、自分の住みつづけてきた土地が放射性物質の降る最前線になってしまったのである。おそらく和合は、最前線にあって、文学というものの無力に耐えていただろう。

しかし、私は敢えていうが、そこに、無力さに耐えきれずに発信してしまった、という一面はなかったか。単行本『詩の邂逅』は、素朴なパトリオティズム（郷土愛）と大衆性と善意とのアマルガムにすぎない。これが文学（詩）なら、和合が文学（詩）の無力に耐えていたのとは別の意味で、読者も文学

（詩）の無力に耐えねばなるまい。

ただし、和合が「詩の礫」として発信した言葉たち（私はその一部をネット上で読んだ）の中には、「もちろん悪魔だ／詩の塊だ」「詩である限り悪魔であり続ける我であるのにどのように我を追いやるのか詩で」「詩を書き詩を滅ぼすお前を詩を滅ぼす詩で詩を詩で詩を」といった一節がある。ここには、切れ切れの未整理なままの言葉ながら、文学（詩）が「悪魔（＝非情）」であることの自覚がわずかに見える。和合の文学（詩）はこの自覚から再度出発すべきだろう。

同じく福島県出身の古川日出男は、震災から一カ月後、志願した従軍記者のように、文芸誌編集者を伴って、傷ついた故郷の土地を車でめぐり、『馬たちよ、それでも光は無垢で』を書いた。その主観性に閉ざされた臨場感と切迫感も、視野狭窄的なパトリオティズムによる想念も、和合と同じだが、末尾に突然、古川の小説の作中人物が出現して古川自身と対話する。その対話は、萌芽として、虚構というものの倫理性に対する痛切な問いを含んでいる。古川の前線ルポが「誠実なパフォーマンス」にとどまらないことを実証できるかどうかは、やはり、今後の彼の仕事にかかっているというしかない。

震災と原発事故後に震災と原発事故を主題にして発表された作品で、文学の倫理を貫いていると見えたのは、二つしかなかった。

その一つは、いちはやく「群像」二〇一一年六月号に発表された川上弘美の「神様２０１１」だった。川上は、自分のデビュー作「神様」に加筆して、「あのこと」（原発事故を示唆する）以後の世界に書き変えたのである。川上はいわば、自分自身を傷つけ、身を切ることで、原発事故に応答したのだ。しかも、力みかえることもなく、さりげなく、それを行なった。それが文学の倫理である。

「わたし」が同じマンションに住む「くま」といっしょに散歩に出るという「神様」は、ふわふわとしてつかみどころのない童話のような世界だったが、それが「あのこと」以後になったとき、この浮遊する世界に特異な重力場が発生した。あるいは、強力な磁性体が投げ込まれたかのように、偏った磁極が発生して世界がぐんと引き絞られた。川上自身はあくまで「神様」とセットで読まれることを望んでいるらしいが、「神様２０１１」は独立した作品としても十分読める。[*]

「神様２０１１」へのすぐれた批評的言及も含む高橋源一郎の『恋する原発』は、震災と原発事故を笑いに変換しようとする野心的で挑発的な試みだった。

しかし、この笑いはあくまでアイロニーとしての笑いである。たとえば、「君は賢いね」という発言が、本気で頭の良さを誉めているのか打算的であることを皮肉っているのか言葉だけでは決定できないのがアイロニーという話法である。だから、言葉に裏の意味を託すアイロニーは「自粛」や「検閲」をくぐり抜ける抵抗の言説方法である。

だが、本気か冗談かわからないアイロニーはまた、作品と作者との関係を非決定にする。そのため、原発を止めるために二万人が原発前でセックスするという荒唐無稽なアダルトビデオ脚本プランを延々と語る『恋する原発』も、作者が本気なのか冗談なのか、読者は決定できない。そのことによって作者は作品から距離を置き、作品内容に対する責任追及を免れる。つまり、高橋源一郎の倫理はいまだ及び腰の倫理である。ただ、自分の身を安全圏に置いた上で、「自粛」の中で「不謹慎」な作品を発表したというパフォーマンスの効果だけは獲得できるのだ。

大衆社会における作家として自覚的に挑発的なパフォーマンスを続けた先駆者・三島由紀夫は、しかし、我が身を安全圏に置こうとだけはしなかった。アイロニカルな自己演技を文学の方法論に組み込んだ太宰治も、破滅への道行きにおいては自己を防御などしなかった。アイロニストはいかにして倫理的でありうるか、高橋源一郎の課題だろう。

（付言するが、私は原発事故に対して無責任にふるまうことを咎めているのではない。文学はこの悲惨を笑えるか、という問いは、私が「あのこと」以後考えつづけた究極の問いだったし、坂口安吾の「ファルス」の精神や深沢七郎の「人間滅亡教」を念頭に、笑ってもよいのだ、というのはその結論だった。そしてまた、文学は缶ビール片手にテレビ画面で被災状況を眺めている自分の無責任さをも繰りこんだ言葉を語るべきものだ、とは当初からの私の立場だった。しかし、アイロニーは責任も引き受けない代わりに無責任さも引き受けられないのである。）

文学の倫理を貫いているもう一つの作品は、石巻出身の辺見庸の詩集『眼の海』である。全篇引用する紙幅のないのが残念だが、そこでは、「ハマエンドウ」「ハマダイコン」「ハマゴウ」「ハマボウ」「ハマスゲ」「ハマレイ」「クレマチス」「クモヒトデ」「アシタバ」「イソギク」「オニヒトデ」「アマモ」「コアマモ」「ウミヒルモ」「ウミユリ」「ウミシダ」といった海辺の植物類、海藻類、さらには小さな生き物たちや動物たちの名前が呼ばれる（「ささげる花」他）。失語の深い淵から浮かび上がった「繋辞のない／切れた数珠のような」（「眼のおくの海」）言葉たちである。人間に最後に残る言葉だ。かつて、名を呼ぶことは実在を呼び出す呪法だった。だから、名前とともに、傷ついた海と陸地の、生き物たちの記憶が呼び出され、詩人自身の過去が呼び出され、人々が呼び出される。

そしてまた、ここには、「ずっと網膜のうらにひそみ／このたびは／いきなりわたしの眼からふきでて／こんなにも海となった／あなた　眼のおくの海」（「眼のおくの海」）と、あたかも巨大な津波にまで満々と膨れ上がった眼前の海が、自分自身の内部から噴き出たものだと読める論理さえある。故郷に対する詩人の愛憎のすべてをこめた論理である。辺見庸もまた、容赦なく自分自身を傷つけているのだ。この詩集には、耳に甘い「善意」の言葉の遠く及ばぬ「共苦」の苦さと深さがある。

震災は、言葉や物語を打ち砕く「破局」として到来した。「破局」はケレンも無効にする。そして、言葉はつねに現場に「遅れる」。文学の言葉はなお「遅れる」。文学のほんとうの仕事はこれからである。

「表現者」四十二号／二〇一二年五月

＊私は当時編集していた高校国語教科書に「神様２０１１」を採録した。

東北白い花盛り

金子兜太には好きな句が多い。その一つ。

人体冷えて東北白い花盛り

東北の遅い春の景だ。白い花はリンゴの花か。花盛りは豊作を予祝する。しかし、「人体冷えて」が尋常でない。冷えたのは語り手自身の身のはずだが、「人体」という日本語は特定の誰の身体をも指すことがない。それはものとして突き放された「人間一般」の身体である。そういう「人体」は解剖学的なまなざしの相関物としてしか顕《た》ちあらわれない。つまり、この「人体」はすでに半ば死んでいる。現にそれは「冷えて」いる。半ば死者となった語り手のまなざしに映る風景であればこそ、この東北はかくも美しい。敗者の国、死者の国、他界としての東北。東北を思うたびにこの句を思い出す。

一昨年の秋、学生時代を過ごした仙台に仕事で招かれて行った際、松島に住む旧友の車で、閖上《ゆりあげ》、東松島、塩釜と、津波に襲われた海岸ばかりを訪れた。期せずして、大震災からちょうど半年後の九月十一日だった。

小雨もよいの黒ずんだ空の下で黒ずんだ海は穏やかだった。人々の暮しのいっさいが攫《さら》われた後のどの海辺でも、ぽつりぽつりと点在する黄色い花のわずかな群生だけが唯一の色彩だった。罅割れたコンクリートの護岸や潮の溜まった窪地の傍にそれは咲いていた。やや赤みがかった黄の細長い花弁を一重の輪状に付けた丈高いその一群《ひとむら》。

帰宅してネットで調べてみた。記憶の映像に一番よく似ていたのはオオハンゴンソウだった。もっとも、ネット上の写真はどれもやや花弁の数も少なく赤みも足りないように思われたのだが。

大反魂草。外来種で繁殖力も強いという。在来の反魂草に似て大型なのでこの名が付いたらしい。「反魂」はむろん、死者の魂をこの世に反《かえ》すことだ。大津波の傷の癒えぬ海辺に唯一開いた花の名である。実はこのエピソードはあちこちに書いた。だが、大反魂草という名にこだわっているのはどうやら私だけらしい。

してみると、やはり私は花の名を調べ間違ったのかもしれない。それなら大反魂草は私の記憶の風景だけに咲く花の名なのかもしれない。しかし、調べ間違ったとしたらその間違いも含めて、私は東北という他界の物語を経巡っていたことになる。

いや、東北が他界だというのではない。そこは春には白い花が盛り秋には黄の花がたくましく群生する土地だ。顕ちあらわれる世界は私の意識の相関物である。四十年ぶりに訪れた時から、私の意識は半ば「向こう側」に入り込んでいたのだろう。現に、海風に吹かれ小雨に濡れて佇む私の身は少しばかり冷えていたような気もする。

二〇一三年二月記

「てんでんこ」二号／二〇一三年五月（句集『天來の獨樂』に収録）

「毒虫ザムザ」として書くこと／語ること――『中上健次集』刊行に寄せて

定型の恩寵はいつも呪縛に似ている。あるいは呪縛は恩寵に似ている。

五七五という定型がある。芭蕉は凡兆に「一世のうち秀逸三五あらん人は作者、十句に及ぶ人は名人也」と語ったというが、それなら俳句の世界は死屍累々たる駄句凡句の山だろう。実際それは、句集と称する書物を開きさえすれば一目瞭然のことだ。だが、定型の恩寵を信じ切っている限りにおいて、この死屍どもは一様にあられもない恍惚の表情を浮かべて死んでいる。この痴呆的な死に抗うことなしに現代の俳句作者たることはできまい。しかしそれは恩寵を失うことである。

たとえば私は現代の俳句作者たる金子兜太の数句に感嘆を惜しまないが、兜太の累々たる死屍どもは、恍惚にいっさい与かることなく、まったく無様に死んでいる。しかし、この失寵の死によらなければ現代の作者である証が立たない。それが俳句という定型の世界のようだ。

物語もまた定型である。その圧倒的な長さによって定型であることを粉飾された定型である。五七五の定型は子供も自覚するが、物語という粉飾された定型の世界では、読者も無自覚なら作者も無自覚であり続けることができる。ここでは、いつまでも希薄な欺瞞が蔓延し、希薄な恩寵が生き延びる。

誰よりも深く物語に身を浸し、その恩寵を飽くまで貪り、それゆえにその呪縛を誰より自覚し、恩寵に抗って現代の作者たらんとした作家、中上健次。

中上健次はアイロニーというものを知らなかった。物語に対してアイロニカルな距離を置き、距離を置くことで物語を操作し、操作しながら自分は無傷で生き延びるということが出来なかった。彼は物語というものへの愛情と憎しみのアンビヴァレンスを身をもって生き、身をもって死んだ。

その中上健次の肉体が滅んで二十年が経ったのを機に刊行を開始した『中上健次集』全十巻（インスクリプト刊）の第一回配本となった第七巻は、『千年の愉楽』と『奇蹟』を収録している。差別／被差別の物語が濃縮され、中世にまで遡る口承の語り物・語り芸が生き続ける「路地」の物語だ。

中上健次は身内に文字を知らない者のいた最後の作家だった。二十世紀の終わり近く、中上健次の死とともに日本の文学から口承の記憶が消えた。それは決定的な喪失だった。口承の記憶とは、たとえば寝物語に聞かされる野卑な昔話の記憶であり、門付け芸人の素朴な三味線の撥音であり、近所の親父が唸る下手くそな浪花節の節回しの記憶である。ラップなどではとうてい代用できない耳の記憶、身に沁みこんだ身体の記憶である。

「路地」においては物語とは口承の語り物のことである。口承の記憶が消滅したとき、物語という定型の自覚はせいぜい「システム」や「プログラム」になってしまう。だが、「システム」だの「プログラム」だのという言葉は、すでに距離を介した認識の言葉である。こんな自覚は、ただ殺菌されたアイロニーを再生産するばかりだ。

中上は呪縛する物語の定型を指して「プログラム」とも「システム」ともいわず、「法・制度」と呼んだ。「法・制度」という言葉には、強力な力への受苦の感覚が宿っている。身を刺される痛みが宿っている。

しかしもちろん、中上健次は現代の作者だった。『千年の愉楽』における死の床のオリュウノオバに寄り添った揺らぎやまない語りも、『奇蹟』におけるアル中のトモノオジに寄り添った錯迷の語りも、中上は語ったのでなく、ペンで紙に文字として書いたのだった。

『中上健次集』第七巻には『千年の愉楽』と『奇蹟』のほかに二本の短いエッセイが収録されているが、そのうちの一本は「毒虫ザムザ」と題されている。

『千年の愉楽』の冒頭作となる「半蔵の鳥」を書くときのことだ。その直前、別な連載（『熊野集』の「桜川」）を書きあぐねたあげく講談社の会議室に缶詰め状態になり、テーブルの上に腹ばいになってようやく書き上げたばかりだった。


「このトドかセイウチかカバのような図体が、会議室のテーブルに腹這いになっているのである。読者諸兄、想像してほしい。突然、会議室に、あのカフカの毒虫ザムザが出現して、豆粒ほどの小さな字を書いているのだ」


同じことを今度は河出書房新社の会議室に籠って繰り返す。期限はさらにさし迫って二日間。ために百枚の予定が五十枚になった。「半蔵の命は印刷所の我慢の限界が握ったのである」。

中上健次は懲りないのだ。中上の読者なら知っている。彼は『枯木灘』を連載した時も、毎日浴びるように酒を飲み、締め切り一週間前に部屋に籠り、三日間は酒を抜くためだけに過ごされ、残る四日で一気呵成に百枚を書く、これを六回続けたのだった。あたかも物語の神を降ろす儀式のような騒宴と陶酔につづく忌籠りと精進潔斎。すべては短い粗末な神籬《ひもろぎ》のごときペン軸への神の降臨を待つ儀式だ。

『枯木灘』では、物語の神は反復される秋幸の土方仕事場面に顕現する。『枯木灘』は悲劇を志向する小説だが、定型章句を反復するのは語り物の文体である。

中上はその後、オイディプス的な悲劇を脱臼させる方向へと逸れていった。それは中上の意識においては、現代における古典悲劇の不可能性の自覚、それゆえのポストモダン的な「物語の批判＝脱構築」の実践だったかもしれないが、しかし、方向に偏差をもたらしたのはもっと無意識な、物語＝語り物の重力の作用であったかもしれない。現に『千年の愉楽』の夭折する若者たちの物語は説経節「愛護の若」の世界に近い。

悲劇はもはや不可能である。しかし、物語＝語り物ももはや不可能なのだ。恩寵の希求と失寵の自覚と、誘惑と抗争とがここでもせめぎ合う。

だから、中上健次のペン軸は恩寵に満たされた神籬ではありえない。彼はテーブルの上に腹這いになって、縦罫だけの用紙に顔をくっつけるようにして小さな文字を書き記す。彼はその姿を、棟方志功が版画を彫っている姿にそっくりだ、と自分で思う。「考えてみれば、タイプライターを使用する外国の作家と正反対の姿勢なのだ」。彼には距離がない。彼は文字に近すぎる。

「私の夢は、谷崎純一郎がやったような巻紙に墨で字を書くという日本文本来の方法で小説を書くという事だ」とも彼はいう。だが、現実の彼は「使っているのがプラチナ万年筆の千五百円の一等固いやつで、筆圧をかけて書くものだから、コツコツ、カリカリという震動が手から頭に伝わり、すでにとっくに軽い脳震盪にかかっている」。

墨を含ませた柔らかい筆の穂先を白い紙面に滑らせるエロチックな愛撫に似た快楽はここにはかけら

もない。固いペン先で「コリコリ、カリカリ」と紙を引っ掻くこの書字方法は、むしろ、「毒虫ザムザ」の作者が書いた別な短篇の書字機械に似ている。荒涼たる「流刑地」に据えられたその書字機械は、裸にした罪人の背中に鋭い針の先端で判決文の文字を刻み込み、刻み込むことによって罪人を処刑するのだった。罪の宣告自体が処刑であるこの書字機械は、「父」なる神の創設した「法・制度」そのものの無骨な具現である。なめらかな裸身に筆で経文の文字をびっしりと書かれながら若い琵琶法師が味わっていたかもしれないマゾヒスティックな法悦や愉楽とは正反対の、サディスティックで残酷な刻字機械。文字を刻まれる長時間の苦痛にうめき続けた罪人たちは、それでも、最後には恍惚の表情を浮かべて息絶えたものだった、と処刑執行責任者はいう。「父」の審きはそのまま「父」の恩寵である。だが、現代の作者たるカフカは、その機械がついに狂い壊れて自走する場面まで書いたのだった。

夭死する若者たちがオリュウノオバという永遠にして「母」（＝死者としての「妣《はは》」）なるものに抱きとられる恩寵としての物語を語りながら、このとき、中上健次は、まるで、冷酷な「法・制度」としての物語の刑の執行者であるかのように文字を書いていたのである。ここでも中上は、語ることの恩寵と書くことの失寵とに、あるいは物語＝語り物と小説とに、深く引き裂かれたドラマを、自己一身の身をもって演じていた。

アイロニーによって身を護る術のない中上健次の「毒虫ザムザ」のごとき重量級の図体は、やがて、荒涼たる失寵の世界へと真っ先駆けて突き進んでいくことになる。その軌跡も含めて、中上健次は紛れもない現代の作者だった。

「図書新聞」二〇一三年三月十六日号

追悼・秋山駿

I

秋山駿が死んだ。八十三歳だった。誰にもいつか訪れるものが訪れただけだ。そう思いたいが、空虚感をどうしようもない。

秋山駿は敗戦時に十五歳。氏が好んで引用した詩人ランボーの言葉を借りれば、「出水の後の河原石」のように、敗戦という大洪水がすべてを押し流したあとの河原に放り出されたごろた石みたいな生存だ。まるで無用の石ころ。だが、この石ころが考える。それが秋山駿の原点である。

そこは廃墟だが、新生の可能性に開かれた、いわば「ゼロ」の場所である。そして、十五歳の少年は無一物にして無知である。少年はこの「ゼロ」の場所から歩きだす。歩きながら考える。考えながら幾度も問う。「ゼロ」の生存にとって最も根本的なことを。この私はいかに生きるべきか。そもそもこの「私」とは何か。

文学史的に整理すれば、秋山駿の批評は、モンテーニュやパスカルからヴァレリーに至るフランス・モラリスト風のエッセイの系譜に連なるものだ、といえるだろう。モラリストとは、人生とは何か、いかに生きるべきか、という問いを中心に、形而上学や理論体系や政治イデオロギーに依存せず、いわば素手で物事をつかみ取って考える人々のことである。

だが、特に私が強調したいのは、この戦後日本のユニークなモラリストの批評の根底に、最初期の犯行論「内部の人間の犯罪」から、最晩年のユーモアを含んだ人生的な所感『「生」の日ばかり』に至るまで、十五歳の少年の問いが生きつづけていたことだ。問いはいつまでもみずみずしい鮮度を保ったまま、切っ先を鈍らせることなくきらめいていた。これは稀有なことだ。私は、氏の批評文の中に生きている十五歳の少年を最も愛する。

日本の批評の文脈でいえば、秋山駿は小林秀雄をずっと尊敬していた。文壇デビュー作も小林秀雄論だった。だが、同時に氏には『知れざる炎』という優れた中原中也論もある。

その中原中也が、若い日に、友人・小林秀雄の「ヴァニティ」、つまり知的虚栄心を批判したことがあった。文学の知的分野、理論分野担当という性格をもった批評家にはどこまでも「ヴァニティ」が付きまとう。それに対して、中原中也は、自分を武装するための「方法（＝理論）」などいらない、大事なのは「この魂」の飾らない純度を保つことだけだ、と考えた詩人だった。

その意味で、秋山駿は、中原中也の「魂」をもちながら批評の道を歩き通した批評家だった。氏の「魂」よ安かれ。

共同通信配信　「東奥日報」二〇一三年十月十二日ほか

II

秋山駿が死んだ。八十三歳。訃報に接してしばらくしてから、どうにもならない空虚が生じた。この空虚は、まずは私一個のものだ。

私が大学に入ったのは一九七二年、連合赤軍事件の後で学園闘争の終焉期だったが、それでも余燼はまだ根強くくすぶっていた。学生寮という逃げ場のない場所にいた私は、周囲に吹き荒れる政治の言語に対して自分の孤塁を守る言葉を必要としていた。それはたんに逃避的な言葉ではなく、他者の言説を撥ね返す鋼のような言葉、自分を一点に垂直に立たせるための錘のような言葉でなければならなかった。その必要の中で、私は秋山駿の言葉に出逢った。

私はそのころすでに小林秀雄を読んでいたし、その前後には江藤淳も読み吉本隆明も読んだ。だが、彼らの言葉は、その「社会性」のゆえに、かえって私を支えるための十分な力をもたなかった。私は「社会性」のかけらもない秋山駿の言葉によって私を支えつづけたのである（もっとも、大学生活を生き延びるためにすがったはずの秋山駿の言葉は、結果的に、その後の私をひどく生きにくくさせてしまうことになるのだが）。

私が秋山駿から学んだことの一つをわざと乱暴にいってみれば、批評に教養など必要ない、ただ問う力があればよい、ということだった。

何度か聞いた話だが、彼がデビューして間もない一九六〇年代初めごろ、夏になると批評家同士が「次は軽井沢で」などという挨拶を交わすのだそうだ。一人きょとんとしていると、「おや、君は避暑には行かないのかね」。当時、批評家というものは夏には避暑地で別荘暮らしをするのが当たり前だと思っている育ちの良い教養人・文化人たちだったのだ、というのである。ならば秋山駿なぞは、「教養人・文化人」の中に紛れこんだ野蛮人みたいなものだったろう。その野蛮人が、「教養」や「文化」で分厚く塗り固めた屋根に穴をあけて、批評を青天井の下の営みへと解放してくれたのである。つまり、私などが文芸批評の世界で呼吸できたのも秋山駿のおかげだということだ。

問いは答えを欲する。批評家は通常、問いを解く人（作品を解釈する、新しい理論によって新しい解答を提出する）、また説く人（説明する、説得する、主張する）だと思われている。だが、秋山駿はどこまでも問う人でありつづけた。批評とは問うことであり、解く＝説くことは二義的なことにすぎない、とでもいうかのように。

もちろん、彼の根底的な問い、「私とは何か」という問いに解答などないからである。彼はその問いを、廃墟の中に投げ出された敗戦時の彼の年齢に即していえば十五歳の少年のように、彼の好んだヴァレリーに倣っていえば「知的クーデター」の年齢たる十八歳の少年のように、いわば中学生式に、あるいは高校生式に、飽くことなく反復した。最初期の犯行論から最晩年の『「生」の日ばかり』まで、少年の問いは生き生きと更新されつづけている。違うのは、初期には全霊賭けた刃のような鋭さであった問いの身ぶりが、晩年にはすでに「生きてしまった」者としての自己卑小化のユーモアを伴っていることぐらいだ。八十歳の言葉に十五歳の声が響くとは、驚嘆すべきことではないか。

もちろん「私」とは何かという問いは、小林秀雄の自意識の問いを継承している。秋山の『プルターク英雄伝』への偏愛や時代小説好みも、小林が自意識の対極に置いた「実行家」の像に対応するものだ。

しかし、秋山駿はむしろ「内部の人間」たる中原中也に近かった。中原は小林秀雄の「ヴァニティ（知的虚栄）」を批判して「この魂はこの魂だ」と書いたことがあったが（「小林秀雄小論」）、秋山駿もまた、批評の道を選びながら、批評というものに潜む「ヴァニティ」を嫌った批評家だった。彼が「中学生式」の問いを更新しつづけたのは、中原と同じく、「この魂」の純度と鮮度を保ちつづけるためだったはずである。

秋山駿の「魂」よ安かれ。

「図書新聞」二〇一三年十月十九日号

Ⅲ 「魂」を更新しつづけた人

以前、本誌「群像」で「批評の言説／言説の批評」（『批評の誕生／批評の死』と改題して単行本化）を隔月で連載したことがあった。小林秀雄から柄谷行人まで九人の批評家の「宿命＝悲劇」の軌跡を数珠つなぎの「列伝」風に書いたのだが、その七人目に秋山駿を取り上げた。

終了後、連載をずっと読んでいたという奇特な学生に会った。毎回、次は誰だろうと仲間内で予想しあっていたそうで、秋山駿だけはみんな予想がはずれた、あれは意外だった、と言われた。私は苦笑するしかなかった。

なるほど彼らには意外だったろう。時代の中で重要な役割を演じた批評家たちは他にたくさんいた。しかも相手は、柄谷行人や蓮實重彥の演じて見せる高度な「理論」や「方法」に魅惑されていた学生たちである。だが、批評というものを「解き方」の問題としてではなく、各自の「宿命」に発する「問い」の実践として見る眼には、秋山駿ほど重要な批評家はいないのである。

私は彼に一つのエピソードを紹介した。

あるとき秋山駿が、赤ん坊に重い障害のあることがわかって苦しんでいる若い父親に、少し開けた窓のそばに寝かせて放置してみてはどうか、とまじめに提案した。自力で体温調節のできない赤ん坊は微風にも体温を奪われて死に至る、それなら赤ん坊も苦しむことなく、君たちもただの「過失」として罪に問われずに済むだろう、と。むろん提案は却下された。今度は学生が苦笑する番だった。

二〇〇〇年の五月に殺人で逮捕された十七歳の少年が「人を殺してみたかったのだ」と語ったと報じられて話題になっていた。ちょうどその頃のことだった。

「人を殺してはなぜいけないのか?」少年たちを殺人へと駆り立てるこのあどけなくも過激な問い。私は後に、一九九七年の「酒鬼薔薇聖斗」の殺人に始まる一連の少年たちの犯行を「中学生式」の殺人、と呼ぶことにした(『暴力的な現在』)。

つまり私は、その学生に、秋山駿の批評には現代の少年殺人者たちとよく似た「中学生式」の問いがある、と言いたかったのである。「中学生式」の問いは未熟にして滑稽だ。しかしそれは、社会の規約の底板を平気で踏み抜いてしまう。
秋山駿は敗戦時に十五歳だった。「私は自分を戦争から抛り出された小さな野蛮人のように感じていた。」（「小林秀雄の戦後」）いっさいの社会規約が壊れて瓦礫となった世界に、この「小さな野蛮人」は抛り出されたのだ。その瓦礫の街で「私は一つの石塊を拾った」と彼は書く。そう書き記す彼の「ノート」だって、やっぱり瓦礫の街で拾ったものだ。

『歩行と貝殻』以来、秋山駿は何度も何度も「ノート」の言葉に立ち帰って長編エッセイを書いた。「ノート」に帰るとは「中学生式」の問いに帰るということである。

最晩年の『「生」の日ばかり』もまた、こう書き出されていた。

「とうとう、もう一度戻らねばならぬ。少年の日の自分の内部《なか》へ、古いノートの中へ。」

七十八歳にして、「少年の日」の内的な言葉へ戻らねばならぬ、生の根本的な必要において戻らねばならぬ、と切実に思い、実行する。「成熟」も「老熟」もありはしない。滑稽なことかもしれないが、この滑稽が秋山駿の非凡さである。

秋山駿は戦後の廃墟が生んだ特異なモラリストだった。だが、このモラリストの思索は、幾度も原点としての「ノート」に立ち帰りながら、しかし、すこしも深化したり発展したり体系化したりはしなかった。問いはつねに切れ切れの断片のように反復された。反復するしかない性質の問いだった。

秋山駿の思索の軌跡は、「私」とは何か、と問うその問いの垂直性が、「人生」とか「社会」とかいう水平性の作用によって徐々に浸食されていく過程だったように見える。問いの切っ先が摩耗していくのだ。

だからこそ、彼は幾度でも「ノート」に帰らなければならなかった。答えを求めてではなく、ただ問いだけを更新するために。問いを更新することで「魂」の鮮度を更新しつづけるために。

「自分に、方法を与へようといふこと。これが不可《いけ》ない。どんな場合にあるとも、この魂はこの魂だ。」（中原中也の日記　一九二七年一月十九日）

中原中也はこの頃、若き小林秀雄の「ヴァニティ」を批判していた。「ヴァニティ」とは「方法」や「理論」によって自己を武装する知的虚栄心のことである。だから「ヴァニティ」は批評の初発の根に潜んでいる。それに対して中原は、いっさいの武装を放棄して、ただ「魂」の純度だけを求めたのだ。

秋山駿は中原中也の「魂」をもちながら小林秀雄と同じ道を選んだ批評家だった。

どんな「魂」も肉体に閉じ込められてこの地上を生きるしかない。『「生」の日ばかり』には、老いゆく肉体という「自然」に追い詰められながら抗い、抗いながら徐々に「和解」を模索する「魂」の、苦しい日々が赤裸に記録されている。若年の日に秋山駿の「問い」に刺し貫かれたこの私の「魂」にとっても、それは切実な記録である。

秋山駿の「魂」よ安かれ。

「群像」二〇一三年十二月号

Ⅳ 「内部の人間」の和解

十月三日に秋山駿の訃報に接した数日後、「監修／秋山駿・勝又浩」による『コレクション 私小説の冒険1 貧者の誇り』（勉誠出版）という本が届いた。壷井栄「初旅」から西村賢太「一夜」まで十二篇の短篇を収めたアンソロジーである。「平成二五（二〇一三）年六月」と記された巻頭の一文「監修者から」は秋山駿と勝又浩の連名になっているが、実際は勝又浩の文章のようだ。秋山駿がどの程度参画していたのか知らない。たぶん、このシリーズの全体が、実質的には、勝又浩と勝又の主宰してきた「私小説研究会」の手に成るものだろう。

秋山駿は小説、ことに私小説が好きだった。ほんとうのところ、私にはそれがよく理解できなかった。私小説は私生活を描くが、内的で抽象的な「私」は私生活と背馳する。生活のことなど召使どもに任せておけ（リラダン）、という貴族の信条は「内部の人間」の信条でもある。「内部の人間」は召使なき貴族である。学生時代からのこれが私の信念だった。だから、「内部の人間」の偉大な先達である秋山駿がなぜ私生活の記述に終始する私小説などを面白がるのか、どうにも不思議だったのだ。

秋山駿は時代小説も好きだった。こちらは理解できた。私も時代小説が好きだった。

時代小説には「型」をもった生と死がある。それは一切の「型」が瓦礫と化した敗戦後の生の対極にあるものだ。つまりそれは「石ころ」の生の対極にある美学化された生である。しかも剣はつねに死の自覚を突きつける。死の自覚は黒い光源となって私生活の水平面を垂直に切り裂く。「内部」はこの黒い光源に照らされて出現する。

むろん時代小説の人物たちは「内部の人間」などではない。彼らはその黒い光源に向けて躊躇なく跳躍する行動家たちである。その意味で、剣によって生き死にする彼らは、小林秀雄が自意識的な「私」の彼岸に想定した「実行家の精神」の体現者なのでもあった。秋山駿にとって、織田信長はそういう「実行家の精神」の極限的なモデルだった。

『信長』は秋山の本の中で例外的に広く読まれたらしい。私はその『信長』を読まなかった、と思っていた。贈ってもらって本棚に立てたままずっと放置していた、と思っていた。だが、雑然とした書棚から取り出して開いてみたらところどころ棒線が引いてあった。では私は読んだのだ。読んだのに読んだこと自体を忘れていたのだ。それほど『信長』は私には無縁の本だった。

「内部」の始末に困じ果てた「内部の人間」は「内部」の彼岸を希求する。私は神話や昔話が好きだった。神話や昔話には人間はいるが「私」はいない。人間はただ宇宙的な巨大な構造の作りだす無意味な項として泣いたり笑ったりしているだけだ。私は「私」のいないその世界が好きだった。

行動家・実行家への関心は他人たちが構成するこの世の中への好奇心を生み出す。秋山駿の私小説好きも、彼が他人たちというものに生き生きとした好奇心をもちつづけていたことを示すものだ。たぶんそこには、自分と同じ人間の形をしながら自分と異なる仕方で生きている奇妙な生き物を見るのにも似た好奇心も働いていただろう。人間や社会に対する秋山の好奇心にはいつも、子供みたいに無邪気で滑稽な感触があった。

一方、はなから「私」のいない神話や昔話は眼前の人間や社会への無関心を深めるばかりだった。それが私と秋山駿との決定的な違いである。（ああ、しかしこんな私だって時おりは他人たちを心からなつかしく思わないことはない。柳田国男の民俗学が親しく私に呼びかけるのはそんな時だ。）

十二月二日の夜、東京会館で「文壇」主催の告別式のような会合が開かれた。帰り際に手渡された小さな紙袋には主催者たちの心にくいはからいで三つの品が入っていた。

一つは秋山駿の犯行論を集めた講談社文芸文庫『内部の人間の犯罪』。二〇〇七年刊行のこの文庫本は私が企画したもので解説も書いた。体調があまりよくないと聞いていたので収録エッセイの大まかなリスト案を私が作り、秋山さんが取捨し補足したように記憶している。

二つ目は「二〇一三年十二月五日第一刷発行」の『私の文学遍歴——独白的回想』（作品社）。これは一九九五年から九七年まで雑誌「二十一世紀文学」に載せた談話三本に二〇一三年六月の談話を加えて一冊にまとめたもの。中学生だった敗戦直後の回想や早稲田大学時代の文学青年の生態など、特に面白い。いや、それ以上に、この談話筆記が秋山駿の口調をよく写し出していて、実になつかしいのだ。

三つ目は「群像」に連載していたエッセイ「『生』の日ばかり」の最終回（二〇一三年四月号）のコピー。『私の文学遍歴』の巻末年譜によれば、「二月下旬脱稿のこの原稿が最後の執筆となった」。

たしかにこれは読者への、この世界への、別れの挨拶だった。

朝が来た。

「静か」だった。世はなべて事もなし、といった感慨を一幅の絵にしたように、静謐であった。

その一幅の絵のようなものを、抱きしめてもいいような心持ち、を味わった。

その十数日後。

昼間、三角机から、外の景色を見ていた。沢山の洗濯物、家々、その屋根、その窓、通る車。——つまり、外の世界があり、外の生活があり、「暮らし」があった。

それを見ながら、わたしは、一言、言いたいことがあった。——「さようなら」。

二〇一三年年始のことだ。団地の十四階の一室から眺める「外の世界」。ここには世界との和解がある。ベッドに横たわって隣家の煉瓦壁ばかりを見つめながら世界との和解を拒んでいた肺病病みのイッポリートの場所から歩き出した「内部の人間」は、とうとうここまで歩いてきたのだ。一人称さえ硬く閉じた「私」ではなく、ひらがなでやわらかく開いた「わたし」である。

『信長』を書棚に返した私は、秋山駿のノートを初めて公刊した『地下室の手記』(徳間書店・一九七四年刊)を開く。そして、その三ページ目にこんな記述を見つける。

《私は、自分がすっかり弱くなってしまって、浄らかで、ほとんど常にほほえむようなのを知っている。こころにしみいるような悲惨と明るい徳を思うことが、私の衰弱を徴候的にしている。(略)聖らかなものが、やさしく、あたかも至高の安静のように告げてくるならば、それは私の絶え入るようなときだ。》

一九五四年のノート、秋山駿二十四歳。「以下は大きなかっこをつけよう、これは本質的にこのノートとは反対のものである。」（傍点原文）と前置きされて書かれた部分である。「内部の人間」は世界との非和解的な異和を糧として生きるものなのだ。だが、ここにはすでに明確な予感がある。それから六十年、まさしく「絶え入るようなとき」の「衰弱」が「かっこ」を外したのだった。

　だが、それはほんとうに「和解」の挨拶だったろうか。死病となったのは食道癌だったが、『私の文学遍歴』の巻末年譜は、九月十四日に激痛を訴えて鎮痛剤を処方してもらったものの、十月二日の死に至るまで鎮痛剤はほとんど服用しなかった、と記している。それは、痛みこそ己れの畸型の生の固有の徴とみなして、肉に刺さった棘を抜くまいとするドストエフスキーの地下室の男にも似た意志の表明ではなかったろうか。

ごろた石のぬくみなつかし河原菊　　ときを

「文芸思潮」第五四号／二〇一四年一月

情報と文学

「爪と目」で今年上半期の芥川賞を受賞した藤野可織は「受賞のことば」（「文藝春秋」九月号）を「小説は情報だということをいつも意識している」と書き出していた。「情報という語の、少しだけ遠くて無機質な印象を、私は大切に思っている」

違和感はあったが、いかにも現代的だ、という気もした。小説という最も人間臭いものに対して、熱くて近い関係よりも冷えた遠い距離を保とうとする姿勢が現代的なのだ。受賞作も不倫やトラウマや義母と娘の葛藤といった生臭い世界をなるべく生臭さを消して書こうと工夫した作品だった。

文学の世界に自分の居場所を作ろうとしているひとりの作家の方法論としてはそれでよい。文芸批評家としての私は、藤野の方法の行方を興味深く見守りたいとも思う。だが、問題はその先にある。

たしかに極論すれば、小説を構成する言葉はもちろん、人間の経験するいっさいは五感を通じて心に入力される情報である。だが、そう考えるとき、我々はすでに、心というものをコンピューターや電子頭脳をモデルにして考えている。心は外部からの入力情報を計算処理して感情や思考を出力する、というわけだ。こういう考え方は今後ますます広まるだろう。現に最近では「心」と呼ばずに唯物的に「脳」と呼び始めている。「心」はそのうち死語になるかもしれない。

だが、ほんとうにそうか？

毎日のニュースが悲惨な事故や事件を伝える。すべては情報だ。しかし、よその国での百人の死は情報でも、自分の愛する者の死は情報では済まない。その衝撃と悲しみは自分の心そのものに深く喰い入って切り離せないからだ。そのとき、我々はうろたえ、居ても立ってもいられなくなる。電子頭脳ならそれは故障であり狂いである。だが、心にとってはそれが正常なふるまいである。

よその国の誰かの死だって、その人や死の状況を詳細に知れば知るほど、ただの情報だとはいえなくなる。その誰かが名前をもち顔をもち心をもつ人間として生き生きと浮かんでくるにつれて、我々の心はその誰かに感情移入し始める。感情移入とは他人の身になること、他人の心になることである。その人の悲しみを自分の悲しみとし、苦しみを苦しみとして感じることである。

もちろんそれはただの想像、錯覚かもしれない。他人の心など究極的には知りえないのだから。だが、そういう「究極」は「人は究極的には死ぬものだ」というのと同じ「究極」である。むしろ、人には想像し錯覚する能力がある、と考えた方がよい。

小説とはこの想像と錯覚を糧として生きるものだ。作中人物に読者の心を同一化させるところに小説というものの根本的な力はある。その意味で、小説はただの情報ではなく、人間というものを心の内側から描き出すことで感情移入を促すメディア、共感や共苦を促すメディアなのだ。

本居宣長が物語（文学）の本質論として述べた「もののあはれを知る」ということも、実は同じことだ。理想化された作中人物に感情移入することで、読者は、「よき人」というものが、どんなとき、どんな状況で、どんな「あはれ」を感じるものかを学ぶのである。「学ぶ」の語源は「真似ぶ」、模倣することである。頭（脳）で対象化して認識するのではない。心そのものが作中人物の心に同一化していっしょに動き、ふるまい方や感じ方を身につけるのである。

十月の初め、私の敬愛する文芸批評家・秋山駿の訃報が届いた。秋山駿の重要な仕事の一つに犯罪論があった。

私は秋山駿の初期のエッセイを通じて、十八歳の殺人者・李珍宇のことを知った。極度の貧乏と差別に打ちひしがれた在日朝鮮人の青年は、五十五年前、二人の若い女性を絞殺した。彼は獄中で支援女性に宛てた多数の書簡を遺していて『李珍宇全書簡集』（新人物往来社）という単行本にまとめられている。獄中の彼は取り返しのつかない苦悩の中で、幾度も事件を反芻する。しかし、たしかに自分が殺したにもかかわらず、自分が殺したという実感が「ヴェールを通してしか感じられない」、と繰り返し書いている。自分の犯罪を情報として頭（脳）では認識できても心で感じられない、というのだ。自分の行為さえ自分のものとして実感できない彼に被害者女性の苦しみを実感できるはずがない。そのことこそが彼の苦悩の中心だったのである。

その彼があるとき、人気のない夜道をひとりで帰宅する支援女性の姿を思いやって心配していた際に、それが被害者女性が自分に襲われた状況によく似ていることに不意に気づく。そのとき彼は、被害者女性のことが「今までにないほど強く心に感じられた」（一九六二年八月七日付書簡）と書くのである。死刑執行の三か月前のことだ。

外界から疎隔されていた彼の心は、支援女性と被害者とを想像の中で同一視することで、初めて感情移入ということを知ったのである。そして、そのとき初めて、彼の心は、被害者女性の苦しみに向けて、他者との共感共苦の可能性に向けて、開かれたのである。

秋山駿の訃報から数日後、「秋山駿・勝又浩」監修の『コレクション　私小説の冒険1』（勉誠出版）という本が届いた。「貧者の誇り」というテーマで選ばれた十二の短篇の中には、福島県の貧しい開墾農民の暮しを描いた吉野せいの名作「洟をたらした神」も入っている。小説も情報だ、などと思ってみたこともないであろう作者は、魂を刻みつけるように文章を刻みつけている。その末尾、手作りのヨーヨー遊びに熱中する幼い息子の姿を描いてこう記す。「それは軽妙な奇術まがいの遊びというより、厳粛な精魂の怖ろしいおどりであった。」このとき、文は情報などではない。「文は人なり」というごとく、文章は丸ごと吉野せいという人間である。

「聖教新聞」二〇一三年十二月十七日

＊末尾の一段落は字数の制約で掲載時には削除した。

卵食ふ時口ひらく

昨年のゴールデン・ウィークにこんな句を作った。「肉を炙れ原発も売れ躑躅炎《も》ゆ」躑躅咲く小公園で若者たちがバーベキューに興じていた。同じころ、首相・安倍晋三は中東を歴訪しつつ原発セールスを展開していた。

今年四月に武器輸出が事実上解禁された今、この句は次のように改作しなければなるまい。「武器を売れ原発も売れ躑躅炎ゆ」――これでは川柳だ。

戦後保守陣営の念願だった何でも売れて戦争もできる「ふつうの国」が実現しつつある。俗でさもしい「ふつうの国」だ。原発再稼働も武器輸出解禁も集団的自衛権も、アメリカの要請に迎合したものらしい。「ふつうの国」の「積極的平和主義」はアメリカの戦略に「積極的」に従属する。戦後保守派ナショナリズムにつきまとう皮肉である。

広島と長崎の平和記念式典での安倍の演説文章のほぼ半分が昨年の演説原稿の「コピペ」だった。儀礼的挨拶文だから使いまわしでかまわない、という判断だろう。

土地への「挨拶」は俳句の中心機能の一つだが、俳句の「挨拶」は「一期一会」のものでなければならない。

広島や卵食ふ時口ひらく　　西東三鬼

昭和二十二年、広島を訪れて詠んだ「有名なる街」と題する連作中の一句である。卵（昼食用のゆで卵だろう）を食うとき口が開くのは当たり前だ。だが、当たり前のことをわざわざ詠むのは当たり前でない。無意味が意味を帯びようとしてもぞもぞうごめいているような気配がある。それが不気味だ。

原爆投下から二年の広島。言葉もなく、口も開けなかったが、今ようやく口を開く、しかし言葉を発するためでなく、ただ何ものかを呑み込むために、という含意を読める。連作中には「広島に林檎見しより息やすし」もある。

だが、そのような「意味」に回収される一瞬手前で、この句は不気味なのだ。了解が不全なまま、卵の形に黒い洞窟のような口がぽかりと開く。「不気味なもの」は「意味」の象徴秩序に回収できない了解不能性から生じる。

もちろんこの「不気味＝無意味」は「広島」という固有名の力と不可分である。作者はそれを自覚しているから「有名なる街」というアイロニカルなタイトルを付けた。対して山本健吉は、「no more Hiroshima」といったスローガンへのもたれかかりがあると批判した（『現代俳句』）。文学的保守主義者らしい反応だ。だが、山本の政治嫌悪と見える反応の方がよほど過敏に「政治的」である。

「広島」をも「ふつうの」俳句的日常に籠絡せよ、と山本は言いたかったのだろう。しかしそれは、セシウムやプルトニウムを日常の中に籠絡せよ、と言うのに似ている。文学的保守主義が抱え込んだ皮肉である。

「てんでんこ」第五号／二〇一四年九月（句集『天來の獨樂』に収録）

密室化する現在

昨年夏、長崎県佐世保市で高校一年の女子生徒が同級生の女子生徒を殺害するという衝撃的な事件があった。加害者は家族と離れて近くのマンションで一人暮らしをしていたという。一報を聞いた時、詳細を知らぬまま、ああ、この少女は自分だけの「個室」を、カギのかかる「密室」を、持っていたのだな、と思った。その「密室」で妄想と殺人衝動がとめどなく膨らんでしまったのだろう、と。

日本人の自我のあり方は日本家屋のあり方に似ているという説がある。石やレンガでできた西洋の家屋は外界から隔離され、各自の居室もしっかりと仕切られて内側からカギがかかる。対して、木と紙で造られた日本家屋は外界との隔離も不完全なうえ、内部を仕切る障子や襖も開け閉め自由で取り外しも可能だ。西洋の家屋は自我という「密室」の価値を主張する個人主義の思想を育んだが、日本人の自我は日本家屋のように仕切りがあいまいなままだ。日本の伝統家屋を「弱々しい家屋」と呼んだ柳田国男に倣っていえば、日本人の自我は「弱々しい自我」である。

個人の自由を求める近代の思潮は、そのまま、生活レベルで個室を欲する欲望とつながっている。近代日本人はずっと個室生活を求めてきたのだ、とさえいえる。関東大震災で古い家屋が焼失した後にはアパート暮らしが広まったし、戦後の高度成長期には団地ブームがあった。アパートも団地も、どんなに狭苦しかろうが、私生活を外部の視線から遮断してくれるその密閉性、密室性が魅力だったのである。

そしていま、日本社会の個室化、密室化はその頂点に達したようだ。我々は共同社会の相互扶助を失った代わりに相互監視のうっとうしさからも解放された。各自は各自の密閉された個室で個人としての内密な私生活を享受できる。安全管理のための監視は人間の代わりに防犯カメラがやってくれる。

では我々は、近代日本人が求めつづけてきたものをほんとうに手に入れたことになるのだろうか。そしてまた、日本人の「弱々しい自我」はほんとうに密室化に耐えられるのだろうか。

北村透谷は、明治二十五年(一八九二年)、「各人心宮内の秘宮」という文章を書いた。そこで透谷は、心というものを「宮」(宗教的な神殿)にたとえてこう書いた。「心に宮あり、宮の奥に他の秘宮あり、その第一の宮には人の来り観る事を許せども、その秘宮には各人之に鑰《かぎ》して容易に人を近《ちかづ》かしめず」

心という神聖な神殿の「第一の宮」には他人も入れるが、さらに奥のカギのかかった「秘宮」には他人は近づけないのだ、という意味である。透谷によれば、「密室」は、ほかでもない、我々の心の奥にある。

もちろん心は外からは覗けないが、喜怒哀楽や不安や配慮のほとんどは、外からの刺激に対する反応である。その意味で、いつでも心に他人は入り込んでいる。それが「第一の宮」である。それに対して、内奥の「秘宮」は、いっさいの社会的関係から隔離されて孤絶した「密室」である。その「秘宮＝密室」において人は孤独に自己を見つめ、ついには神と出会うのだ、と透谷は考えた。

こんなふうにいいかえてもよい。「第一の宮」は「いかに生きるか」という社会的な人生に関わり、「秘宮」は「なぜ生きるか」に関わるのだ、と。

つまり、自分はなぜここに存在するのか、存在することに意味はあるのか、そういう問に直面するのがこの「秘宮」なのだ。だから、「秘宮」において人は、存在に意味を与えてくれるはずの神や仏という超越者を呼び求める。

しかし、神や仏が現れなければ、人は生の意味を失ってニヒリズムに陥ってしまう。それどころか、佐世保の少女のように、神や仏の姿を装って悪魔が現れるかもしれない。「秘宮＝密室」はそういう危険な領域でもある。

たしかに日本人は、ようやく個室で気ままに暮らす自由を手に入れた。しかし、そのとき我々は、たぶん、「弱々しい自我」のまま、この危険な「秘宮＝密室」に直面してしまったのである。老人たちの「孤独死」もその現れなら、ケータイやスマホでしょっちゅう「つながり」を確認せずにいられない若者たちの孤独恐怖もその別な現れである。近頃の「国家」礼賛の言説にもそれを感じる。

先日、秋葉原で多数の人々を殺傷した男に死刑判決が下った。個室どころか、安定した居場所も持てない暮らしをしていた彼は、携帯メールで書き込むネット上の掲示板を「私の唯一の居場所」と呼んでいた。そこで彼は、孤独な心のつぶやきを直接、名前も顔も知らない誰かに届けようとしていたのだった。そして、その唯一の「つながり」が断ち切られた時、あの凶行に及んだのである。

彼はたぶん、社会から追いつめられて仕方なく「密室」に逃げ込んだのだろう。だが、彼には「密室」の孤独に耐える力がなかった。むしろ彼は自分と向き合うことを恐れたのだ。殺された人々の無念は察するに余りあるが、殺した彼も無残である。

我々はふだん心の「密室」に気づかないふりをしているが、いつ追い込まれないとも限らない。そのとき、我々の大半は、神にも仏にも、悪魔にすら、出会えないまま、この「密室」の孤独に耐えなければならなくなるだろう。耐えるための万人向けの方法など誰も知らないのである。

「聖教新聞」二〇一五年三月五日

追悼・車谷長吉

私は車谷長吉氏に二度お会いしたことがある。

一度目は一九九二年の十一月ごろ、新宿の小さなバーで開かれた単行本『鹽壺の匙』の出版記念会だった。

そのこぢんまりした祝いの席に私が招かれたのは、その年三月号の雑誌に短篇「鹽壺の匙」が発表された時、担当していた文芸時評と「群像」誌上の創作合評で私が強く推したのを徳として下さったからだった。「バブル景気」と「ポストモダン」の浮かれ騒ぎの直後の「鹽壺の匙」の出現は、私には、「神武景気」のさなかでの深沢七郎「楢山節考」の出現にも比すべき文学的事件だと思われたのだが、世評はさほど芳しくはなかったようなのだった。

世評はどうあれ、「楢山節考」が「戦後」と「近代」の底を踏み抜いて土俗の伝承を汲み上げたように、曾祖父以来百年の家系の伝承を掬い取った「鹽壺の匙」にも、苛烈な民衆言語が随所で砂金のようにきらめいていた。それは「バブル」や「ポストモダン」といううわべを飾って膨れ上がった虚飾の底を踏み破る言葉だった。

単行本の帯には「反時代的毒虫としての私小説」と謳われ、「あとがき」には「書くことは救済の装置であると同時に、一つの悪である」「凡て生前の遺稿として書いた」「書くことはまた一つの狂気である」と記されていた。

文学が商品化されていく時代に、文学の「悪」を引き受ける凄絶なこの覚悟において、氏はまさしく「反時代的」だった。単行本は大きな賞を受賞して氏はたちまち人気作家になったが、以後も、氏はこの「反時代的」な覚悟に徹しつづけた。

慶応大学を卒業しながら長く下層社会を漂流する歳月をもった氏は、なにより虚飾と偽善を嫌う人だった。その態度が小説に及ぶとき、氏の「私小説」の「毒」は自分を傷つけ他人を傷つけた。

二度目は二〇〇四年の一月下旬だった。それまで書簡のやりとりもなかったのだが、会いたいという電話をいただいた。新宿の居酒屋で飲みながら、実は「私小説」をやめるつもりだ、と言われた。それはよいことです、と私は即答した。そもそも「鹽壺の匙」を「私小説」的にではなくいわば「民俗学」的に読んでいた私は、氏の小説が暴露的な「私語り」に偏っていくことに疑念と危惧を抱いていたのである。

すると氏は、おもむろにカバンからワープロ打ちの原稿の束を取り出して、これをこの場で読んでほしい、と言われた。すでに一時間以上も酒を酌み交わしたあとのことである。とまどう私に氏はつづけた。「私小説」の最後の作としてこれを発表したいのだが、これも人を傷つけてしまう小説だ、発表すべきかどうか意見を聞きたいのだ、と。

私も覚悟を決めてその場で読んだ。奥さまとの結婚に至る経緯が中心で、誰より傷つくのは奥さまだろうと思われたが、多くの作家や評論家が実名で登場し、ある評論家が「鹽壺の匙」初出時にはけなしておきながら氏が人気作家になるや態度を豹変させたこと等々も暴露されていた。

読み了えた私は否定的な見解を申し述べた。氏は一言も抗弁されることなく原稿をカバンにしまった。その年末、氏は「私小説作家廃業」を公式に宣言した。

氏はこぎれいな市民社会になじめない人だった。氏の小説も市民社会の商品にはなじめない小説だった。私は氏の仕事のなかで、単行本『鹽壺の匙』や『漂流物』に収められた短篇群が特に好きである。どんなにやさぐれうらぶれた世界を語っても、不思議な詩情をたたえていた。民衆言語の深い地下水脈から汲み上げられた詩情である。

「東京新聞」二〇一五年五月二十一日

補遺：車谷長吉「鹽壺の匙」

あらすじ

「私」は母親の次弟・宏之叔父のことを語ろうとして、幼い「私」がたびたび訪れた母方の実家「吉田の家」のことから語りだす。曾祖父・勇吉は神戸長田の貧民窟に生まれ、鍛冶屋に奉公してから一代で財産を築き、大きな家を構えた。勇吉は陰で「闇の高利貸し」をしていた。「闇の高利貸し」は、勇吉の総領娘である祖母・ゆきゑが継いで仕切っている。苛烈な曾祖父と祖母の傍らで、小学校教諭で聟養子の祖父・保雄は「腑抜け」扱いされている。さらにその傍らに、もう一人、勇吉の後妻・むめがひっそりと背屈《くぐ》まっている。「底深い沈黙」に閉ざされたこの大きな家で、宏之叔父は、母屋を避けて、納屋の二階を片付けて自分の居場所にしていた。宏之叔父はヴァイオリンを弾き、ニーチェやドストエフスキーや万葉集など、書物を読み、書物の余白に、ニーチェの言葉を借りながら、潔癖な青春の思索を記したりしていた。宏之叔父は思う大学に入れぬまま播磨灘の島の代用教員をしていたが、いくつかの奇行をした後、二十一歳の昭和三十二年五月、「私」が小学校六年生のとき、納屋の梁に粗縄をかけて首をくくった。

「鹽壺の匙」は単行本『鹽壺の匙』に表題作として収められて刊行されるや、三島由紀夫賞と芸術選奨文部大臣新人賞を相次いで受賞した。それは実に、長く不遇だったこの作家にとって幸運な書物だった。

しかし、雑誌初出に際してこの作品に言及した文芸時評はほとんどなかった。そのなかで私は、この畏るべき力に注目した数少ない時評家だったことを少しばかり誇らしく思っている。担当していた共同通信配信の文芸時評で、私は、当時の若い作家たちの物語やイメージにだらしなく寄りかかる傾向を批判した後、最後に次のように書いた。

《今月最も印象に残ったのは、車谷長吉「鹽壺の匙」(「新潮」)だった。若くして自殺した叔父を中心に母方の血族の記憶をたどった私小説的作品だが、その徹底した反時代的姿勢が、逆に、この小説の言葉に単なる郷愁には回収されない強度を与えている。ここには、「私」の記憶の中で、あるいは縁者たちの伝承の中で、あるいは風土の苛烈な生活の中で、精選に精選を重ねて残った砂金のような言葉がきらめいている。》

「精選に精選を重ねて残った砂金のような言葉」と書いたとき、私の念頭にあったのは、たとえば次のような言葉だった。

《……勇吉は炭俵を背中に負うて、鵯越《ひよどりごえ》を歩いて越え、途中腹が減ると「背中の炭を喰いながら。」奥播磨の椙原《すぎはら》ノ庄へ紙漉きの小僧に行った。……腹が減っても、も早舐《な》める炭はなかった。それが「逃げ出す。」ということだった。……もう何日も「野山の枯れ草以外に。」喰うていなかった。……その時、「喜びは一生に一遍でえゑど。」と総領娘のゆきゑに言ったという。……》

鉤括弧で括られて句点で言い止められたこれらの言葉は、周囲の言葉にけっしてなじむまいとするかのように異質なまま際立つ。これは車谷長吉が独自に発明した書法だ。

これらはすべて、曾祖父から幾度も幾度も聞かされた言葉だったはずだ。自分の昔語りをするたびに、曾祖父はその言葉を使い、娘である祖母が聞き、孫娘である母親が聞き、さらに曾孫である「私」にまで伝えられた。そういう血族の伝承の中でおのずから篩《ふるい》にかけられて残った言葉だ。だからそれは、口頭伝承の節目節目で使われる定型句のような強度を保っている。これを聞き留めたのは、いわば、日本民俗学的な耳である。そして、実は、柳田国男や折口信夫はもちろん、宮本常一でさえも、こんな苛烈な民衆言語を、聞き留め書き留めたことはなかった。

一方、この小説の冒頭には、こんな文章がある。

《長い時間がその当時の狂瀾を沈めてくれた今、宏之の死が私に一つの静謐をもたらしてくれたと思わないわけには行かない。この死の光は、その後の私の生の有り様《よう》を照らし出す透明な鏡として作用して来た。あるいはそれは呪われた天の恵みであったかも知れない。》

こちらはまぎれもない文学の言葉だ。「呪われた天の恵み」といった措辞は、いくぶん古風にロマン派的でさえあるかもしれない。だが、車谷長吉という作家は、「呪われた」というような形容語を、雰囲気としてではなく、せっぱ詰まった身体的な感覚の強度において書ける数少ない作家である。それを畏怖する能力といってもよい。この能力は、まちがいなく、土俗的な感覚と通底している。

たとえば次のような一節。宏之叔父が島から本土へ泳いで渡ると言い残して沖に消えたという報が入ったその日のことだ。

《壁の古い柱時計が鳴った。家の中はひっそりしていた。私の小学校には片腕が半分ない女の子がいて、それは海へ行って鱶《ふか》に喰い千切られたのだと言われていた。庭石の上にやんまが来て止った。やがて西日が葭簀《よしず》にぎらぎらするようになった。女の子が人気《ひとけ》のない校庭で鞠つきをしていた。日が暮れると、息詰まるような瀬戸の夕凪が来た。月が出、風が死に、じりじりする暑さだった。》（傍点原文）

もう一つ引用する。

《私が子供のころ吉田の家で呼吸した底深い沈黙。無論、そのうめきにも似た不気味な沈黙を呼吸したのは私だけではないだろうが、併しそれについて語る者は誰もいなかった。語ることはあばき出すことだ。それは同時に、自身が存在の根拠とするものを脅かすことでもある。「虚。」が「実。」を犯すのである。だが、人間には本来存在の根拠などありはしない。語ることは、実はそれがないことを語ってしまうことだ。だから語ることは恐れられ、忌まれて来た。》

ここには、ポストモダンの物語認識と同じことが語られている。だが、中上健次を別にすれば、その認識を土俗の深みにまで下り立って身体的な畏怖の強度において語れた者は他にいない。

要するにこの小説には、文学など歯牙にもかけぬ苛酷な生を生き抜いてきた民衆言語があり、その民衆言語のただなかから生まれ、しかし、その民衆言語と対立し背反するようにしか成長できなかった文学言語がある。その民衆言語と文学言語との共存し拮抗する愛憎の関係は、この「闇の高利貸し」を営む大きな家で納屋の二階にしか自分の居場所を作れなかった宏之叔父の孤立した姿でもあり、同じ血族の中に成長しながら、宏之叔父の自死の後に、なお文学言語を選ぶことになった「私」自身の姿でもある。そしてなにより、もはや誰もが忘れたふりをしているが、この国の近代文学そのものの姿でもあるのだ。

それは一九九二年のことだった。自然主義の誕生からほぼ百年、ポストモダンと呼ばれる単層化した薄っぺらな言語風景の中に、近代文学百年の歴史を、その言語的多層性において煮詰めたようなこの短篇が、時ならず出現したのだ。それはほとんど「事件」だった。

そして、この「事件」から半年後、中上健次が死んだ。

「國文學　解釈と教材の研究」二〇〇七年十月臨時増刊号

災害と俳句

齋藤愼爾句集『陸沈』にこういう句があって、一読圧倒された。

山川草木悉皆瓦礫佛の座

「山川草木悉皆成仏」という仏教の成句を踏まえている。心などないはずの自然物ことごとくが仏性をもち、成仏するのだ、という意味である。日本仏教独特の成句だとも聞く。なるほど人間を自然の一部とみなし、自然に抱き取られることに浄福を見出してきた日本人の心に響く。だが、その山川草木のことごとくが「瓦礫」と化した。東日本大震災に触発された俳句である。

「ホトケノザ」は早春に咲く小さな草花。葉が仏の蓮座のように見えるのでこの名がある。だが、この句の「佛の座」はただの季語ではなく、作者の鎮魂の思いを担っている。小さなホトケノザの蓮座の一つ一つに仏となった津波の死者たちが座しているようでもあり、また、真の覚者である仏がこの「瓦礫」と化した風景を慈悲の半眼で眺めているようでもある。つまりこれは、目に見える現実の風景に目に見えぬ観念のイメージが二重写しにかぶさった風景である。ほとんどこの人間世界と全宇宙を包むほどの巨大な観念だ。だが、観念でありながら、この「佛の座」は実景以上になまなましい。そのなまなましさに私は圧倒されたのだった。

俳句は自然を詠みつづけてきた。なにしろ俳句には季語というものがある。季語を用いる限り俳句は自然から離れられない。だが、季語への信頼は、結局、おだやかな自然への信頼である。日照りを詠もうが台風を詠もうが、それが季語である限り、つつがなく循環する季節がたまたま見せる一面にすぎない、という思いが、言わず語らず、俳句というものの暗黙の前提になっている。

だから実は、俳句は自然の示す異常事態が苦手なのである。巨大な災害は五七五という小さな枠をはみ出してしまうのだ。

東日本大震災の九十年近く前、関東大震災の時、高浜虚子は鎌倉の自宅で被災したが、大震災の句は一つも作らなかったという。虚子が主宰していた俳誌「ホトトギス」系の俳人たちもほとんど詠まなかったそうだ。一方、虚子と同じく正岡子規門の高弟だった河東碧梧桐の方は多数の震災詠を残している。二人はすでに袂を分かって久しく、虚子は有季定型を守り、碧梧桐は季語も不要、五七五の音律も不要という、無季自由律を提唱していたのだ。しかし、目に触れた惨状を次々に詠む碧梧桐の震災詠の大半は、残念ながら、散文の切れ端みたいなものである。

東日本大震災の時、詩人和合亮一のツイッターでの短詩の発信が話題になった。もちろん刻々の戦場ルポルタージュにも似て、一つ一つはいわば「詩の切れ端」みたいなものだったが、さすがに詩人として鍛えられた言葉の緊張度があって、切迫した臨場感が伝わってきた。

俳句も短い。短いものは事態の全体は描けないが、状況に即座に反応する瞬発力はある。

だが、俳句形式ではツイッター発信のような離れ業はできなかったろうと思う。和合亮一のツイッターは、たとえていえば無季自由律みたいな、むしろそれ以上に自由な「自由詩」だからできたのである。有季定型は言葉を五七五に整え、季語をあしらう。その作業自体が「ゆとり」なしにはできないことだ。つまり、出来事からの空間的また時間的な、さらに心理的な、距離がなければできないことだ。だから、作品は「遅れる」のである。そして、遅れを自覚することによって初めて、作品は出来事と拮抗できる可能性を持つのである。

大事件は俳句という日常的な小さな詩の器をはみ出す、はみ出すものは詠まない、という虚子の態度は徹底していた。彼は戦争という大事件もほとんど詠まなかった。たしかに戦争は自然災害どころでなく、社会的、政治的事件でもあるからいっそう複雑だ。うかつに詠めばただのスローガンみたいなものになってしまう。

虚子は俳句というものの「分をわきまえていた」のかもしれない。しかしそれでは俳句の世界を狭めてしまうし、意地悪い見方をすれば、危ないことには手を出さないという保身術みたいなものにもなる。実際、俳壇を支配した「ホトトギス」系に反発した新興俳句運動の人々が戦争を主題にして詠み始めたとき、彼らは反戦・厭戦を煽るものだとして、戦争遂行権力によって弾圧されもしたのである。

ちかごろ俳句ブームだと聞く。大震災と原発事故をめぐって、多くの人々が多数の作品を作りつづけてきたことだろう。誰の日常も、この異常事態と無縁ではありえないのだ。

最後に、俳句が小さな器であることを逆に利用した見事な作品を紹介しておきたい。高野ムツオの句である。

陽炎より手が出て握り飯摑む

被災地の炊き出しの風景だろう。だが、この手は、俳句が切り取った小さな画面の外からぬっと現れるようで、異様である。その異様さが事態の異常さと対応している。一読忘れられない句だ。なお、宮城県在住の高野には「瓦礫みな人間のもの犬ふぐり」という句もあることを言い添えておく。

「聖教新聞」二〇一七年五月二十五日(句集『をどり字』に収録)

方言の力と文学

二〇一七年下半期の芥川賞を受賞した若竹千佐子『おらおらでひとりいぐも』は、方言を実に効果的に使った小説だった。

二十歳過ぎに故郷（岩手県遠野）を離れてから五十年、夫に先立たれて一人きりになった老女の頭の中に、ある日突然、東北弁の声が聞こえてくる。声は勝手にしゃべり出し、いくつもの声が対話を始めたりする。いったい何が起きたのか。声の一つが言う。「オラダバオメダ、オメダバオラダ、……」。彼女は気づく、「東北弁とは最古層のおらそのものである」、心の一番深い底の底に隠れていた自分自身が声をあげ始めたのだ、と。こうして彼女は、久しく忘れていた自分の本然の声を取り戻し、徐々に生の活力を回復していく。

人間の心というものは幾層にも重なった言葉の織物なのかもしれない。一番下には幼児期からの暮しの中でおのずと身にしみついた言葉の層があり、その上に学校や職場や書物で覚えた教養や知識や情報としての言葉の層が幾重にも積み重なる、というふうに。「最古層の」言葉は心の奥底の感情や欲望に直結し、身体に密着している。それは母親から習い覚えた母なる言葉、「母語」である。地方在住者、また地方出身者にとって、「母語」はその土地の言葉、方言である。

私は、聖書を故郷の言葉である「ケセン語」（岩手県気仙地方の方言）で訳した山浦玄嗣《やまうらはるつぐ》のエピソードを思い出す。聖書は格調高い文語体や上品な標準語で訳されている。一方、東北弁の一部である「ケセン語」は「醜悪なズーズー弁と呼ばれて軽蔑され、嘲笑され、差別されてきた」。だが、ガリラヤというユダヤの東北部で生い育ったイエスは日本でいえば東北人だったのだ、イエスと弟子たちは東北訛りで語っていたのだ、という創見と信念が山浦にはあった。

彼が初めて故郷の聴衆の前で「ケセン語」訳の「山上の垂訓」を朗読したとき、最初とまどい、ざわついていた会場はやがてしんと鎮まり、終わると一人の老女が歩み出てきて、涙を浮かべながら彼の手を握ってこう言ったという。「いがったよ！　おら、こうして長年教会さ通《あり》ってね、イエスさまのことばもさまざま聞き申してきたどもね、今日ぐれァイエスさまの気持ちァわかったことァなかったよ！」。イエスの言葉が初めて彼女の胸の奥に、心の一番深い場所に、届いたのである。

方言が笑われ差別されるのは言葉自体の性質の問題ではなく、歴史的・文化的・政治的・経済的な大きな差別構造の結果である。近代文学もそういう構造の中で誕生した。近代文学の文体である言文一致体は、東京中心の標準語に即して創出された一種の人工言語（書き言葉）である。方言は話し言葉、語りの言葉、つまり「声」であって、書き言葉（小説の地の文や論文や新聞記事の文体）に「昇格」したことはない。だから、小説での方言は通常は会話文だけで用いられ、地方色や生活感を出すための効果に限定される。しかし、文学が読者の心の奥底にまで届く言葉であろうとするかぎり、方言はそんな限定に押し込められてはいない。

方言の力、「声」の力というものがあるのだ。その力を活《い》かそうとして文学はさまざまな試みを行ってきた。

たとえば、若竹の小説のタイトル「おらおらでひとりいぐも」は宮沢賢治の詩「永訣の朝」の一節から採った言葉だが、宮沢賢治は故郷（岩手県花巻）の方言を用いた詩や童話を書いたし、方言で短歌を作ったこともある。困苦にあえぐ東北農民への賢治の愛情は、一方で農業改良、農村文化改良の実践運動になり、一方で彼の文学になったのである。

また、太宰治は短篇『雀こ』をすべて津軽方言の昔話の口調で書いた。それは一篇のせつなく美しい散文詩のような作品になった。さらに、井上ひさしは東北の一寒村が日本から独立を宣言するという荒唐無稽な大長篇小説『吉里吉里人』を、むき出しの方言を多用して書いた。そこでは日本国憲法も東北弁に「翻訳」された。歴史的・文化的・政治的・経済的差別構造の全体に対する地方の自己主張を極端な形で虚構化してみせたのである。

ことは東北と東北弁だけに限らない。今年二月に亡くなった石牟礼道子の代表作『苦海浄土』は熊本の水俣病のルポルタージュとして知られている。いうまでもなく、水俣病の背景にも中央集権国家の大きな差別構造があって、それは今日の原発行政にまで通じるものだ。

だが、『苦海浄土』の感動の中心には、何より、方言による語りの力がある。未読の方は、せめて「ゆき女きき書」の章だけでも読まれるとよい。それはふつうの意味での「きき書」ではない。そもそも、命を養ってくれるはずの魚を食べて重度の有機水銀中毒になったこの漁師の女房は、全身が絶え間なく痙攣しつづけ、言葉もうまく口に出せない状態なのだ。だから石牟礼道子は、まるで巫女のように、彼女の内心の声を聴き、彼女に成り代わって語ったのである。いわば「魂の声のきき書」である。

その声が語り出す。「海の上はよかった。ほんに海の上はよかった。……」深い悲しみと苦しみをたたえたこの声には、凡百の小説など吹き飛ばすほどの力がある。その意味で、『苦海浄土』は正真正銘の文学である。

「聖教新聞」二〇一八年三月十五日

私の文学終焉体験記——「群系」の思い出

永野悟さんと知り合ったのは新宿の予備校で週に一、二度教えていた時だから一九八八年か九年、もう三十年も前のことだ。永野さんはちょうど「群系」を創刊して間もないころだったようだ。

その縁で「群系」には何回か短いエッセイを書いた。「中上健次のこと」（第五号、一九九二年、後に『暴力的な現在』に収録）、「板柳訪問」（第十一号、一九九八年、後に『暴力的な現在』および『永山則夫の罪と罰』に収録）、「文学は亡び芥川賞は残る」（第十七号、二〇〇四年、後に「文芸思潮」創刊号に乞われて転載）など。どれも気持ちよく書けたし、いわゆる文芸誌に載せたもの以上に愛着ある文章になった。

読書会にも参加したことがあった。九〇年代の初め頃の新宿だったろう。その月の文芸誌を素材にした会だったように思うが読書会の記憶はもうあやふやだ。けれども、鮮明に覚えていることが一つある。

終了後の飲み会の席でのことだ。読書会の後の飲み会は厳粛な神事の後の直会《なおらい》のようなもの。「文学」という神を迎え送った昂揚の余韻をまといつつも、緊張から解放された無礼講である。中年初老の十数名の中に場違いな感じで女子大生が二人坐っていた。いまどき文芸誌を読んでいるとは実に稀少にして奇特なことよ、と思って見ていたら、なんと彼女らは耳にイヤフォンを付けて音楽を聴いているのだった。時々互いのイヤフォンを交換してはうなずき合ったり笑み交わしたりしている。「おじさん、おばさん」たちの談笑・談論など彼女らには雑音にすぎなかったわけだ。

文学を支えている場の作法がまるで変った。作法が変ったからには場に支えられていた文学も変るだろう。いささか大げさに聞えるかもしれないが、私はそのとき、ああ、「文学」はこうして終わるのだな、と思ったのである。

「群系」には申し訳ないが、私は当時、この話をあちこちで吹聴した。（どこかに書いたかもしれない。）我が「文学終焉体験記」のプロローグを飾るエピソードである。

「群系」はおそらく、そんな場面を何度も乗り超えて継続してきたのだろう。慶賀すべき三十周年だ。だが、私の「文学終焉体験記」はやがて序章を過ぎて本編に入る。そのとき私は、今度はいわゆる文芸誌の現場の真っただ中で、たしかに「文学」は終わったのだ、と痛感させられる場面に相継いで遭遇することになるのだが、それについては他の機会に譲ることにする。

「群系」第四十号／二〇一八年五月

自死とユーモア――西部邁の死について

西部邁の自殺は私の内部に大きな動揺を作り出した。その余波はいまもつづいている。私は氏が実質的に主宰する雑誌「表現者」に蓮田善明論（『蓮田善明　戦争と文学』として二〇一九年一月単行本化）を連載した関係で、氏の「最晩年」となってしまった二年半ほどの間に何回かわずかにかすめる程度の縁をもったにすぎないが、やはり書いておきたい。

去年の十二月初めごろだったと思う、蓮田論の最終回を送稿した直後だったかまだ書いている最中だったか、氏から電話があった。「表現者」の編集体制を一新する手続きが完了したので「退任」の挨拶ということだった。

挨拶を済ませてすぐに私の方から話題転換したのは、これが「最後」の機会だ、と無意識裡に思ったからかもしれない。

私は非政治的人間なので居酒屋談義以外では政治について語らぬことにしているし、実のところ「表現者」の政治的発言もまったく読んでいないのだが、と正直に前置きした後、学生時代にたまたまチェスタートンの『正統とは何か』を読んだことがあって、その内容はすっかり忘れたものの、保守主義にはユーモアが不可欠だ、というメッセージだけははっきり受け取ったつもりだった、しかるに日本の小林秀雄にも福田恆存にも江藤淳にもユーモアはなかった、西部さんにだけあった、しかも語り口として、「文体」としてあった、これは大事なことだと思う、というようなことを述べたのである。

それは蓮田善明論を連載し始めた当初にいただいた氏の最初の著書であるアメリカ体験記の文庫版『蜃気楼の中へ』――私が初めて読んだ西部邁の著作だった――によって鮮明に印象付けられたことだった。そこでは自身の体験に即してアメリカという病理が的確に描き出されていたが、しかし辛辣な批判に傾くのではなかった。むしろ人間というものの悲惨も滑稽も見抜きつつ許容するユーモアの光源に照らし出されてアメリカの病理が相対化され、同じ光源に照らされて日本も相対化されていた。それはアメリカへの異和から「日本」なるものの宿命的な呼び声を聴いてしまった江藤淳の単線的でパセティックなアメリカ体験記『アメリカと私』などとはまるで異質な著作であって、たんに江藤淳の留学の六〇年代前半と西部邁の七〇年代後半というアメリカ体験の時差のせいばかりであるはずがない、まるで対極の精神の所産にちがいない、と思われたのだった。そして私は、数カ月前にやはりいただいた思想的回想記『ファシスタたらんとした者』の自己客観視を可能にすべく工夫された語り口に接して、西部邁がまちがいなくユーモアの人であることを確信したのである。ただし、そのユーモアは、資質から流露するというよりも、自覚的に選択され、継続的な実践を通じて体得された「思想」としてのユーモアであるように思われた。

氏は私の言を深く肯ってくれた。きまじめな福田恆存が時おり見せたのはアイロニーであってユーモアではなかったが西部さんのはアイロニーじゃなくてユーモアですよね、という私の念押しも肯定してくれて、話題は氏と福田恆存との興味深い逸話へと移って行ったのだった。

ユーモアとは「こわばり」をやわらげるものだ、と私は椎名麟三から教わった。ユーモアは人間の愚かさ（有限性）の自覚に立脚する態度であり表現であり、だから自己を相対化し他者を相対化し、地上のいかなるものの絶対化にも反対するのだ。ユーモアは批評を含むが、ユーモアの批評は愛を前提とし、愛を失えばアイロニーになる、というのも椎名麟三に教わったことだ。

左翼が信じる人間理性は欠陥品であり、右翼が身をゆだねる情動は誤謬の温床である。理念のユートピアを絶対化するのもこわばっているし、国家や民族という実存的献身対象を絶対化するのもこわばっている。だから保守は急進主義を排して慣習や伝統を尊重するしかない。慣習も伝統も愚かな（有限の）人間の営みの堆積にすぎないが、そこには不合理な歴史の中で何とかやりくりしてきた「知恵」があり、その「知恵」の蓄積を尊重するのだ。しかしそれを伝統主義といってはすぐにこわばってしまう。保守は伝統（正統）という標識を立てるが、その標識は不断に新しく塗り替えていなければならない。したがって、あらゆる絶対化のこわばりをやわらげつつ、自らの掲げる伝統（正統）の絶対化をも回避する保守の態度には、自己相対化を伴うユーモアが必須なのである。――『正統とは何か』を読んだのはもう四十年も昔のこと、以来一度も読み返したことはなく、いつのまにか本も紛失してしまったので我流に変形させてしまっているかもしれないが、私はチェスタートンのメッセージをそんなふうに受け止めていたのだった。

チェスタートンも椎名麟三も一神教徒（キリスト教徒）だった。しかし、それはたんに、一神教徒は人間に不可能な「絶対」を「神」に委託しやすいからという思想的エコノミーの問題にすぎないのだと私は思っている。私はいわば、無神論的ユーモアの徒でありたいのである。近年の私が俳句を好む理由の一つもそこにある。俳句は無神論的ユーモア表現の最も簡便な具として最適だと思うのだ。私にそれを示唆してくれた柄谷行人の「ヒューモアとしての唯物論」も、死という絶対なるものと向き合いつつ自己を客観視しつづけた正岡子規の写生文の分析から書き出されていた。

しかし、その電話でのユーモア問答からわずか一月半後の一月二十一日、あの衝撃的な自死が敢行されたのだった。

私はそれを、初雪が大雪になった翌二十二日夕刻になって、「隠遁」したはずの「てんでんこ村住人(村長?)」からの報知によってようやく知った。しかも私は、そのときちょうど、これも贈っていただいた『保守の真髄』を読んでいる最中だったのだ。

『保守の真髄』をいそいで読み進めると、チェスタートンへの言及もあり、最終章最終節は「人工死に瀕するほかない状況で病院死と自裁死のいずれをとるか」と題されて、医療器具につながれて無意味に生命を引き延ばされるだけの「病院死」よりは自分で自分を殺す「自裁死」を選ぶ、という選択が明確に述べられており、さらに、右半身の神経痛のために口述筆記で作成したらしい本書のあとがきには、筆記者であり常時身辺で介助もしていた娘・智子《さとこ》さんへの「訣別」の辞とも受け取れる謝意まで記されていたのだった。

もちろん私は、すでに『ファシスタたらんとした者』で、「三島〔三島由紀夫〕の死生論における矛盾を解決したと思い、自分のニヒリズムの根を断つために自死を準備しようとし、ピストル入手作戦に入ったが、その企ては不意に頓挫した」と題する一章を読んでいたし、最近の氏が時折「自裁死」への意志を公言しているとも仄聞していた。

「近親者を含め他者に貢献すること少なきにもかかわらず、過大な迷惑をかけても生き延びようとすることと、それこそが自分の生を腐らせるニヒリズムの根だ」
（『ファシスタたらんとした者』）

だが、氏にあの「思想」としてのユーモアがある限り、「自裁死」決行の歯止めにはなるだろう、と思っていたのである。ユーモアは自裁への意志を絶対化してしまうことで生じるこわばりをも相対化し、ゆるめる効能をもつはずだから。

あらゆる保守思想家はモラリストである。彼がイデオロギーという観念的こわばりを排するからには、たとえあるべき政治社会を構想しようと、理念から出発するのではなく、与えられた生の（社会と歴史の）条件下で人はいかに生きるべきか、という問いかけから出発しなければならないからである。そして、保守思想家たる彼が問うのは「人はいかに生きるべきか」であって「私はいかに生きるべきか」ではない。「人」には「私」も含まれるが、その中心はあくまで、特異な「私」ではなく、社会と歴史を基底で支える凡庸でありふれた「人（民衆、大衆）」でなければならないはずなのだ。

「ニヒリズムの根を断つために」と書く氏はまぎれもなくモラリストだった。そして、氏のいう「ニヒリズム」が、戦後的価値観の行き着いた果てとしての物質的生命至上主義（精神的価値を忘却してただ生きているだけの、医療技術や福祉政策によってただ生かされているだけの生命肯定主義）として現代に蔓延していることもたしかだ。したがって、氏の「自裁死」は物質的生命を超えた「精神」という価値の存在を顕揚することによって現代の「ニヒリズムの根を断つ」べく敢行された「思想」としての死にほかならない。その意味で、氏の自死は、やはりその死に方によって戦後社会への批判のメッセージを発信した三島由紀夫の自決に似ている。

一方、「自裁」という思想は、一九九九年の自殺に際して「脳梗塞の発作に遭いし以来の江藤淳は形骸に過ぎず、自ら処決して形骸を断ずる所以なり」と書き遺した江藤淳を思い出させるし、ともに最愛の妻に先立たれ、身体の病気による不自由をこうむっていたという条件においても二人は似ている。しかし、江藤淳はあくまで「私＝個人」として死んだが、西部邁はその死においても社会的メッセージを発信する思想家として、つまり「公人」として死のうとしたようだ。

自ら公言してきたことを自死という最も困難な行為においてまで貫徹した、というその究極の言行一致性においても、氏はモラリスト、徹底したモラリストだった。だが、いかに「ニヒリズムの根を断つ」と主張しようが、大衆はそれを実践できないし、思想的にも許容できまい。大衆とは、私の定義では、常に生き延び、これからも生き延び、生き延びることを何より優先する人々のことだからだ。もし自裁の思想を大衆に強要すれば、かえって恐るべきニヒリズムの温床になるだろう。（たとえば重度の障害者は生かしておくに値せずとして多数の障害者を殺傷した若者の事件を思え。）

もっとも、氏は「自分のニヒリズムの根を断つために」（傍点井口）と書いていた。実際、「自裁死」の思想を大衆に強いるつもりはなかったらしい。

「生の意義について公に語ってきた者は、その語りをおおよそ尽くし、それゆえ〃自分が周囲や世間に何も貢献できないのに迷惑をかけることのみ多くなると予測できる段階では生の意義が消失する〃と判断しなければならない」（『保守の真髄』）

「公に語ってきた者」、つまり精神的価値に賭けて発言してきた知識人・思想家に限定されている。また、氏自身は癌を発症した妻の闘病を長年にわたって介助し看取ったことに充足を得たとも語っている。

では、現に生きている普通の人々はどうすればよいのか。氏の「自裁死」のメッセージは強烈だったが、その宛先には大衆という宛名が欠けているのではないか。

保守思想家の拠って立つ基盤は慣習や伝統の担い手である大衆というもの以外にない、彼らの親和的な生活形態としての共同体というもの以外にない、と私は思っている。私はそれを柳田国男から教わった。

むろん知識人は共同体には帰属できない。柳田自身少年時に共同体から排除された体験をもっていた。しかし彼は大衆への信を失うことはなかった。常に生き延びようとする大衆は根本的にはエゴイズムの徒かもしれないが、それゆえにというべきか、柳田はエゴイズムを調整する場としての共同体（村）の重要性について語り、共同体において持続する永遠の存在としての「常民」について語り、生活上の矛盾や葛藤を何とか処理してきた大衆の「知恵」の価値を近代という外来の「知識」に対置し、慣習や伝統に内蔵された「知恵」の発掘に努めたのである。柳田には俳句（俳諧）の効用を論じた「笑の本願」という文章もあるが、その笑いは、人を刺す毒ある笑いではなく、共同体の関係調整の潤滑油ともなる笑い、つまりユーモアである。

同様に、小林秀雄も「常識」を語ることで大衆への信頼を表明していたし、福田恆存も、「私は気質的には良くも悪くも職人であり、下町人種であった」（「覚書I」）といえる体験があればこそ、箸の上げ下ろしの作法や挨拶の仕方にも表現された文化の「型」への信頼を語れたのである。「左翼」だったはずの吉本隆明にも、下町の職人の息子だった少年期体験を踏まえて、知識の課題は「大衆の原像」を繰り込むことだ、という有名なテーゼがある。

西部邁にはその大衆への信頼がない。氏にとって、現代の大衆は、グローバル化する資本主義や昂進する情報化社会・消費社会の中で安定したモラルを失い定見なく浮動するただの「愚衆」「大量人」にすぎない。それは、地縁・血縁の共同体の紐帯がずたずたに寸断され、柳田が依拠した農民や、小林や福田や吉本が依拠した職人たち、つまりは生活することが働くことであり、働くことが物を作る喜びを伴っていた暮しのありようが決定的に損なわれてしまった社会の変質を反映しているかもしれない。それなら、現代の保守主義はその実質的な基盤をほとんど喪失しているのではないか。

しかしまた、それは共同体との親和を一度も体験することなく育った氏の生い立ちとも深くかかわっているだろう。氏は、自分の育った北海道の村について、『共同性なき似非の共同体』ともいうべきつまらぬ村であった」と唾棄するように書き捨てた後で、五歳の秋の思い出を語っていた。

「物音一つしない家の出窓で、少年は石狩の荒涼とした風景に圧倒され、そしてその風景を見ているのは自分一人であるという孤独の感覚に心を凍らせていた。」「それで、少年はそばにあった小さなマッチ箱に眼をやり、そのなかから一本を取り出し、それを擦り、何の躊躇もなく出窓の内側に引かれていた障子に火を放った。」（『ファシスタたらんとした者』）

幼少年時に大衆の原像も共同体の原像も形成されなかったという点で、氏は江藤淳に似ている。その結果、共同体イメージが夫婦関係を中心とする自らの核家族的な家庭に縮減されているという点でも、彼らは似ている。また他方で、個人と国家との間に介在する共同体という具体の中間領域を奪われたために、彼らの保守主義が何ほどか観念化せざるを得ず、国家主義に傾くことになった点でも彼らは似ている。そして繰り返すが、それは江藤淳と西部邁の不幸にとどまらず、基盤喪失した現代保守主義者の引き受けねばならない困難であり不幸であるはずだ。

七月になって、死後に出版された氏の著書を四冊まとめて送っていただいた。(小包の「送り主」欄には「西部邁」とあった。)

その一冊、富岡幸一郎編の『自死について』には氏が自死への意志を記した文章が集められていて、その最も早い文章にはこんな一節がある。

「四十歳代から今に至るまで、死の問題が私の観念にいつも触れている。」「しかし公性がほとんど剝奪された感のある戦後という時代にあっては、死はプライヴェイトな領域に追いやられがちである。より正確には、死における私性が肥大化させられ、公性が矮小化させられている。そして、そういう『戦後的な死』こそが怖いのだと思いはじめた。怖いのは死が『私』の領域に閉じ込められることなのだと考えだした。」(『西部邁　死生論』)

『西部邁　死生論』は一九九四年、著者五十五歳の刊行である。そこには「私は死が間近になったとき、たぶん、自殺すると思う」と記されていて、この「たぶん」を削除するべくしきりにそのことを公言し、公言することで自分自身を実行に向けて縛り、かつ周囲に心の準備をうながしているのだ、ということも書かれている。以来二十四年、ついに実行に踏み切った、ということだ。だが、自殺への意志のこの早すぎる決定と驚嘆すべき持続には、何か過度のもの、暗く孤独なものがありはしないか。

死に「公性」を欲する——なるほど氏は自分の死を「公」の関心を引き議論を喚起するための事件にしたかったのか、と思う。それなら氏の意図はたしかに成功した。しかし、そのことが私の異和の根本原因なのだ、と思い当たる。人はもっとしずかに死ねるはずだ。

死に「公性」を欲するとはまた､死に意味を欲することにほかなるまい。意味を付与する至上の「公」は、青年期には「革命」という理念だったろう。保守主義者に転じた後は「国家」というものなのだろう。

しかし私は、この文章の背後に、「共同性なき共同体」の家の出窓で、「石狩の荒涼とした風景に圧倒され」ながら「孤独の感覚に心を凍らせていた」あの五歳の少年の像を透かし見る。意味を渇望しているのは、ほんとうは、氏の心の中にいるその少年ではないのか。

実は氏はその直前で、馬車に揺られながらのうたたねから目覚めた五歳児の目に、北海道の遅い春に一斉に咲き誇った花々が「絶世の美しさ」として飛び込んできた夢のような至福の体験について語っていたのだった。少年が火を放ったのは、その同じ年の秋である。氏は思い出をこう結んでいた。

「老年に至るもなお、あの花々に代表される華々しい命の群れが死に絶えていく（とみえた）外界の荒涼のニヒルと（そのようにみた）内界の寂寥のリアルの重さからして、あの放火は当《まさ》に然《しか》るべき振る舞いであったと、ひそかに確信しつづけているのである。」（『ファシスタたらんとした者』）

これがおそらく西部邁の原体験だったのだ。後年の氏自身による様々な公的意味づけを剝ぎ取って、「ニヒリズムの根」を西部邁という人間の私的領域に探って行けば、この体験に突き当たるのだろう。氏はこの荒涼とした寂寥の風景を生涯にわたって内面深く蔵しつづけていたにちがいない。そして、少年時には生きることの意味への渇望であったものが、老いては死ぬことの意味への渇望に転じる。それなら他人は、家族といえども、この「原風景」にうかつに指触れることはできまい。

多摩川に無神の自裁雪しきり降る

西部邁の死に捧げた私の句である（句集『をどり字』所収）。「無神の」と冠したのは、氏が著書のあちこちで無神論者を標榜していたからだが、あの死に方は無神論者以外にあり得ない、と直感したからでもあった。

死は不随意に向こうからやって来る。死ぬとは死という絶対他者の他力の手に身をゆだねることだ。しかし、自殺者は死を自分で招き寄せる。自殺は究極の自力主義の実践である。「無神」とはその徹底した自力主義のことにほかならない。

当初の計画通りピストルによる自殺だったら、その死は劇的でヒロイックな印象になったろう。だが、ピストルも入手できず、右半身も不自由になっていたためにまるで違った方法で実行され、まるで違った印象を与えることになった。

氏は介助者二人（自殺幇助の罪に問われている）に依頼して、ロープを腰に巻き、ロープの一端を川岸の木の幹に縛り付け、川に入り（入れてもらい）、溺死するに十分な時間水に漬かった（漬けた）後でロープを手繰って引き上げてもらったらしい。

『保守の真髄』で氏は「ナチュラル・デス」を「自然死」でなく「当然死」と訳すべく提案し、さらに「簡便死」（シンプル・デス）とも言い換えて、「自然死」が困難になった時代にあっては「自裁死」こそ「簡便死」なのだと述べていたが、この死に方は「簡便」というには手がかかりすぎている。氏としては諸々の制約条件を周到に勘案してやむをえず工夫した最も合理的な死に方だったのだろうが、その異様さは否めない。

死者に対して不謹慎にわたるかもしれないことを敢えて率直に書くが、まるでティーバッグを水に漬けるような、とでもいいたくなるその方法に、私は異様さと同時に滑稽なものも感じたのである。それは氏が最後に演じて見せた真面目なユーモアだったのかもしれない、とさえ思う。ユーモアは人の心を軽くしてくれるのだ。だが、そう思いつつ、やはりユーモアと呼ぶには何か過剰なものがある、とも感じてしまう。過剰の一つが思想であることはまちがいない。だが、それだけではない。

私はドストエフスキーの『悪霊』を思い出していた。

『悪霊』では二人の無神論者の若者が自殺する。その一人、キリーロフはピストルで自殺したが、彼にとって、自殺は人間が死の恐怖に打ち克ち、死後の世界という脅迫的な虚誕によって人間を抑圧しつづけている神の桎梏から解放され、人間が真に自由であることを証明する唯一の方法だった。

キリーロフのように、自殺できる人間は自分が神になる、とまで言わずとも、自殺はたしかに人間の自由の最後の証であり得るし、人間としての誇りをかけた行為であり得る。西部邁の自殺にも、無神論者たる人間の昂然たる誇りが賭けられていたことはまちがいない。私はそこに魅かれる。

だが、私が連想したのは、キリーロフではなく、もう一人の自殺者、スタヴローギンの方だった。何ものをも信ぜぬ冷ややかな理性の人であったスタヴローギンは首を吊って死んだのだが、ドストエフスキーは最後にこう書いていた。

「ニコライ〔スタヴローギン〕が自殺に使った丈夫な絹のひもは、まえから選択して用意したものらしく、一面にべっとりと石鹸が塗ってあった。すべてが前々からの覚悟と、最後の瞬間まで保たれた明確な意識とを語っていた。」さらに念押しの一行がつづく。「町の医師たちは死体解剖の後、精神錯乱の疑いを絶対に否定した。」（米川正夫訳）

ロープではなく絹ひもを使った上、その絹ひもに「べっとりと」石鹸まで塗っていたのは不可解であり異様でありグロテスクであり滑稽である。だが、それが首に食い込む感触をできるだけなめらかにして、苦痛を少しでもやわらげるための合理的な選択だったとすれば、スタヴローギンは最後まで理性の人だったのである。彼が怖れたのは死ではない。死の瞬間には意識は消失する。怖れたのは死に至るまでのほんのわずかの時間の苦痛である。これはその苦痛を軽減するための周到な工夫なのだ。それが、この無神論者の若者にドストエフスキーがしつらえた死に方だった。

もちろん西部邁が冷ややかな理性の人であったというのではない。氏の理性はむしろ逆に熱い理性だったし、氏の死に方にグロテスクの印象はまったくない。だが、死に際してまであくまで合理的であろうとする姿勢自体の過剰な不自然さという一点において、二人の死に方は似てしまった、と私は感じるのだ。

「てんでんこ」第十号／二〇一八年十月

あとがき

単行本未収録の短いエッセイだけを選んで一冊作らないか、と齋藤愼爾氏に声をかけてもらったのはもう三年も前のことだったが、なにしろ未収録エッセイがむやみに多いうえに、選ぶための基準、つまりは本のコンセプトにもあれこれ迷って、まごまごしているうちに元号が代わることになったので、それに便乗することにしたのである。

区切りよく「現代文学三十年」と副題したが、正確には一九八八年から二〇一八年まで三十一年間、ほぼ昭和の終りから平成の終りまでである。私は八三年に文芸批評の仕事を始めたのだが、八七年に高校教員を退職してやっと（仕方なく）文芸批評に本腰を入れ始めたのだった。だからこの三十一年間は自覚した文芸批評家としての私のほぼ全期間でもある。

時評的な小文を中心に集めた。ただの出し遅れの古証文でなく、今日の状況とリンクしつつ「現代文学三十年」の流れを概観できる一冊になっていれば幸いである。

とはいえ、私はもともと社会的関心が薄いうえに、ジャーナリスティックでもポレミカルでもないので、本書はこの「三十年」の重要なトピックをいくつも黙過しているだろう。加えて私は、世の中や文学を見る自分の視線がかなり斜視気味で視野狭窄症的であることを十分自覚している。文字どおり「葦《よし》の髄から」覗いたり細い管で「管見」したりしながら、かえって、その葦や管の尖端で自分の眼球を傷つけてしまうのがこの私だ。けれども、それを承知で読んでもらえば多少の役には立つだろうと思う。八〇年代末から九〇年代初めにかけて三回担当した文芸時評（現代詩手帖、図書新聞、共同通信二年間）からはほんの一部だけの抜粋になった。批評の動向を対象とした時評も何回も書いたがすべて省いた。三〇〇本以上書いた書評もほとんど割愛した。「公正」を期すためには時評も書評もすべて載せて読み比べてもらうべきなのだが、一冊にまとめるためにはやむを得ない仕儀だった。その結果、斜視と視野狭窄がいっそう際立つ一冊になったかもしれない。

全体は四章に分けた。Ⅰ章を昭和の終り、平成の初めとして、あとは単純に十年ごとに区切った。そのため、Ⅱ章が湾岸戦争開始の一九九一年、Ⅲ章が九・一一アメリカ同時多発テロで記憶される二十一世最初の二〇〇一年、Ⅳ章が三・一一東日本大震災と福島第二原発炉心溶融の二〇一一年と、日本および世界の秩序に大打撃を与えた破局的な暴力の年から始まることになった。

もちろん偶然である。ひとは偶然の出来事に規則性を発見するとき、そこに何やら神秘的な「意味＝必然性」を見出しがちだが、この偶然は、一つには二十世紀末の「終末論」ブームと同じキリスト起源の十進法の効果であり、もう一つには、種を明かせば、「破局論」（『物語論／破局論』）の著者たる私の作意の効果でもある。Ⅱ章を一九九〇年から始めていればこの効果は消えてしまう。

なんとかまとめ終えたいま思うことを、各章ごとに注釈風に短く記しておく。

Ⅰ章。昭和末の「記憶喪失」を加速させるだけの（ニセの）終りは稀薄なかたちで平成の終りに反復されたばかりだ。そのことに多少の感慨はあるが、それ以上に、冒頭に置いたせいか、あの「シンちゃん」があらためて気になっている。「シンちゃん」は以後「三十年」の日本語と日本社会のすべての現象の「兆候」だったのかもしれない、すくなくとも「シンちゃん」は、現在のネット言語に代表される悪意ある嘲弄や空疎な「ケレン」ばかりの言語使用の様相（Ⅳ章）の隠れた淵源だったのではないか、などと、過大な自己妄想とは承知しつつ、思ってしまうのだ。

Ⅱ章。私はある時期、「マイナー文学論」と題する評論集を構想していたことがあった。「マイナー文学」という言葉はドゥルーズとガタリのカフカ論のタイトルから拝借したが、私は自己流の意味で使おうとしていたのだった。本書でも定義しないまま章題にした。「事実」とか「貧しさ」とか「吃語」とか「説話」とか「ハナシ」とか、舌足らずの言葉であいまいに指し示そうとした文学イメージの総称だと思ってもらえばよい。要するに、通俗化したポストモダン現象が強いる言葉の浮力や村上春樹風「似非全体小説＝ファンタジー」の氾濫に苛立ちながら、当時の私が真剣に加担しようとしていた文学をまとめて括った言葉である。

Ⅲ章。二十一世紀になって、現代文学――というより、正確には現在文学――への私の失望と苛立ちはいっそうひどくなった。国際テロという巨大な暴力ではなく国内の少年犯罪という小さな暴力と文学の関係を考えたり書いたりしながら、それでもこの時期、かろうじて「ユーモア」という思想を手に入れつつあったことだけが、私の――人間としての――唯一の収穫だったろう。大事なのは「世界を巻き添えにしないこと」なのだ。

Ⅳ章。個人的には、二〇一〇年に腹部大動脈瘤の切除手術を受け、二〇一一年三月、東日本大震災の直後に退職し、リハビリしながら俳句を作り始めた時期である。とはいえ、私の俳句はいまだ「ユーモア」にはいたらず、シニシズムとニヒリズムに侵されたイロニーの中にある、というのが自己診断だ。最後に、その「ユーモア」を放擲しての西部邁の自死は、私に、この国の文化も社会も決定的に「根底」というものを喪失してしまったのだな、と思わせる事件だった。

本書タイトル「大洪水の後で」は、Ⅳ章の章題にしたとおり、直接には東日本大震災の大津波を指す。しかし、比喩的には、この「三十年」の電子メディアと視聴覚直接刺激メディアの急速な発達普及がもたらした「大洪水」である。文学はすっかり呑みこまれ、押し流されてしまったようだ。そしてまた、そうした時評的意味合いの「大洪水」の背後に、ランボーの詩のタイトルを思い出してくれる少数の読者がいてくれれば著者の歓びである。しかし、ランボーはその詩で、大洪水による浄化の後の人類新生の光景を叙しながら、早くも、「もう一度大洪水を」と書いてもいたのだった。

(なお、あちこちに添えた＊は単行本化に際して付記した注釈である。)

もしかすると、最初に声をかけてくれたとき齋藤愼爾氏の胸中にあったのは、文学的香気高い小品集、といったイメージだったのかもしれない。それなら本書は齋藤氏の期待を裏切ってしまったことになるのだが、そのことも含めて齋藤氏に感謝。またも装幀を手掛けてくれた髙林昭太氏に感謝。

二〇一九年六月記

井口時男　いぐち・ときお

一九五三年、新潟県（現南魚沼市）生れ。一九七七年、東北大学文学部卒。神奈川県の高校教員を経て一九九〇年から東京工業大学の教員。二〇一一年三月、東京工業大学大学院教授を退職。

一九八三年「物語の身体——中上健次論」で「群像」新人文学賞評論部門受賞。以後、文芸批評家として活動。

文芸批評の著書に、『物語論／破局論』（一九八七年、論創社、第一回三島由紀夫賞候補）、『悪文の初志』（一九九三年、講談社、第二二回平林たい子文学賞受賞）、『柳田国男と近代文学』（一九九六年、講談社、第八回伊藤整文学賞受賞）、『批評の誕生／批評の死』（二〇〇一年、講談社）、『危機と闘争——大江健三郎と中上健次』（二〇〇四年、作品社）、『暴力的な現在』（二〇〇六年、作品社）、『少年殺人者考』（二〇一一年、講談社）、『永山則夫の罪と罰』（二〇一七年、コールサック社）、『蓮田善明　戦争と文学』（二〇一九年、論創社）など。句集に『天來の獨樂』（二〇一五年、深夜叢書社）『をどり字』（二〇一八年、深夜叢書社）がある。

大洪水の後で　現代文学三十年

二〇一九年八月二日　初版第一刷発行

著　者　井口時男

発行者　齋藤愼爾

発行所　深夜叢書社

郵便番号一三四—〇〇八七
東京都江戸川区清新町一—一—三四—六〇一
info@shinyasosho.com

印刷・製本　株式会社東京印書館

ISBN978-4-88032-452-4 C0095